Systemic Functional Linguistic Explorations in Literary Studies: Linguistic Analyses of *A Rose for Emily*

文学研究的系统功能语言学探究

《献给爱米丽的玫瑰》的语言分析

黄雪娥 著

·广州·

版权所有　翻印必究

图书在版编目（CIP）数据

文学研究的系统功能语言学探究：《献给爱米丽的玫瑰》的语言分析/黄雪娥著. -- 广州：中山大学出版社，2024. 10.
ISBN 978 - 7 - 306 - 08241 - 1

Ⅰ. I712.074

中国国家版本馆 CIP 数据核字第 2024GE0374 号

出　版　人：王天琪
策划编辑：熊锡源
责任编辑：孔颖琪　熊锡源
封面设计：彭　欣
责任校对：杜晏清清
责任技编：靳晓虹
出版发行：中山大学出版社
电　　话：编辑部 020 - 84110283，84113349，84111997，84110779，84110776
　　　　　发行部 020 - 84111998，84111981，84111160
地　　址：广州市新港西路 135 号
邮　　编：510275　传　　真：020 - 84036565
网　　址：http://www.zsup.com.cn　E-mail：zdcbs@mail.sysu.edu.cn
印　刷　者：广州市友盛彩印有限公司
规　　格：787mm×1092mm　1/16　15.5 印张　312 千字
版次印次：2024 年 10 月第 1 版　2024 年 10 月第 1 次印刷
定　　价：60.00 元

如发现本书因印装质量影响阅读，请与出版社发行部联系调换本书是广东省 2021 年省级一流本科专业建设点（惠州学院 050201 英语）（教高厅函〔2022〕14 号）系列成果之一

本书是 2022 年广东省本科高校教学质量与教学改革工程建设项目"英语教师教育类课程教研室"（粤教高函〔2023〕4 号）的阶段性成果

序

前些天惠州学院的黄雪娥副教授与我联系,说她基于自己2008年申请的广东省哲学社会科学规划项目和自己多年研究的成果整理的《文学研究的系统功能语言学探究——〈献给爱米丽的玫瑰〉的语言分析》书稿,将于最近由中山大学出版社出版,并希望我能写个序言。屈指一数,我认识雪娥已经24年。当年朝气蓬勃的年轻教师,也到了花甲之年。真是光阴似箭,日月如梭,人生易老。

读着雪娥的书稿,想起了很多往事。雪娥所工作的学校,就是我太太当年接受高等教育的第一所学校;我在不同的时期也与惠州学院的多位老师有过学术联系,也先后多次去过惠州学院,有专门去讲学的,也有参加学术会议的。无论是惠州学院,还是惠州市以及周围地区,都给我留下了美好的回忆。

读着书稿,想起了雪娥在中山大学进修学习的日子。记得她第一次到中山大学访学,那时我刚从英国学成后到中山大学工作不久,当时我人到中年,但和年轻人一样,踌躇满志,雄心勃勃,决心在中山大学、在广东、在全国传播系统功能语言学并探索其"适用性"(appliability);雪娥应该是听我讲授系统功能语言学课程最早几批学生中的一个。后来,雪娥考取了中山大学外国语学院的硕士研究生,我还担任了她的硕士学位论文导师。她2007年完成了硕士学位论文"A Study of Appraisal in *A Rose for Emily*: A Systemic Functional Approach",并于同年获得中山大学授予的硕士学位。

语言学与文学本来是外国语言文学学科的两大不同的研究方向,在很多人看来是泾渭分明、"井水不犯河水"的研究领域,所以多年来绝大部分学者都在自己的"一亩三分地"默默地耕耘。但是,文学作品的主题、伦理、意义等主要是通过语言来表达的,文学作品所呈现的世界是语言建构出来的,所以就有很多研究文学的学者注重语言在意义表达中所起的作用,同时也有很多语言学家在研究文学作品中的语言。在系统功能语言学研究领域，最早从语言的角度挖掘文学作品中的意义的应该是 M. A. K. Halliday（韩礼德），他发表的《语言功能与文学风格》（Halliday，1971）一文成为语言文体学的经典之作。该文讨论的问题在雪娥的这本著作中有所涉及。

雪娥通过对威廉·福克纳短篇小说《献给爱米丽的玫瑰》的功能语言学研究，一方面展现了语言学理论在文学研究中的"适用性"，说明学科分支的交叉研究的重要性，另一方面通过文本的语言分析，探究语言是如何建构现实和展现意识形态的；当然，对于雪娥来说，研究不仅仅要有理论价值，还要有现实意义。对于外语教师来说，就是要注重对学生进行素质教育、突出教育的价值引领和价值塑造；不仅仅要培养学生阅读、理解、欣赏文学原著的兴趣和能力，而且要提高他们的语言能力、文化素质、审美情趣。

如果不是天道不测，造化弄人，雪娥的这部专著应该是8年前就出版了的。非常可喜的是，雪娥对生命的热爱、对生活的向往、对幸福的追求和对学术的敬畏所发出的巨大力量终于促使她把书稿整理完毕，很快就会与读者见面。我突然想起了多年前读过的清代画家郑燮（郑板桥）创作的一首题为《竹石》的七言绝句：

"咬定青山不放松，立根原在破岩中。千磨万击还坚劲，任尔东西南北风。"

这是一首咏竹诗，诗人赞颂的不是竹的柔美，而是竹的刚毅，前两句赞美立根于破岩中的劲竹的内在精神。后两句则是写恶劣的客观环境是对竹子的磨炼：不管风吹雨打霜寒雪冻，竹子依然傲然挺立。

诗一开始就用了一个"咬"字，一字千钧，生动形象地表达了竹子的刚毅性格，接着以"不放松"来说明"咬"这个动作的情况；这里采用了拟人手法形容竹子像有锋牙利齿一般，一旦咬定就不放松，就扎根于破碎的岩石之中，既深又稳。有了这样的坚强意志，那就不论客观环境如何恶劣，都是对劲竹的磨炼和考验；正因为如此，不管风吹雨打花开花落，任凭霜寒雪冻，青竹仍然"坚劲"，这充分展现了竹子的顽强性格。从语言使用的角度看，这首绝句字字珠玑，"咬定"说的是坚定不移的形态，"不放松"是一种动作方式，"立根"是说根扎得深且稳，"破岩"描述了劲竹顽强的生命力，

"千磨万击"和"东西南北风"是严酷的环境,"还"字的使用表达了"仍然"和"反而"的意义,突出了对比意义:无论客观环境有多恶劣,无论是狂风暴雨还是霜寒雪冻,无论是何种磨折和打击,竹子反而更加苍劲挺拔,更加坚韧顽强。这首诗应该是借物喻人,作者通过咏颂立根破岩中的劲竹,含蓄地表达了自己绝不随波逐流的高尚的思想情操。

对于所有有抱负、有理想、知行合一的人,在他们人生不同阶段的工作、研究和生活中,肯定会有酸甜苦辣咸,有顺利和不顺利的时候,我想雪娥应该也不例外。因此,对于所有人来说,做完每一件大事,取得成功,总是要付出代价的,而且各种的艰辛只有自己最清楚。读着雪娥的书稿,感觉到她是一个值得我们学习的人,有着竹子般的顽强意志,才能完成这么好的一本著作。正因为有这样的感觉,我上面才引用了郑燮的七言绝句,一方面说明文学作品中语言的表意功能,另一方面赞扬像雪娥这样的学者的科学探索精神。这也是我想与雪娥共勉的。

是为序。

黄国文
(英国爱丁堡大学博士、威尔士大学博士)
华南农业大学外国语学院教授、博士生导师
教育部"长江学者"特聘教授
广东省优秀社会科学家
2023 年 4 月 21 日

目 录

前 言 ·· 1
  0.1 引言：本书选题的意义 ··· 1
  0.2 本书的理论依据：系统功能语言学及其框架内的评价研究 ········ 1
  0.3 本书的重点：功能语篇分析 ·· 2
  0.4 本书的研究目标 ··· 3
  0.5 本书的语料 ·· 3
  0.6 本书的整体框架 ··· 4

上编 《献给爱米丽的玫瑰》的背景文献

第1章 20世纪80年代以来中国福克纳小说研究综述 ················ 9
  1.1 引言 ·· 9
  1.2 国内学者就中国的福克纳研究情况简述 ·························· 10
  1.3 福克纳小说的译介出版 ·· 11
  1.4 福克纳研究的学术专著 ·· 12
  1.5 福克纳研究的学术论文 ·· 14
    1.5.1 南方情结 ··· 14
    1.5.2 叙事学角度 ·· 15
    1.5.3 女性主义观 ·· 16
    1.5.4 宗教神话哲学观 ··· 17
    1.5.5 跨学科评论 ·· 19
    1.5.6 比较研究 ··· 19
    1.5.7 福克纳作品个案研究 ····································· 20
    1.5.8 福克纳研讨会 ··· 23
  1.6 结语 ·· 24

第2章 《献给爱米丽的玫瑰》研究综述 ······························ 25
  2.1 引言 ·· 25

2.2　主题分析 ·· 25
2.3　南方情结分析 ······································ 26
2.4　悲剧原因分析 ······································ 27
2.5　弗洛伊德心理学分析 ··························· 28
2.6　叙事艺术分析 ······································ 28
2.7　功能语言学分析 ··································· 33
2.8　结语 ··· 35

中编　《献给爱米丽的玫瑰》语言分析的理论框架

第3章　系统功能语言学的纯理功能 ······ 39
3.1　引言 ··· 39
3.2　经验功能 ·· 39
　　3.2.1　及物性 ······································· 40
　　3.2.2　语态 ·· 41
3.3　人际功能 ·· 42
　　3.3.1　语气 ·· 43
　　3.3.2　剩余部分 ··································· 44
　　3.3.3　情态附加语 ································ 44
3.4　语篇功能 ·· 44
　　3.4.1　主位结构 ··································· 45
　　3.4.2　主位结构与语气结构 ················· 46
　　3.4.3　信息结构 ··································· 47
　　3.4.4　衔接 ·· 48
3.5　结语 ··· 48

第4章　功能文体学 ··································· 49
4.1　引言 ··· 49
4.2　功能文体学的理论基础 ······················· 50
　　4.2.1　功能的思想 ································ 50
　　4.2.2　层次的思想 ································ 51
　　4.2.3　语境的思想 ································ 51
　　4.2.4　符号的思想 ································ 52
　　4.2.5　近似或盖然的思想 ····················· 52
4.3　功能文体学的理论内涵 ······················· 52

4.3.1	前景化	53
4.3.2	突出	53
4.3.3	情景语境	55
4.3.4	相关性准则	55
4.3.5	作品的整体意义	56

4.4 结语 57

第5章 英语评价系统简述 58
5.1 引言 58
5.2 评价研究的理论基础 59
5.3 评价研究框架 60
    5.3.1 态度（Attitude） 60
    5.3.2 介入（Engagement） 63
    5.3.3 级差（Graduation） 68
5.4 评价研究的应用和发展 69
5.5 对评价研究的一点思考 70

第6章 评价研究介入系统中"借言"之嬗变 72
6.1 引言 72
6.2 介入系统综述——嬗变的"借言" 72
    6.2.1 马丁和罗斯的介入系统框架——"简约"型 72
    6.2.2 怀特的介入系统框架——"全面"型 74
    6.2.3 马丁和怀特的介入系统框架——"改进"型 75
    6.2.4 王振华的介入系统框架——"三声"型 77
6.3 "借言"子系统分类调整——"兼容"型 78
6.4 结语 79

第7章 语言与语境 80
7.1 引言 80
7.2 系统功能语言学的语境思想 80
    7.2.1 马林诺夫斯基的语境观 80
    7.2.2 弗斯的语境观 81
    7.2.3 韩礼德的语境观 82
    7.2.4 马丁的语境观 84
7.3 结语 88

第8章 文学研究的功能语言学方法探究 ·· 89
- 8.1 引言 ·· 89
- 8.2 文学研究的功能语言学探究的理论基础 ·· 89
  - 8.2.1 语言转向使文学研究从语言切入成为可能 ····················· 89
  - 8.2.2 索氏语言学理论为文学研究提供了新模式 ····················· 92
  - 8.2.3 韩礼德的功能语言学为文学语篇分析提供了理论基础 ··· 94
- 8.3 功能语言学研究方法的优势 ·· 95
- 8.4 功能语言学与《献给爱米丽的玫瑰》 ·· 96
- 8.5 结语 ·· 98

第9章 "形式消灭内容"与"形式是意义的体现" ······························ 99
- 9.1 引言 ·· 99
- 9.2 俄国形式主义与英美新批评学派中的形式与内容之关系 ············· 100
  - 9.2.1 俄国形式派:"形式消灭内容" ·· 100
  - 9.2.2 英美新批评:"形式拥抱内容" ·· 101
- 9.3 系统功能语言学的"形式是意义的体现" ·· 104
  - 9.3.1 系统功能语言学的三大元功能的形式与意义的体现 ······ 104
  - 9.3.2 系统功能语言学的评价研究中的形式与意义的范畴化 ··· 105
  - 9.3.3 《献给爱米丽的玫瑰》语篇分析之形式与内容的体现
    ·· 106
- 9.4 结语 ·· 106

下编 《献给爱米丽的玫瑰》的语言分析

第10章 评福克纳《献给爱米丽的玫瑰》的叙事艺术 ···················· 111
- 10.1 引言 ·· 111
- 10.2 新批评综述 ·· 111
  - 10.2.1 作品的本体论 ·· 112
  - 10.2.2 构架—肌质论(Structure-texture) ······························· 113
  - 10.2.3 张力说(Tension) ·· 113
  - 10.2.4 反讽论(Irony) ·· 114
  - 10.2.5 细读(Close Reading) ··· 114
- 10.3 《献给爱米丽的玫瑰》之文本解读 ·· 115
  - 10.3.1 独具匠心的素材编排 ·· 115
  - 10.3.2 奇特的人物性格 ·· 116

10.3.3 微妙的措词 ……………………………………………… 117
10.3.4 "时序颠倒"与主题 ………………………………… 118
10.4 结语 …………………………………………………………… 119

第11章 爱米丽的"问题"及其"解决办法" …………………… 121
11.1 引言 …………………………………………………………… 121
11.2 从新批评看文本的叙事结构 ………………………………… 121
11.3 从功能语言学理论看语篇的叙事结构 ……………………… 122
 11.3.1 关于主位与主位推进模式的论述 …………………… 122
 11.3.2 关于英语叙事文结构的论述 ………………………… 125
 11.3.3 叙事语篇的主位及主位推进程序之揭示了"问题—
    解决办法"模式 ……………………………………… 127
 11.3.4 "问题—解决办法"模式 …………………………… 127
11.4 语篇的叙事结构分析 ………………………………………… 128
 11.4.1 爱米丽对纳税问题的解决办法 ……………………… 129
 11.4.2 爱米丽对自家的臭味问题的解决办法 ……………… 130
 11.4.3 爱米丽对买砒霜问题的解决办法 …………………… 131
 11.4.4 爱米丽对恋爱问题的解决办法 ……………………… 132
 11.4.5 爱米丽对免费邮政服务问题的解决办法 …………… 133
11.5 结语 …………………………………………………………… 133

第12章 爱米丽的"人际关系"及其悲剧命运 …………………… 135
12.1 引言 …………………………………………………………… 135
12.2 人际功能述评 ………………………………………………… 135
12.3 《献给爱米丽的玫瑰》的人际功能分析 …………………… 136
 12.3.1 爱米丽与新一代镇长官员们的关系 ………………… 136
 12.3.2 爱米丽与她父亲的关系 ……………………………… 137
 12.3.3 爱米丽与荷马·巴伦的关系 ………………………… 138
 12.3.4 爱米丽与药剂师的关系 ……………………………… 139
 12.3.5 爱米丽与其亲戚的关系 ……………………………… 140
 12.3.6 爱米丽与镇民们的关系 ……………………………… 140
12.4 结语 …………………………………………………………… 141

第13章 《献给爱米丽的玫瑰》中"态度"的表达与意识形态的体现 …… 143
13.1 引言 …………………………………………………………… 143

13.2 《献给爱米丽的玫瑰》中的态度资源分析 …………………… 144
    13.2.1 情感资源分析 …………………………………………… 144
    13.2.2 判断资源分析 …………………………………………… 145
    13.2.3 鉴赏资源分析 …………………………………………… 148
13.3 态度资源与意识形态 ……………………………………………… 150
    13.3.1 判断资源与意识形态 …………………………………… 150
    13.3.2 鉴赏资源与意识形态 …………………………………… 152
13.4 结语 ………………………………………………………………… 153

第 14 章 从介入的角度分析《献给爱米丽的玫瑰》的叙述声音 …… 154
14.1 引言 ………………………………………………………………… 154
14.2 叙述声音研究 ……………………………………………………… 154
    14.2.1 叙事学视角 ……………………………………………… 155
    14.2.2 系统功能语言学视角 …………………………………… 156
14.3 《献给爱米丽的玫瑰》中叙述声音的"介入" ………………… 157
    14.3.1 篇内声音 ………………………………………………… 157
    14.3.2 篇外声音 ………………………………………………… 158
    14.3.3 《献给爱米丽的玫瑰》介入资源的级差 ……………… 162
14.4 叙述声音与意识形态功能 ………………………………………… 164
14.5 结语 ………………………………………………………………… 165

第 15 章 《献给爱米丽的玫瑰》的评价资源与情景语境 …………… 166
15.1 引言 ………………………………………………………………… 166
15.2 马丁的语境观 ……………………………………………………… 166
15.3 《献给爱米丽的玫瑰》的评价资源结果统计 …………………… 168
15.4 《献给爱米丽的玫瑰》的评价资源与情景语境的关系 ………… 169
    15.4.1 语场 ……………………………………………………… 169
    15.4.2 语旨 ……………………………………………………… 171
    15.4.3 语式 ……………………………………………………… 172
15.5 结语 ………………………………………………………………… 174

第 16 章 级差系统视域下的《献给爱米丽的玫瑰》 ………………… 175
16.1 引言 ………………………………………………………………… 175
16.2 级差系统概述 ……………………………………………………… 176
16.3 语料来源 …………………………………………………………… 177

16.4 级差资源分析 ··· 177
  16.4.1 语势资源分析 ·· 177
  16.4.2 聚焦分析 ·· 184
16.5 结语 ··· 186

第 17 章 《献给爱米丽的玫瑰》的借言分析 ·································· 187
17.1 引言 ··· 187
17.2 《献给爱米丽的玫瑰》的借言分析 ································ 187
  17.2.1 《献给爱米丽的玫瑰》中的投射资源 ···················· 188
  17.2.2 《献给爱米丽的玫瑰》中的情态资源 ···················· 191
  17.2.3 《献给爱米丽的玫瑰》中的让步资源 ···················· 193
17.3 结语 ··· 196

附录 1 Detailed Analyses of Judgement and Appreciation in the Story
     ·· 197
附录 2 Analyses of Judgement and Appreciation ························ 205
附录 3 *A Rose for Emily* by William Faulkner ························ 207

参考文献 ·· 216

后 记 ··· 226

前　言

0.1　引言：本书选题的意义

《高等学校英语专业教学大纲》明确规定："文学课程的目的在于培养学生阅读、欣赏、理解英语文学原著的能力，掌握文学批评的基本知识和方法。通过阅读和分析英美文学作品，促进学生语言基本功和人文素质的提高，增强学生对西方文学及文化的了解"（2000：26）。可见，英语文学课是素质教育的重要组成部分，有利于提高学生的语言能力素质、文化修养和审美情趣。但是，目前英语文学正面临着种种困境。由于文化全球化的影响，文学趋于边缘化；由于市场经济的冲击，各个高等院校的外语教学重点也由文学转为实用性强的商务英语、经贸英语、旅馆英语等，文学面临着尴尬的境遇，英语专业教学过分注重社会性、应用性，而忽视了最重要的人文性的素质教育；由于电子传播媒介的发展，许多文学名著被改编为直白、浅显的影视作品，学生只满足于了解作品故事情节而不愿认真研读原著；由于现编文学教材大多忽视文学批评方法的介绍，学生因缺乏当代西方文论知识和语言学知识而对后现代派作品常常感到难以理解。由于传统教学方法只重"史"而轻文本分析，造成文学研究方法和手段的单一性。虽然"从英语教学中进行素质教育"（孙广平，2007：150－151）类研究并不少见，然而，通过对一经典作品的功能语言学阐释来探讨素质教育的研究却不多见。本书的选题就是希望在文学教学中培养学生运用语言学理论进行文学文本分析的能力，提高英语水平、文化修养、文学鉴赏力，这无疑具有一定的现实意义。

0.2　本书的理论依据：系统功能语言学及其框架内的评价研究

系统功能语言学是由韩礼德（M. A. K. Halliday）创立的，主要包括三大纯理功能：概念功能、人际功能和语篇功能，它们分别由及物系统、语气系统和主位系统来实现。在语气系统中，系统功能语法通过语气、情态、情态状语等系统来揭示人际关系的亲疏。语言学家马丁和罗斯（Martin & Rose，2003：

22-65)在20世纪90年代发展了系统功能语言学,创立了评价系统(Appraisal Systems)的理论框架。"评价讨论的是语篇或说话人表达、协商、自然化特定主体间的关系以及意识形态的语言资源"(胡壮麟等,2005:316-339)。评价系统包括三大次系统:态度(Attitude)、介入(Engagement)和级差(Graduation)。态度是指心理受到影响后对人类行为、文本/过程及现象做出的判断和鉴赏。该系统又分三个子系统:判断、情感和鉴赏。介入是指语言使用者利用介入手段调节其对所说或所写的内容所承担的责任和义务。介入可由自言和借言实现。级差是对态度介入程度的分级资源,包括语势和聚焦两个子系统。

在国内,胡壮麟等率先在著作《系统功能语言学概论》中介绍了评价系统。黄国文(2006)采用功能语言学方法研究中国古诗词英译本。王振华(2004:31-36)运用评价系统进行"硬新闻"的态度研究。李战子(2004:1-6)综述了评价理论在话语分析中的运用。戴凡(2002:41-48)分析了格律论和评价系统在语篇中的文体意义。可见,目前很多评价研究主要集中在新闻报道、广告政论专栏文章、学术书评、社论等非文学语篇。

0.3 本书的重点:功能语篇分析

本书以韩礼德的系统功能语言学及其框架内的评价系统为工具、威廉·福克纳(William Faulkner,1897—1962)短篇小说《献给爱米丽的玫瑰》①为语料进行案例分析。主要目标包括:通过对该语篇的评价资源(语言)分析来说明语篇是怎样表达意义和为什么会表达那样的意义;将评价资源分析统计的结果(微观结构)与情景语境(宏观结构)相联系,探究语言形式的选择是如何由作者及其所处社会的意识形态、立场所决定的;以《献》的评价分析为契机,达到拓宽文学研究的视野,提高学生的语言能力素质、人文修养的目的。

研究思路之一:从分析语篇的态度资源入手,探索女主人公所处的社团对其的评价态度,寻找其悲剧成因;思路之二:通过态度系统中的子系统判断资源的分析统计,探索语篇作者是如何把读者的视线从女主人公怪僻可恶的行为举止引向其所处的客观世界、社会环境,从而不知不觉地激起了读者的同情并影响他们的判断;思路之三:运用评价系统的介入视角对语篇内外进行"多声"分析,从而挖掘出作者本人对女主人公所隐含的态度和立场;思路之四:

---

① 书中以下各章正文述及威廉·福克纳短篇小说《献给爱米丽的玫瑰》时,第一次用全称,重复出现时均使用简称《献》。

通过对语篇与语境的关系分析，探索评价资源的选择（语言形式的选择）是由什么来决定的；思路之五：通过对《献》的语篇分析，探索文学读者如何从系统功能语言学的途径研究文学，如何提高思想境界和文学修养。

将语言学研究方法与文学研究相结合，从词汇语法层到意识形态、从部分到整体、从形式到内容进行定性和定量分析，避免先入为主和任意性，保证研究结果的客观性和有效性。采用评价理论的文本分析方法对一经典作品进行案例研究，探索在教学中如何不着痕迹地进行素质教育。通过培养学生阅读、理解、欣赏英语文学原著的能力，提高他们的语言素质、文化素质、审美情趣。

0.4　本书的研究目标

语言是差异性符号系统，文学是由语言符号构成的，因此，文学被视为像语言一样的符号系统。本课题运用语言学，尤其是评价系统，对文学语篇进行分析，从语篇的评价性词汇、语法入手，探索作者/说话者的观点、态度、判断及社会价值观和意识形态，这是从形式到内容、从微观到宏观的文学研究的语言学范式。因为特定的形式表达特定的意义，所以形式是意义的体现。语篇作者有意或无意地使用某种语言形式，他所做出的选择在很大程度上决定了选择所带来的效果，因为选择本身就是意义。

本书对一经典作品进行案例分析，探索如何在教学中进行素质教育，以达到以下目标：能够更新教育理念，巩固高等院校英语专业文学课的地位。通过培养学生阅读、理解、欣赏英语文学原著的能力，提高学生的语言素质和文化素质；能够更新文学教材，改变现存文学教材中"厚古薄今"、忽视文学批评方法的介绍等现象，让学生掌握一定的文论知识和语言学知识，以提高学生阅读、欣赏文学原著的能力；能够更新教学方法，适当将文论知识和语言学研究方法引入课堂，引导学生采用不同的方法和视角来研究文学作品，以便更好地研究文学的意义、价值和功能。

0.5　本书的语料

本书的语料是美国作家威廉·福克纳的短篇小说《献给爱米丽的玫瑰》。这是一部关于女主人公爱米丽生老病死的悲剧故事。该小说因其几乎代表了威廉·福克纳的所有小说的主题和写作技巧而一直受到国内外专家学者的热议。但大部分学者都从传统的文学批评角度对其进行研究，综述为四类：叙事学方法（王敏琴，2002）；意识流方法（朱叶，1986）；女性主义方法（肖明翰，1993）；心理分析法（裘小龙，1980）。目前，从系统功能语言学及其评价系统对《献》展开分析的，尚不多见。

0.6　本书的整体框架

本书除前言外，分三个部分，共 17 章。第一部分为上编，包括第 1 章和第 2 章。第 1 章是关于中国福克纳小说研究综述，以便读者对福克纳的小说有更深入的理解，并更加明确作为本研究语料的《献》在福克纳作品中的地位。同时，也为对福克纳研究感兴趣的同行学者提供一定的参考。第 2 章是《献给爱米丽的玫瑰》研究综述，在福克纳的所有短篇小说中，《献》是最早被翻译成中文的作品之一，也是国内学术界关注最多的作品，然而，在文献综述中，我们发现，从功能语言学角度分析《献》的研究不多，而从功能语言学的评价理论角度研究《献》的则更少。

第二部分为中编，包括第 3 章至第 9 章，主要是探讨对《献》进行语篇分析所涉及的理论框架及其理论内涵，包括韩礼德的系统功能语言学、功能文体学、由系统功能语言学发展出来的评价系统框架及其语言和语境相关联的理论。韩礼德创建的系统功能语言学理论已走过 60 年的历程，系统功能语言学在中国的研究也已走过了 40 多年。作为本书语篇分析的理论框架，系统功能语言学既是功能文体学的理论基础，亦是后来发展的评价系统的理论基石。

功能文体学是众多文体学理论的一种，是文体学历史发展到今天的必然产物，也与其他流派的文体学理论具有互补关系。功能文体学虽然与布拉格学派的文体学理论有一定的渊源关系，但是以系统功能语言学理论为基础发展起来的。系统功能语言学除了为功能文体学提供整体理论框架外，同时还提供功能的思想、层次的思想、语境的思想、符号的思想和近似或盖然的思想等。

评价系统（Appraisal Systems）是由系统功能语言学家马丁（James R. Martin）于 20 世纪 90 年代创立的，是系统功能语言学人际意义的延伸，它关注语言使用者在语篇中协商的态度、立场及其表述方式。由于评价系统是一整套运用语言表达态度和意识形态的资源，因此，在文学语篇分析中，它是一套操作性很强的理论工具。然而，它又是一套非常复杂、抽象、晦涩难懂的系统。当然，任何一个理论都不可能是完美无缺的，都要经历诞生、发展、成熟的阶段，其完善需要在发展过程中不断地更新和修正，评价研究的介入系统也不例外，评价研究在发展过程中，其介入系统中的"借言"子系统也一直处于变化中。本书第二部分亦对当下的介入系统框架进行一番梳理，厘清一直处于嬗变中、模糊人们视线的子系统"借言"，然后在此基础上，对"借言"子系统进行重新分类，以企介入系统分类界限更为清晰、简单易懂，并在实际的语篇分析中更便于操作。

第二部分对语言和语境相关联的理论做了探讨。韩礼德功能文体学理论的核心是"功能思想"。韩礼德认为语言结构是在交际过程中根据其使用功能发展而来,并将语言的功能分为三个元功能,所有的语言结构都可以从这三大元功能给以解释。功能思想把语言形式和情景语境联系起来,有利于我们从更深层次把握语篇的文体特点。对情景语境的关注是系统功能语言学的另一重要思想。与语言的三个元功能相对应,韩礼德归纳出情景语境的三个组成部分:语场(Field)、语旨(Tenor)和语式(Mode)。

虽然系统功能语言学研究的基本理论和术语里并没有关于"形式与内容的关系"的具体表述,但是,功能语言学的一条广泛应用的基本原则就是"形式是意义的体现","选择就是意义"。形式与内容的关系本来是一对哲学范畴,由于哲学的问题归根到底是对语言的思考的问题。因此,本研究最终的目的是将形式与内容的关系延伸到形式与意义关系的问题上。韩礼德的系统功能语言学把意义范畴化和形式范畴化的一致性作为其研究目标,从系统功能语言学发展起来的评价系统则把意义范畴的系统化本身作为其主要的研究目标,是对系统功能语言学的人际意义的扩展研究。本书以系统功能语言学及其框架内的评价研究为工具、以威廉·福克纳短篇小说《献》为语料进行一系列的相关语言分析,便是最好地印证了"形式是意义的体现"这一原则。

第三部分为下编,包括第10章至第17章,主要是以系统功能语言学、功能文体学、由系统功能语言学发展起来的评价系统框架、语言和语境相关联的理论等对《献》进行功能语篇的微观分析。首先,运用形式主义新批评理论,从独具匠心的素材编排、奇特的人物性格、微妙的措词和"时序颠倒"的叙述方法等方面对《献》的语言形式进行了解读。我们发现,《献》中这些突出的语言特征(形式)充分表达了该作品的整体意义(内容),实现了前景化。这其实印证了功能语言学的一条广泛应用的基本原则就是:形式是意义的体现,特定的语言形式的选择表达了特定的意义。尽管功能语言学的基本理论和术语里并没有"形式与内容的关系"的具体表述,但其核心思想是不相违背的、是相通的。然后,从语篇功能、人际功能、评价框架中的态度、介入、级差、介入子系统中的借言等入手,对《献》进行语言分析,其目的同样也是揭示语篇是如何通过表层突出的语言特征(形式)来表达其深层的意识形态意义(内容)的。最后,将《献》评价资源分析统计的结果(微观结构)放在情景语境的层面上(宏观结构)进行考察和分析,探究语言形式的选择是如何由作者及其所处社会的意识形态、立场所决定的。

上编

《献给爱米丽的玫瑰》的背景文献

本书上编共2章。第1章"20世纪80年代以来中国福克纳小说研究综述"主要介绍福克纳小说的译介出版情况以及相关学术研究,从南方情结、叙事学角度、女性主义观、宗教神话哲学观、跨学科评论、比较研究等六个方面总结相关学术成果,旨在对近40年来国内福克纳小说研究进行梳理和综述。

第2章"《献给爱米丽的玫瑰》研究综述"介绍该小说在中国的传播、研究情况。自1979年以来,研究该小说的论文占福克纳短篇作品研究论文总数的70%以上。本章从主题分析、南方情结分析、悲剧原因分析、弗洛伊德心理学分析、叙事策略分析以及功能语言学分析等角度对相关研究予以综述。

第 1 章 20 世纪 80 年代以来中国福克纳小说研究综述

1.1 引言

诺贝尔文学奖获得者威廉·福克纳是美国南方文学家的重要代表。他一生共创作了 19 部长篇小说和 75 部短篇小说（王小凤，2004：34；潘瑶婷，2005：96），有的学者认为他创作了 129 篇短篇小说，其中有中文译本的有 40 篇（朱振武、杨瑞红，2010：109）。他虚构了背景城市约克纳帕塔法县（Yokapatawpha），创作了约克纳帕塔法系列小说，在那片"邮票般大小的土地上"，"福克纳有 15 部作品是写这个虚构的县城的"（丁三，1982：14），这些作品描绘了美国南方 200 年的历史变迁、人物盛衰。他对美国南方以及整个西方世界的洞察力和他对小说形式与创作手法的卓有成效的实验与创新，日益引起读者和批评家的兴趣。人们对他的研究正如对莎士比亚的研究一样，源源不断，常研常新。正如姚乃强（1993：108）指出的那样，"福克纳研究本身已经成为一门专业，一个行业。每年都有十多本有关专著和数以百计的论文出版"。国外研究者们对他的研究长盛不衰。虽然福克纳研究在中国起步较晚，但发展迅速。国内福克纳研究经历了 20 世纪 30—40 年代的起始期、50—80 年代的发展期、80—90 年代突飞猛进的繁荣期、21 世纪以后的稳步期。每一个时期的研究成果丰硕，异彩纷呈。笔者在中国知网以"福克纳研究"为主题词，检索了 1980 年至 2023 年 10 月间的文献，结果显示，26 条相关研究中真正意义上关于国内福克纳研究综述的文献只有 20 篇。自陶洁教授编著的《福克纳研究》（上海外语教育出版社）2014 年出版、朱振武教授著的《福克纳的创作流变及其在中国的接受和影响》（人民文学出版社）2015 年出版后，就较少见到比较全面的有关国内福克纳研究的综述，学者们只是从某个视角研究福克纳作品的某个具体方面的写作特点。本章主要从福克纳小说的译介出版，学术专著，包括南方情结、叙事学角度、女性主义观、宗教神话哲学观、跨学科评论、比较研究等六个方面的学术论文，主要集中在对《喧哗与骚动》《押沙龙，押沙龙！》《我弥留之际》《熊》《圣殿》和《献给爱米丽的玫瑰》等重要作品的个案研究，国内成功举行的三次福克纳研讨会等对中国的福克纳研究情况进行梳理和简述，以期读者对福克纳的小说有更深入的理解，并更加明确本书的研究语料《献》在福克纳作品中的地位。

1.2 国内学者就中国的福克纳研究情况简述

随着福克纳研究越来越流行，我国研究福克纳的学者越来越多，我国的学者开始关注国内福克纳研究的趋势以及我国福克纳研究与国外福克纳研究的相同和差异。金衡山、姚乃强、高奋和崔新燕、陶洁、纪琳、廖白玲、谢秀娟、雷红珍、朱振武和杨瑞红等学者都曾经就中国的福克纳研究进行过详细的分析报道，同时也提出了我国福克纳研究存在的问题。

姚乃强（1993：108-113；2004：3-7）在《外国文学评论》和《四川外国语学院学报》上分别发表了《福克纳研究新趋势》和《兼容有序，聚焦文化：谈90年代福克纳研究的态势》。前者主要是对80年代美、英福克纳研究做了介绍和分析，后者主要是对90年代美、英福克纳研究的新态势进行了分析报道。他的两篇文章为国内学者了解国外研究状态起了筑路搭桥的作用。

高奋和崔新燕（2004：144-150）从译介出版、总体研究、作品研究三个方面全面综述了我国学术界近20年来的福克纳研究成果，并指出今后研究中应重视三个方面的问题：进一步拓宽研究视野和范围；确立批评的主体意识；加强对国外研究成果的翻译和引进。

陶洁（2005：1-3）对90年代以来我国福克纳研究成果进行了回顾和总结，对存在的问题进行了思考，提出我国福克纳研究出现的三个过于集中的现象："过于集中在对《喧哗与骚动》等福克纳在20世纪20年代后期和40年代初期作品的研究，对他后期的作品，尤其是他获得诺贝尔文学奖以后的作品基本上没有涉及；过于集中对他的现代主义手法的研究，对他继承的现实主义传统手法很少提及；过于集中在对个别的长短篇小说的研究，对绝大多数的短篇小说和大部分的长篇小说研究很少。"陶洁（2012：148-150）的另一篇文章《新中国六十年福克纳研究之考察与分析》对我国福克纳研究进行了更加全面的总结。作者认为，在很长的时间内，我国学者对威廉·福克纳注意不多，直到1950年福克纳获得诺贝尔文学奖，我国学者对这位作家的译介和研究才正式展开，但很快又因"文化大革命"而中断。自1979年开始，我国的福克纳研究走上正轨。1990—1999年是我国翻译出版福克纳作品和有关著作的全盛时期，也是福克纳研究的一个高潮。进入21世纪以来，我国的福克纳研究稳步而迅速发展。这一时期福克纳研究的特点是年轻学者增多，研究对象范围扩大，研究方法也更加新颖和多样，从比较文学角度予以研究的论文、论著也在逐渐增加，还出现不少总结我国福克纳研究的文章。总体而言，我国福克纳研究起步较晚，但发展迅速。存在的问题主要是重复研究，对他的后期作品以及现实主义创作手法研究不足等。

纪琳（2006：104-107）从研究进程、研究对象、研究方法、研究主体等方面对中国福克纳研究做了系统全面的梳理，同时指出研究过程中存在的问题，"如研究者的视野还不够开阔，研究主要集中在几部作品上，有时有重复，观点的原创性也不足，作品的翻译不足，没有出版过帮助读者克服阅读困难的注释本等等"。

朱振武和杨瑞红（2010：109-122）从作品的译介出版、总体研究和个案研究等方面对国内30年来福克纳短篇作品的研究状况进行了概述，资料翔实，内容丰富，不论在广度上还是在深度上，该文对福克纳研究来说都是值得借鉴的一篇文章。

谢秀娟（2007：72-73）主要从福克纳的南方情结、叙事艺术、妇女形象、宗教神话、现代批评理论和比较研究等六个方面对80年代以来国内福克纳研究进行综述评析，虽然篇幅不长，资料也不算丰富，但研究的眼光有其独到之处。

1.3 福克纳小说的译介出版

"福克纳最早是在1934年由施蛰存先生主编的《现代》杂志介绍到中国，但并没有引起太大的重视。解放后在50年代，《世界文学》杂志曾发表过他的两个短篇小说。由于当时的政治形势，对他的介绍并没有进一步发展。可以说，对福克纳的翻译、介绍和研究工作是从70年代末改革开放以后开始的。其标志是1979年上海《外国文艺》发表的三个短篇——《纪念爱米丽的一朵玫瑰花》《干旱的九月》《烧马棚》——以及一篇重要论文——马尔科姆·考利的《福克纳：约克那帕塔法的故事》。"（陶洁，2005：1）自20世纪80年代初到现在，我国已经出版的福克纳主要作品的中译本有：《喧哗与骚动》（李文俊译，上海译文出版社，1984，2007，2010；浙江文艺出版社，1992；上海世纪出版集团，2004）、《我弥留之际》（李文俊译，漓江出版社，1990；上海译文出版社，1995，2010；上海世纪出版集团，2004）、《福克纳中短篇小说选》（H.R.斯通贝克选，世界文学编辑部编，中国文联出版公司，1985）、《熊》（李文俊译，人民文学出版社，1989；上海译文出版社，1990）、《福克纳作品精粹》（陶洁译，河北教育出版社，1990）、《去吧，摩西》（李文俊译，上海译文出版社，1996，2010；上海世纪出版集团，2004）、《圣殿》（陶洁译，上海译文出版社，1997；上海世纪出版集团，2004）、《八月之光》（蓝仁哲译，百花文艺出版社，1998）、《掠夺者》（王颖、杨菁译，上海译文出版社，1999；上海世纪出版集团，2004）、《押沙龙，押沙龙!》（李文俊译，上海译文出版社，2000；上海世纪出版集团，2004）、《坟墓的闯入者》（陶洁译，上海译文出版社，2000，2004；上海世纪出版集团，2000）、《献给爱米丽的玫瑰花：福克纳短篇小说集》（陶洁编，译林出版社，2001）、《村子》（张月译，百花文艺出版社，2001）、《野棕榈》（蓝仁哲译，上海译文出版社，2009）和《福克纳随笔》（李文俊译，上海译文出版社，2009）、《福克纳传》（戴维·明特著，顾连理译，上海东方出版中心出版，1994）。从20世纪80年代至21世纪初的近20年时间里，福克纳的长短篇小说中最主要的一半作品已经译成中文。

1.4　福克纳研究的学术专著

国内学者对福克纳生平、思想、创作的系统研究专著可谓硕果累累，这离不开国内众多福克纳研究学者的共同努力。李文俊、肖明翰、刘荐波、潘小松、朱振武、黄运亭、廖采胜、刘建华等学者的研究著作都从不同方面对福克纳及其作品作了深入、系统的研究。

李文俊选编的《福克纳评论集》（中国社会科学出版社，1980）是我国福克纳研究的一座丰碑，成为研究者必备的参考书。书中全面研究和评述了福克纳创作的总倾向，评论了福克纳《喧哗与骚动》《押沙龙，押沙龙!》《熊》等几部著名小说，还收入了国外研究者对福克纳的评论文章，以及福克纳谈生活、艺术和创作的材料。李文俊的《福克纳评传》（浙江文艺出版社，1999）和《福克纳传》（新世界出版社，2003）两本著作把福克纳的人生经历与其艺术创作结合起来研究，同时，还对福克纳备受关注的短篇小说进行了专章分析。"他在《福克纳评传》中分析了作品中的人物关系、种族关系和创作思想，认为《去吧，摩西》写了'麦卡斯林家族的两个支系几代人的命运'，反映了美国南方最本质的问题。他在《福克纳传》中，在对以内战为题材的短篇小说集《没有被征服的》创作背景和主题进行分析后，认为书中的外婆——罗莎·米拉德是真正永远也'没有被征服的'人。此外，他还分析了《去吧，摩西》中的系列小说中的人物塑造和主题；他认为《献给爱米丽的一朵玫瑰》是对哥特式恐怖小说的超越。"（朱振武、杨瑞红，2010：114）高奋和崔新燕（2004：147）则认为李文俊的《福克纳评传》"是国内第一部最为完整的对福克纳所有主要作品介绍和评析的专著，颇具学术功力"。李文俊选编的《福克纳神话》（上海译文出版社，2008）同样引起学术界的关注。其最新之作则是《威廉·福克纳》（人民文学出版社，2010）。

另一位研究福克纳的著名学者是肖明翰，他一共发表了三部福克纳研究专著。他的《大家族的没落——福克纳和巴金家庭小说比较》（广西师范大学出版社，1994）是关于福克纳的比较研究的力作。肖明翰对福克纳与巴金作品的文化背景、创作思想、写作手法和人物形象塑造等方面进行了深入研究。肖明翰在书中对福克纳与巴金家庭小说中的父亲形象、青年形象和妇女形象进行了对比分析指出，巴金与福克纳虽然文学气质大不相同，但他们的作品都致力于反映动荡年代中人民的生存状态，具有特殊的敏锐性和深刻性。肖明翰于1997年出版了填补空白的专著——《威廉·福克纳研究》（外语教学与研究出版社）。首先，他在书中讨论了福克纳和他的创作与美国南方社会、文化文学传统之间的关系，分析了他的创作手法同他的世界观的统一以及同西方现代主义文学之间的渊源，从而为后面分析他的创作构造了一种历史、文化和思想框架；其次，从主题思想、人物塑造、创作手法等方面宏观研究了福克纳的创作和艺术成就；最后，该书具体分析了福克纳的六部重要代表作品。这是一部全面探讨福克纳生平、思想、作品的专著，为当代中国的福克纳研究者提供了十分重要的参考资料。肖明翰在1999年出版了《威廉·福克纳：骚动的灵魂》（四川人民出版社）。在书中，肖明翰结合福克纳的生平和思想，探讨了他的主要作品的主题，考察了《去吧，摩西》等作品中的种族问题和福克纳的反种族主义立场。

刘荐波在教育部人文科学"九五"青年基金研究项目成果《南方失落的世界——福克纳小说研究》（西南师范大学出版社，1999）一书中对福克纳的生平、人物塑造、创作主题、创作手法和文体进行了研究，分析了福克纳对女性形象的塑造，认为爱米丽等女性形象可以被划分为"家庭的牺牲品、社会和传统观念的牺牲品，以及作为反面形象的女性和反叛者的形象等几大类型"（刘荐波，1999：131），并对《献》的主题和表现手法做了深入研究。

潘小松所著福克纳传记《福克纳——美国南方文学巨匠》（长春出版社，1995）把福克纳的人生经历与他的文学创作结合，其中部分篇幅简要分析了他的短篇作品的内容和创作情况。

朱振武在其博士论文《福克纳小说创作的心理美学研究》（扬州大学，2002）的基础上写成的专著《在心理美学的平面上：威廉·福克纳小说创作论》（上海学林出版社，2004）主要从社会心理学、文学心理学和精神分析学入手，结合心理美学、文学人类学和文艺发生学，对福克纳小说创作的发生、其隐含形式和内在机制进行心理上的跟踪，对其创作模式进行美学上的探讨，对其作品取得巨大成功的原因进行文化上的揭示，从而为更好地理解福克纳、更准确地解读其文本提供了一个新的视角。其中的两个章节从"男性成年范式"和"女性毁灭范式"的角度深入研究了《熊》和《献》的创作思想（朱振武、杨瑞红，2010：113）。

此外，黄运亭等的《在喧哗与骚动中沉思：福克纳及其作品》（海南出版社，1993）、廖采胜的《福克纳小说中的语言与文化标志》（福建教育出版社，1999）、刘建华的《文本与他者：福克纳解读》（英文版）（北京大学出版社，2002）、黎明和江智利的《另一个角度看福克纳》（重庆出版社，2006）等对福克纳及其作品也有深入研究。

1.5 福克纳研究的学术论文

20世纪80年代以来国内福克纳研究逐渐升温并步入成熟期，大量学术论文接踵发表。不同学者在不同时期对福克纳研究的论文数量的统计数字足以说明。陶洁（2005：1）统计得出，20世纪80年代10年间学者们发表了关于福克纳的论文50来篇。20世纪90年代至2003年，中国学者撰写并发表了关于福克纳的论文近250篇。据廖白玲（2005：89-91）的不完全的统计，20世纪80年代国内报刊发表了福克纳研究方面的论文20余篇；20世纪90年代发表的"福学"论文已逾70篇之多；从2000年到2003年短短的四年内，由我国学术期刊发表的关于福克纳研究论文已达150余篇。朱振武、杨瑞红（2010：117）统计，改革开放以来，国内学者对福克纳的短篇小说进行个案研究的论文（包括学位论文）共345篇。笔者也从中国知网（主题词："福克纳研究"）的检索结果得出，从1980年至2023年10月间，国内学者发表关于福克纳研究论文已达2321篇，其中学术期刊1629篇，学位论文419篇。这些统计数字或许不是完全的精准，但可以说明一个问题：国内学者研究福克纳的论文在成倍地增长，无论是在成果数量上还是研究力度上，福克纳研究都不愧成为国内文学研究的热点之一。以下从福克纳的南方情结、叙事学角度、女性主义观、宗教神话哲学观、跨学科评论和比较研究等六个方面对国内福克纳研究主题进行探讨分析。

1.5.1 南方情结

威廉·福克纳是美国"南方文学"的杰出代表。南方的兴衰荣枯成为他作品的主题。福克纳坚信自己熟悉的家乡和人民是他发挥想象力进行创作的最可靠的源泉。福克纳曾描绘道："我发现我家乡的那块邮票般大小的地方值得一写，只怕我一辈子也写不完，我只要化实为虚，就可以放手充分发挥我那点小小的才华。我可以像上帝一样，把这些人调来调去，不受时空的限制。结果非常成功，至少在我看来效果极好"（转引雷华，2009：453）。

福克纳作品所描绘的多是发生在南方的故事。肖明翰在《矛盾与困惑：福克纳对黑人形象的塑造》（《外国文学评论》，1992/4）一文中指出，虽然福克纳对南方种族主义持有明显的批评态度，但他仍然将他的南方情结带入作品创作中。肖明翰的《福克纳与美国南方文学传统》（《四川师范大学学报》，1996/1）认为，福克纳把从南方文学传统中吸取的丰富的艺术营养同现代主义世界观和写作手法结合起来探索和表现美国南方的社会和历史，他的创作在很大程度上就是对南方文学传统的继承、扬弃和发展。汪筱玲在《从〈献给爱米丽的玫瑰〉看福克纳的南方情结》（《江西教育学院学报》，2007/4）中认为，该小说篇幅虽小，但其所表现的人物形象被视为福克纳的约克纳帕塔法体系人物形象的一个缩影，几乎涵盖了福克纳南方情结根源的方方面面，它们包括父权制度、性别歧视和种族压迫。张美琴在硕士论文《论〈献给爱米丽的玫瑰〉对"南方情结"的继承和超越》（武汉理工大学，2006年）中，将《献》和威廉·福克纳的其他小说进行比较，从福克纳所表达的"父权主义""女性主义"和"种族歧视"等思想主题和运用的写作手法上对"南方情结"的继承做了研究，并从"恋父情结""逃避现实"和"思想互读"等思想主题和"独特结构""幽默手法"的写作手法探讨了该小说对"南方情结"的超越。

1.5.2 叙事学角度

福克纳是一位伟大的小说技巧实验家，他竭尽毕生精力对他的创作手法不断实验、探索和完善。他成功运用意识流、多角度叙述、象征、并列、对照、复调、内心独白等手法进行创作，取得独特的成效，成为学者们研究的焦点。特别是叙事技巧更是普遍出现在福克纳的小说中，福克纳的《献给爱米丽的玫瑰》（*A Rose for Emily*，1930年）、《喧哗与骚动》（*The Sound and the Fury*，1929年）、《我弥留之际》（*As I Lay Dying*，1930年）、《押沙龙，押沙龙！》（*Absalam, Absalam!* 1936年）、《去吧，摩西》（*Go Down, Moses*，1942年）、《八月之光》（*Light in August*，1932年）和《夕阳》（*That Evening Sun*，1931年）七部小说充分体现了福克纳小说的叙事技巧。

国内不少学者从叙事学角度对福克纳小说的叙述技巧进行研究，他们大多数从如下方面切入：叙事风格、叙事模式、叙述声音、叙述者、叙述视角、多重声音、多个叙事者、多角度叙事方法、叙事视角、多角度叙事、多视角叙事模式、多角度叙事方式和多角度等。

刘荐波的《浅析福克纳小说的叙事手法》（《西南师范大学学报》，1993/2）认为，福克纳成功地运用"时序颠倒""内心独白""多角度"叙述、象征暗示等写作手法是福克纳小说创作的一大特色。王敏琴在《〈献给爱米丽的玫瑰〉的叙事特征》（《外国语》，2002/2）中主要从时间倒错、人称代词所指模糊和"无名的声音"三个方面探讨了这篇小说的叙事特征。邵锦娣在《没有玫瑰的故事——评述福克纳〈献给爱米丽的玫瑰〉的叙事艺术》(《外语学刊》，1995/4) 中，从故事的结构、哥特式的恐怖和精巧的素材安排三个方面探讨该小说的叙事特征。程锡麟在《献给爱米莉的玫瑰在哪里？——〈献给爱米丽的玫瑰〉叙事策略分析》(《外国文学评论》，2005/3) 中以苏珊·S·兰瑟《虚构的权威：女性作家与叙述声音》关于叙述声音的观点为基础，对该小说的叙述者和叙述声音进行了分析。赖骞宇、刘济红在《叙述者问题及其功能研究——以〈纪念爱米丽的一朵玫瑰〉为例》(《江西社会科学》，2007/8) 中探讨该短篇小说的叙述者的特征与其功能之间的关系。詹树魁在《论〈我弥留之际〉的叙述手法》(《外国文学研究》，1999/2) 中指出，《我弥留之际》的几个主要叙述特征为：同心圆式的叙述结构、按心理叙述次序组合的时间的排列、重叠和中断，以及大量而深刻的象征寓意。冯季庆的《二元对立形式与福克纳的〈我弥留之际〉》(《外国文学评论》，2002/3) 在探讨结构语义学的二元对立原则的结构、功能的意义，以及它作为一种叙事方法所能达到的语义深度的基础上，分析了该小说呈现在语义学意义上的二元对立对叙事结构的重要意义，以及它与作品的道德倾向和意识形态倾向的关系。

1.5.3 女性主义观

"女性主义文学批评在中国大陆的兴起，大约是 1983 年前后的事情。虽然在上世纪初就已经开始有女性意识的觉醒，大批女性作家的崛起也向世人昭示了一个被压抑的女性群体的反抗，第一次'浮出了历史地表'，不管是出于自觉或不自觉，她们对妇女的解放还缺乏深层次的认识，还不足以形成完整的理论体系。新时期女性主义文学批评的萌生，同其他西方现代文论的东渐一样，主要是从翻译、介绍西方女性主义文学批评开始的，即它的产生和发展首先受到世界女性主义文学批评的滋润"（方钦，2008：168）。

福克纳笔下的女性形象鲜明，不仅反映了美国南方生活，也展现了福克纳的思想。国内学者们逐渐着眼于福克纳的女性主义观，其研究具有两个特征：一方面，在中国，对福克纳的女性主义观的研究起步较晚，20 世纪 80 年代几乎没有专门的研究文章，90 年代方才萌芽并逐渐兴盛；另一方面，此领域的文章观点大都达成一致，即批判不公平的南方传统女性主义观并表明美国南方"被毁灭的女性范式"。

不同的学者对福克纳作品中的女性形象都持相似的观点，即福克纳笔下的女性大多以受害者形象出现。肖明翰的《试论福克纳笔下的妇女形象》(《四川师范大学学报》，1993/4) 认为，福克纳之所以这样塑造妇女形象是为了批判违反人性的南方传统妇道观。朱振武的《夏娃的毁灭：福克纳小说创作的女性范式》(《外国文学研究》，2003/4) 探讨了福克纳作为无意识范式主体在其女性形象创作方面的自主活动，作者认为，福克纳在作品中描述的南方女性的形象之所以是被毁灭的女性，主要是因为"成长于美国南方的福克纳作为男性话语的代表在创作中把自己对南方生活和对生命的体验这一内心范式不由自主地转化为象征性范式的结果"（朱振武，2003：34）。武月明的《天使/妖妇——〈喧哗与骚动〉中凯蒂形象读解》（《外国文学》，2002/1）分析了三位男性对凯蒂的定位：母亲与天使，情人与妖妇，尝试从女性视角感悟凯蒂的沉默与缺席，探讨造成她悲剧的原因。武月明的另一力作《男/女或女/男：从福克纳之女权主义研究谈起》（《四川外语学院学报》，2005/3）同样是探讨女性主义观的论文。李洁平的《怪异的真实本源——〈纪念爱米丽的一朵玫瑰花〉：一种女性主义的解读》（《齐齐哈尔大学学报》，2003/1）可以看作完全用女性主义文学批评视角来分析小说的先行。该论文认为从女性主义文学批评的角度来看，"福克纳感兴趣的决不仅仅是制造表面上的怪异和恐怖场景，也不是简单意义上的南方与北方、新与旧观念的冲突，而是意在揭示造成这种变态行为的真正根源"，这种造成爱米丽悲剧的真正根源就是传统南方社会的清教思想和种植园经济下的父权思想。福克纳的短篇小说《艾莉》写白人少女艾莉爱上一名疑有黑人血统的青年，因爱情得不到认可而与其祖母和情人同归于尽的故事。易艳萍在《福克纳短篇小说〈艾莉〉中的女性人物研究》（《长沙铁道学院学报》，2004/4）中认为福克纳塑造的艾莉和祖母是两个个性鲜明的女性人物，体现了美国南方女性飘忽不定的命运和她们面对社会和经济变化的严酷现实的呐喊、抗争和屈从。福克纳的短篇小说《曾经有过这样一位女王》描述大多数男人已死去的沙多里斯家族的故事。韩启群的《没有男人的女人——福克纳短篇小说〈曾经有过这样一位女王〉的女性主义解读》（《四川外语学院学报》，2005/3），从女性主义角度解读文本，着重指出福克纳通过珍妮姑婆这一形象挑战了以男性为主体的社会模式，批判了父子相继的男性秩序和父系秩序，认为福克纳超越了同时代的女性观点，有意识地避免男性作家作品中常见的男性崇拜和厌女意识，体现了人道主义思想和创作理念。朱宾忠在《为情所生、为情所困的女性群体——谈福克纳笔下的少女、少妇形象》（《名作欣赏》，2008/8）中通过对《艾莉》和《献给爱米丽的玫瑰》等作品中的女性形象的对比分析，认为福克纳在其作品中揭示了在传统的男权社会中，女性总体上是弱势群体，是男权中心主义的受害者。

1.5.4 宗教神话哲学观

国内学术界深入探讨了福克纳作品与神话、宗教和哲学的关系。肖明翰在《福克纳与基督教文化传统》（《国外文学》，1994/1）中用例证说明福克纳对基督教传统既有继承也有批判，运用基督教典故和传说的目的是为了更好地对人类和社会进行探索，而不是一些外国专家偏激地认为福克纳是最深刻的基督教作家之一，或者认为福克纳的作品是对上帝的亵渎。刘全道的《创造一个永恒的神话世界——论福克纳对神话原型的运用》（《当代外国文学》，1997/3）和《救赎：福克纳小说的重要主题》（《国外文学》，1998/3），讨论了福克纳对神话原型的运用以及其体现的救赎主题。刘建华在《福克纳小说中的神话和历史》（《外国文学研究》，1997/10）中，通过比较分析《沙多里斯》《喧哗与骚动》和《押沙龙，押沙龙！》，指出福克纳以历史修改神话的能力在《喧哗与骚动》和《押沙龙，押沙龙！》中已经有所表现。蒋花、柴改英的《〈押沙龙，押沙龙〉中的神话原型及主题》（《四川外语学院学报》，1998/2）从神话原型的角度探讨《押沙龙，押沙龙！》的中心主题——种族主义问题以及与这一主题直接或间接相关的问题：家族的没落、旧南方的崩溃、奴隶制、异化感以及文化传统和家族历史对青年一代的毁灭性影响等。朱振武的论文《论福克纳小说创作的神话范式》（《上海大学学报》，2003/4）认为，福克纳把神话因素奉为文本的坐标，为处于失衡的价值世界中的人们找到了精神传承；他认为，福克纳借用神话原型，在《没有被征服的》等作品中塑造了传统时代末期的悲剧式的英雄人物。谭杉杉在《论福克纳小说中的圣经人物原型》（《世界文学评论》，2006/2）中认为，福克纳的创作中，在人物、时间、情节等许多方面都有其对应的圣经原型，他的小说题目大多与《圣经》有关，例如《喧嚣与骚动》《我弥留之际》《押沙龙，押沙龙！》《去吧，摩西》《寓言》《圣殿》等。小说中与重要事件、重要人物相关的时间也大都选择在受难日、圣礼拜六、复活节，在人物的生日、年龄、姓名上也都暗藏玄机。福克纳不仅仅为了宣扬宗教教义，藉由创作，他也探索了现代人在失去人类古老的美德之后人性的堕落，探索社会等级制度对人性的摧残和种族主义对人性的践踏。另外，福克纳笔下各色人等的潜意识心理特征，又与现代人寻找心中的"上帝"，探索人的潜意识世界的文化取向有了极大的相似性。李常磊的《福克纳的时间哲学》（《国外文学》，2001/1），通过时间的基本特性，从哲学上探讨福克纳的时间哲学以及这一时间哲学所体现的社会价值。李常磊在另一论文《福克纳作品的神话时间》（《四川外语学院学报》，2004/5）中认为，神话时间是对生命的主观形式和自然客观直觉相互关系的一种内在感悟，表现为传统观念上的"过去""现在"和"未来"处在同一层面上，具有"同时的"或"共时的"意义。福克纳在作品中精心利用了神话中的时间意识，借助于历史神话把南方现代人的精神困境、南方社会的种种矛盾和自己复杂的内心冲突结合起来，通过运用神话时间实现了南方历史的神话化，反映出他对南方传统、社会现实，乃至人类的"未来"的真实看法，为迷惘中的南方人指出了"未来"的出路。这些文章都赞誉福克纳是一个善于运用神话和创造神话的作家。

1.5.5 跨学科评论

国内不少学者运用现代批评理论和跨学科理论来研究分析福克纳作品,如复调理论、后现代主义、后殖民主义、心理学、立体画、语义学、解构主义、语言学等,可谓百花齐放,百家争鸣。

肖明翰在《〈押沙龙,押沙龙〉的不可确定性》(《四川师范大学学报》,1997/1)中以巴赫金(Bakhtin)的对话理论为基础,深入分析了小说中四位叙述者对斯德潘家族史的不同解读之间的冲突和他们各自的叙述中的内在矛盾,从而揭示了这部小说不可能确定于一个终极意义的复调性质。刘荐波在《论〈喧嚣与骚动〉的复调结构》(《外语教学与研究》,1998/2)中也是运用巴赫金的复调理论对该小说进行分析,指出小说中三个叙述者的声音相互平等,没有一个权威的、占优势地位的声音,读者需凭自己的理解能力推测出故事的来龙去脉。朱振武的《威廉·福克纳小说的建筑理念》(《四川外语学院学报》,2005/3)认为福克纳在小说创作中体现出明显的建筑理念,不仅成功地表现了作品的地域感,也为聚集情节、诱导心绪、类分群像、刻画人物和表达心曲作了极好的铺垫。朱振武的另一论文《福克纳对审美心理时空的超越》(《上海师范大学学报》,2005/4)则从心理学层面对福克纳特殊的心理机制进行考察。魏玉杰在《福克纳与后现代主义》(《外国文学评论》,2001/3)中介绍了著名的后现代主义学者对福克纳研究的观点,开拓了国内学者研究福克纳与后现代主义的视野。陆道夫在《从立体画派绘画看〈喧嚣与骚动〉叙事艺术》(《广东职业技术师范学院学报》,1996/1)中认为,福克纳在创作中打破了传统的小说时空观念而着重以人物的意识流程为线索,多角度、多视点、多层次地对人物工笔细画,使人物形象的各个侧面有机地融合起来,呈现出四维空间的层次感。黄雪娥的《爱米丽的"问题"及其"解决办法"——从功能语言学的角度看〈献给爱米丽的玫瑰〉的叙事结构》(《外语教学》,2002/6)、《爱米丽的"人际关系"及其悲剧命运——从人际功能的角度探讨〈献给爱米丽的玫瑰〉》(《外语教学》,2003/5)及其硕士论文《〈献给爱米丽的玫瑰〉的评价研究》(中山大学,2007)均从功能语言学的角度探讨福克纳短篇小说《献》的文体特征。刘晨锋在《〈喧嚣与骚动〉中变异时空的美学价值》(《外国文学评论》,1991/1)中认为,《喧嚣与骚动》的变异时空产生音乐和诗的意蕴,给读者带来审美愉悦。

1.5.6 比较研究

比较研究也是我国学者注重的思维和批评方法。其研究方向主要有两个:一是从不同的角度把福克纳与国内外学者进行比较,主要包括福克纳与巴金、巴尔扎克、沈从文、莫言等作品的比较研究。二是围绕福克纳及其作品，比较研究福克纳笔下各部作品存在的相同点和差异点。

程光伟、王丽丽的《沈从文与福克纳创作视角比较》（《信阳师范学院学报》，1985/1）是近年来国内沈从文与外国文学比较研究中最早的一篇。程光伟和王丽丽第一次将福克纳与沈从文、将"约克纳帕塌法世系"与"湘西系列"相提并论。肖明翰的专著《大家族的没落：福克纳与巴金家庭小说比较》（广西师范大学出版社，1994），从历史与文化背景、思想、人物形象和写作手法等角度对福克纳与巴金的家庭小说进行了比较。朱世达的《福克纳与莫言》（《美国研究》，1993/4）一文中从思想和艺术手法上探讨福克纳对莫言的影响。朱宾忠的博士论文《跨越时空的对话：福克纳与莫言比较研究》（武汉大学出版社，2006年），从文学道路、文艺思想、创作主题、人物塑造以及创作特色等几个方面对福克纳和莫言展开平行比较研究，同中见异，异中见同，比较长短，分出优劣，并尝试对他们的文学价值进行评估。孔耕蕻的《"人间喜剧"与"约克纳帕塌法世系"——论福克纳与巴尔扎克》（《外国文学评论》，1988/4）从整体结构到风格特色对福克纳与巴尔扎克作了一个清晰的比较和深入的分析。任良耀的《精心建构的艺术世界——哈代、福克纳和加西亚·马尔克斯之文本结构初探》（《外国文学》，2002/3）探索了他们的创作历程，比较了三个艺术世界在文本结构上的相似性，提出了"保留相同背景法"的系列小说模式是他们最基本的文本结构，还着重阐明了他们在创作方法上的异同，得出一个作家要想创造出自己的世界，就得对自己的全部作品有个结构上的整体规划的结论。李萌羽的博士学位论文《全球化视野中的沈从文与福克纳》（山东师范大学，2004年）从全球化语境中衍生出来的本土性、后现代性与生态学三个理论层面入手，对两位作家的相同性和差异性进行了深入系统的分析探讨。在新世纪，比较研究的新成就还包括福克纳小说与电影的比较研究、福克纳和哈代的文本比较研究等。这些研究无疑丰富并推动了国内福克纳研究。

1.5.7 福克纳作品个案研究

国内学术界几十年来比较重视福克纳的几部重要作品的具体分析和解读。根据中国知网（主题词："福克纳研究"）1980年至2023年10月间的检索统计，国内学者发表关于福克纳研究的论文已达2321篇，而单独对《献》的研究论文达651篇（详见第2章综述），其他大部分的论文集中在对《喧哗与骚动》《押沙龙，押沙龙！》《我弥留之际》《熊》和《圣殿》的研究。

《喧哗与骚动》的研究：在福克纳所有作品中，《喧哗与骚动》（以下简称《喧》）是国内学界关注最多的作品。对它的研究主要集中在主题分析、创作手法、人物塑造、时空观研究四个方面。

关于《喧》的主题，比较普遍的看法是，它揭示了南方大家族和南方社会秩序的崩溃。陶洁在《〈喧哗与骚动〉新探》（《外国文学评论》，1992/4）中认为，人们普遍认同的南方社会秩序崩溃主题只说明了《喧》的社会性和社会意义，并未揭示决定作品主题思想和艺术手法的创作动机。薛瑞东在《南方的失落——读福克纳〈喧哗与骚动〉》（《名作欣赏》，1997/2）中提出，该小说是福克纳对南方的反思，突现了康普生家族三代人的冲突，体现了人与历史碰撞中的困惑和孤独，传达了南方的荣誉和道德的失落。福克纳创造了这个沉闷的南方，死寂般的南方，希望惊醒睡眠中的人，让他们从死中走出，重获新生。

关于《喧》的创作，国内学者最为关注的是它的意识流技巧、叙事策略和结构模式。王振昌、陈静梅在《浅析福克纳〈喧哗与骚动〉的结构特点》（《解放军外国语学院学报》，1997/4）中认为，福克纳深刻地指出现代工业社会是造成南方康普生家族经济衰败、人的道德沦落和社会腐朽的主要根源。作者关注的焦点是现代文明所造成的人性的扭曲和毁灭，人际之间不正当的关系以及人的精神危机。其作品具有极其深刻的社会意义。在福克纳所有的作品中，他本人最钟爱的是《喧哗与骚动》。一方面，这部作品通过对一个美国南方旧家族分崩离析的描写，真实地表现了美国南方历史性变化的一个侧面，使作品具有深刻的思想内涵。另一方面，作品中奇特的创作技巧打破了传统小说的构架，独辟蹊径，具有较高的艺术价值。该论文主要是对福克纳这部作品的结构特点进行一些分析。王振昌和陈静梅认为，小说的结构属于艺术形式的范畴，它是艺术作品的骨架。一部艺术作品的外在结构犹如一个人的外形，好的外在结构能够达到好的审美效果；在《喧》中，福克纳运用现代派艺术"意识流"的技巧使传统小说情节结构的因果关系被心理时空的自由联想和内心独白的无限表达所取代，使其构成了不同于传统小说的特有内在结构。刘蓉波在《〈喧哗与骚动〉的文体特征探微》（《外语教学》，2004/4）中，对《喧》特有的"多角度叙述"和"冗长句"等独特的文体特征进行了探讨。马永红在《论福克纳〈喧哗与骚动〉中意识流手法的运用》（《作家》，2011/2）中，通过对福克纳这部小说多角度叙述、内心独白、时空倒置等意识流手法运用的分析，阐述了福克纳在作品中采用意识流手法是为刻画人物性格服务，同时这一手法的运用也符合读者认识的逻辑过程和事件的客观发展进程。

《押沙龙，押沙龙!》的研究：国内对《押沙龙，押沙龙!》（以下简称《押》）的研究范围包括主题研究、创作手法、神话原型批评等。肖明翰在《〈押沙龙，押沙龙!〉中的哥特手法》（四川师范大学学报，1991/5）认为，该小说不仅仅是哥特式小说，而且许多方面超越了哥特式范畴。该论文从小说的地点背景、人物性格、情节事件和主题发展等方面来探讨其哥特式成分和作用，同时也指出哪些方面超越了哥特式传统，从而把两方面结合起来深入探索小说的意义。肖明翰的《〈押沙龙，押沙龙〉的不可确定性》（四川师范大学学报，1997/1），以巴赫金的对话理论为基础，深入分析了小说中四位叙述者对斯德潘家族史的不同解读之间的冲突和他们各自的叙述中的内在矛盾，从而揭示了这部小说不可能确定于一个终极意义的复调性质。肖明翰在另一篇论文《〈押沙龙，押沙龙〉的多元与小说的"写作"》（《外国文学评论》，1997/1）中，通过分析《押》漫长的创作过程、作品中明显不一致的地方和作品中四个叙述人对斯德潘家族史的相互矛盾的叙述，探讨了《押》意义上的多元性，认为《押》具有"元小说"特征。

《我弥留之际》的研究：对《我弥留之际》（以下简称《我》）的研究同样侧重于主题研究和叙述手法研究。关于《我》的主题，李文俊在《"他们在苦熬"——关于〈我弥留之际〉》（《世界文学》，1988/5）中通过人物分析指出《我》表达了福克纳关于人类正在忍受苦难以及终将战胜苦难的思想。詹树魁在《论〈我弥留之际〉的叙述手法》（《外国文学研究》，1999/2）中指出，福克纳在《我》中所运用的叙述方法是小说创作中大胆而又成功的实验。通过小说同心内外圆式的内心叙述结构，按心理叙述次序所组合的时间的排列、重叠和中断，以及大量而深刻的象征寓意，福克纳准确而又深刻地揭示了人类在苦熬中的内心世界，使《我》成为本世纪小说的珍品。王欣和石坚在《双视角与双重性——〈我弥留之际〉中达尔的视角与心理的关系》（《中山大学学报》，2006/6）中指出，《我》中达尔双视角的使用与达尔人物的心理特点相关。自我内在的空虚和挫折感使达尔的人格分裂成两个对立的自我：受害者和迫害者。前者在现实中被家人遗弃和否定，在故事内机械地用第一人称内视角记录眼前发生或自己正在经历的种种事件；而后者的眼光却以第三人称外视角在将他人客体化的过程中完成自己对他者的替代，以满足对其自我完整性的期望。双重自我引发了时空中双视角的存在，使达尔的视角同时性地指涉聚焦人物在场与不在场的事件。视角的分裂最终证实了达尔的疯狂。

《熊》的研究：陈凯的《福克纳的短篇小说〈熊〉语言风格浅析》（《外国语》，1988/2），从语言、句法、想象、以及节奏等对《熊》进行广泛细致的研究。高岚在《艾萨克·麦卡斯林，西方的"真人"——从道家思想和生态主义看福克纳的〈熊〉》（《四川外语学院学报》，2005/3）中指出，当代社会越来越关注生态环境与人类文明之间的紧张关系。对此，诸多艺术家不约而同地在作品中流露出了严肃思考。在这样的环境下，中国道家思想为人们所重新认识，被认为是具有悠久的生态意识传统和理想的生态观。该论文以道家思想为关照，以福克纳的小说《熊》为蓝本，分析生态思想在中西文化中的巧合重叠，揭示一种理想的生态观和人类生存状态。孙胜忠的文章《从"顿悟"到"遁世"——评福克纳的小说〈熊〉》（《外国语言文学》，2006/2）采用"顿悟"这一概念对福克纳的小说《熊》进行解读，勾勒主人公艾克由"顿悟"走向"遁世"这一心路历程，并从宗教、政治经济和心理等方面阐述主人公理想的虚幻性。最后运用文化理论阐明作品的主题是美国个人主义、理想主义等文化心理在文学作品中的反映，指出表现"具有超验价值的个性"是美国小说家的审美取向。朱振武的《〈熊〉的创作范式及福克纳对人类的焦虑》（《解放军外国语学院学报》，2006/1）认为，由于自卑情结和潜意识等心理因素，威廉·福克纳在人物塑造和情节安排上，表现出强烈的心理定势和明显的范式化倾向，他笔下的男性多处在成年前的努力、焦虑、矛盾和成年后的困惑之中。《熊》的情节模式和意蕴与远古时期的成年礼仪有着明显的同构关系。但福克纳化用了这一创作范式，使其从传统的成年礼仪母题小说中脱颖而出，其主题意蕴得以升华。福克纳在其他小说中也成功地运用了成年礼范式，从而满足了人们潜意识中对原型模式的阅读期待，唤起了人们内心深处的情感共鸣，同时也引导人们关注赖以生存的自然环境和人类未来的尴尬境地，进而达到了文学所能企及的新的高度。

《圣殿》的研究：陶洁在《〈圣殿〉福克纳研究的一点新变化》（《当代外国文学》，1996/3）中，介绍了国外评论家对《圣殿》的主题演讲成果。肖明翰的《〈圣殿〉里的善恶冲突》（《国外文学》，1999/2）指出，《圣殿》表现了哥特式小说的最根本特征：善与恶的对立和冲突。所不同的是，它不是以正义战胜邪恶结束，而是邪恶最终战胜了正义，这表现了福克纳对美国南方以及整个西方世界的批判。鲍忠明、吴剑峰的《挥动玉米锥的凸眼——福克纳〈圣殿〉小说异类人物"黑白人"之陌生化解读》（《外国语文》，2010/1）认为，福克纳毕生关注黑人问题，虽未能完全解构其本质，却在对各色黑人人物的塑造探索中力求突破与创新。半个多世纪以来的文学述评大都集中在黑人角色的考据总结上，而对"黑白人"人物的批评研究却发掘甚少。论文以其曾经引起轩然大波的早期小说《圣殿》为突破口，以陌生化为切入点，通过对故事中心人物凸眼的双重身份及其文化、心理成因的解析，重点探讨福氏"黑人观"的延异性再现。

1.5.8 福克纳研讨会

从1992年至今，国内成功举行了三次福克纳国际学术研讨会。1992年，北京大学英语系与中国社会科学院美国研究所联合召开了由国内外学者和作家参加的中国第一个"福克纳研讨会"，会上讨论了福克纳的悲剧意识和历史感、他的叙事技巧和艺术手法、他对中国作家的影响以及有关福克纳教学和翻译问题。1997年，为纪念福克纳诞辰100周年，北京大学英语系又和香港浸会大学英语系、香港中文大学港美中心联合召开了国内第二个"福克纳研讨会"，并出版英文论文集《福克纳的魅力》（*William Faulkner: Achievement and Endurance*，北京大学出版社，1998）。这两次会议对我国的福克纳研究都起到了很好的推动作用。另外，北大外语系与四川外语学院人文社科基地于2004年5月再次召开主题为"福克纳在21世纪"的第三届福克纳国际研讨会。

1.6 结语

福克纳研究是个庞大的体系，纵观国内各个阶段的福克纳研究状况，虽然我们在广度和深度上已取得了长足的进步，关注福克纳及其作品的学者、专著和论文不断增多，涉及的作品也逐渐增多，研究的视角不断拓宽，呈现了一个多维的福克纳。但是也存在着一些问题，如研究者的视野还不够开阔，研究高度集中在几部作品上，而对他的后期作品研究深度不足，观点的原创性也嫌不足，作品的翻译不足，没有出版过帮助读者克服阅读困难的注释本等等。但是，近40年来既然中国的福克纳研究形成了一定的规模，在世界福克纳研究中占有了一席之地，那么，我们有充分的理由相信，中国福学后继研究者将不断突破束缚，拓展空间，走新路、立新意、创新招，将中国的福学研究引向新的辉煌。

第 2 章 《献给爱米丽的玫瑰》研究综述

2.1 引言

20世纪80年代以来的40多年间，国内福克纳研究取得了丰硕成果。中国的学者们也非常重视对福克纳的几部重要短篇小说的具体分析和解读。在福克纳的所有短篇小说中，《献给爱米丽的玫瑰》是最早被翻译成中文的作品之一，也是国内学术界关注最多的作品之一。根据中国知网（主题词："福克纳研究"）1980年至2023年10月间的检索统计，国内学者发表关于福克纳研究的论文已达2321篇。笔者以"《献给爱米丽的玫瑰》"作为主题词，检索了1980年至2023年10月间的中国知网，结果显示，国内学者关于该短篇小说的研究论文一共651篇（其中主题词包含"爱米丽"的有129篇、"艾米丽"296篇、"爱米莉"35篇、"艾米莉"191篇）。我们发现，在这些文献中，从功能语言学角度分析《献》的研究不多，而从功能语言学的评价理论角度研究《献》的则更少。截至目前为止，尚未发现运用功能语言学或者运用评价理论研究《献》的专著出版。本章拟从主题分析、南方情结、叙事策略、悲剧原因分析、时空观和意识流以及功能语言学分析等方面对威廉·福克纳的著名短篇小说《献》进行回顾和评述。

2.2 主题分析

国内学者从主题方面对《献》进行的研究主要包括以下的论文。朱叶的《道德与美的探索——〈献给艾米莉的玫瑰〉的主题与风格初探》（《外国语》，1986/4），该论文作者从迂回曲折的情节结构、"意识流"和"时序颠倒"、精妙的情感和心理意象、不合"规范"的句法和拐弯抹角的措词等方面来分析《献》的"人类心灵的冲突"这一主题。并且朱叶认为女主人公爱米丽的"恋父情结"表现为她屈服于父亲所代表的南方旧传统，而不是表现为对父亲的性依恋。肖明翰在《为什么向爱米丽献上一朵玫瑰？——兼与钱满素先生商榷》（《名作欣赏》，1996/6）中就钱满素"爱米丽是传统的化身"

的说法发表了自己的看法,认为《献》的叙述者代表着传统保守的南方人,正是这些保守的镇上人及其清教思想为核心的旧传统最终造成爱米丽的爱情悲剧,并毁掉了她的一生。爱米丽不是"传统的化身",而是它的牺牲品(朱振武、杨瑞红,2010:117)。刘新民的《主题、人物、艺术手法——〈献给爱米丽的玫瑰〉阅读札记兼与肖明翰先生商榷》(《名作欣赏》,1997/6)认为爱米丽代表了腐朽没落的南方贵族阶级,是旧传统、旧价值观念的化身,她的所作所为是没落贵族不甘雌伏的心态的写照。魏玉杰的《"上帝与撒旦的冲突"——福克纳〈献给爱米丽的玫瑰〉主题分析》(《国外文学》,1998/4),认为爱米丽体现了作为女性和南方人的冲突,后者最终占了上风,爱米丽为保全自己的"名节"杀了自己的心上人,结果痛苦终生,沦为南方旧传统的牺牲品。钟尹的《南方情结的召唤——对福克纳〈献给爱米丽的一朵玫瑰〉主题的深层解读》(《广西社会科学》,2005/5)从威廉·福克纳作为美国南方作家所处的特殊历史时期思想的复杂性和矛盾性出发,分析其短篇小说《献》中的两条主线所折射出来的福克纳对于旧南方爱恨交织的南方情结,为读者提供一个新的视角,以便更好地理解和欣赏作品。

2.3 南方情结分析

威廉·福克纳是美国"南方文学"的杰出代表。南方的兴衰荣枯成为他作品的主题。福克纳坚信自己熟悉的家乡和人民是他发挥想象力进行创作的最可靠的源泉。他的许多作品都以战后南方的缩影——虚构的约克纳帕塔法县(Yokapatawpha)为背景,揭示了南方传统价值观的衰败。而他的《献》所表现的人物形象被视为福克纳的约克纳帕塔法体系人物的一个缩影,几乎涵盖了福克纳南方情结根源的方方面面。张美琴在硕士论文《论〈献给爱米丽的玫瑰〉对"南方情结"的继承和超越》(武汉理工大学,2006年)中,将《献》和威廉·福克纳的其他小说进行比较,从福克纳所表达的"父权主义""女性主义"和"种族歧视"等思想主题和运用的写作手法上对"南方情结"的继承作了研究,并从"恋父情结""逃避现实"和"思想互读"等思想主题和"独特结构""幽默手法"的写作手法探讨了该小说对"南方情结"的超越。汪筱玲在《从〈献给爱米丽的玫瑰〉看福克纳的南方情结》(《江西教育学院学报》,2007/4)中,从父权制度、性别歧视和种族压迫三个角度来分析福克纳的南方情结。刘红云的《南方情结的继承和超越——对福克纳小说〈献给艾米丽的玫瑰〉的解读》(《名作欣赏》,2012/32)认为作品中的主人公艾米丽(即爱米丽)是南方文化的守护者和实践者。文章试从小说中的父权主义、性别歧视分析作者对战后南方的眷恋情结,同时通过作品思想主题表达作者超越现实的决心和勇气。

2.4 悲剧原因分析

　　国内有不少学者探讨爱米丽的悲剧原因。最早的一篇研究爱米丽悲剧成因的论文应该是施少平的《一幕耐人寻味的现代悲剧——福克纳〈纪念爱米丽的一朵玫瑰花〉浅探》(《求是学刊》，1987/4)。该论文认为爱米丽小姐的奇特命运遭际从一个侧面反映了南方贵族阶级的衰亡历史和心理状态；现代人与社会的不协调导致了一场命运悲剧。主人公爱米丽是福克纳笔下较典型的旧价值观念的受害者。作者将爱米丽这一独立个人放在与社会、家庭环境的矛盾冲突中展示出其悲剧性的命运和性格，淋漓尽致地表现出祖先的罪恶给后代留下的历史创伤和负担问题。兰萍的《崭新的悲剧意义——论〈纪念爱米丽的一朵玫瑰花〉的并置对照技巧》(《外国文学》，1997/6)，从分析"并置对照"技巧的新视角出发，去挖掘爱米丽悲剧后面的深层含义。该论文分析的"并置对照"技巧包括古代与现代对照、北方与南方对照、年轻一代与老一代对照、爱米丽宅院与杰佛生镇的对照、爱米丽与荷马·巴伦(Homer Barron)对照、生与死的对照等方面。并且作者兰萍认为，通过并置对照的新视角，可以看到这篇小说的意义远比一个贵族小姐没落到死亡的悲剧要深刻得多。它不仅触及到了美国南方生死存亡的实质性问题，而且体现了主张多元民主的人性平等精神。刘爱英的《从淑女到魔鬼——试从社会学批评角度看〈纪念爱米丽的一朵玫瑰花〉的悲剧意义》(《四川外语学院学报》，1998/2)认为，爱米丽的人生悲剧有两个明显的社会成因：一个是她个人的社会化过程的中断；另一个是她在恋爱问题上遭受的来自家庭和社会的各种挫折和打击。作品中隐含着对人类自身悲剧的深入思索和揭露。苗群鹰在《黑屋中的玫瑰——试析爱米丽的悲剧成因和主题意义》(《广州大学学报》，2002/5)从家庭、社会和个人性格三方面探析爱米丽的悲剧成因，指出该短篇旨在揭示人内心中"上帝与撒旦的冲突"。熊杰的《关于爱米丽悲剧原因的探讨》(四川师范大学学报，2009/1)以对文本谨慎忠实的解读为依据，针对其中一些学者的观点展开商榷，认为爱米丽的悲惨命运是由女性和作为贵族小姐的冲突造成的。刘剑锋和付颖的《从生命哲学视角解读〈献给爱米丽的一朵玫瑰花〉的悲剧成因》(《名作欣赏》，2011/9)从生命哲学视角解读《献》，深刻挖掘主人公爱米丽悲剧人生的主要原因。爱米丽的悲剧告诉我们：人类的过去、现在和未来三个维度其实是密不可分的。我们的生活每时每刻都在改变，勇敢面对过去，学会适应变化，活在当下，走向未来，这样我们才会处于和谐的绵延之中，才会拥有美好的人生。如果拒绝变化，故步自封或者忽视其中的任何一个维度，都将遭受毁灭。

2.5 弗洛伊德心理学分析

弗洛伊德心理学的研究成果为解读《献》提供了两个很好的工具：一是"意识流动"理论："人的精神的过程本身就是无意识的，有意识的不过是一些孤立动作和整个精神生活的局部"（弗洛伊德，1984），也就是通常所说的"意识流"的写作方式。福克纳被公认为"意识流"的代表作家，在《献》这篇短篇小说中，福克纳也采用了这种"意识流动"的手法，将几十年中发生的事情的顺序打乱，信手拈来，用破碎的片断呈现了爱米丽的一生；二是关于"恋父情结"的理论：弗洛伊德区分了人的几种不同的意识，并认为在人的潜意识里都有一种"杀父娶母"（即俄狄浦斯情结）和"弑母占父"（即厄勒克特拉情结）的乱伦欲望。这就为解释爱米丽性格的形成以及在其父死后三天而不肯埋的情节提供了很好的理论依据。

第一篇发表在期刊上的关于《献》的论文是 1980 年裘小龙在《读书》上发表的《从〈献给艾米莉的玫瑰〉中的绿头巾想到的》。该论文从弗洛伊德理论出发，分析了爱米丽的恋父情结以及对于荷马的复杂情感，认为爱米丽是腐朽没落的南方传统文化的代表。论文中作者还介绍了弗洛伊德关于大脑分类的理论，即"本我、自我和超我"，并认为在人的潜意识里有两种可怕的"乱伦情结"："恋父情结"和"恋母情结"。在分析中，作者认为爱米丽有一种"比较复杂的恋父情结"，并在不知不觉中妨碍了爱米丽的健康成长，因而爱米丽的许多反常行为可以看作其潜意识中的恋父情结对外界的反抗。这篇论文的贡献在于第一次在中国详细介绍和探讨了《献》的相关内容和主题，并且从一开始就注意到了小说的独特性，为后来的大量研究打下基础。这篇论文也在研究方法上确立了一个模式，即从弗洛伊德的心理学范畴来分析这篇小说。

2.6 叙事艺术分析

如果说在利用各种批评理论对《献》进行的研究中有显性和非显性之分的话，那么，用叙事学理论对《献》进行的分析研究则是当之无愧的显学。在研究《献》的651篇论文中，很大一部分的着眼点都在《献》的叙事学特征上，如叙事时间和故事时间、叙事视角、叙事特征和策略、叙述者问题等。

卜珍伟和江山的《福克纳〈献给艾米莉的玫瑰〉的时间关系》（《外国文学研究》，1982/1）"可以看作为最早、最系统的研究《献给爱米丽的玫瑰》中所涉及的时间问题的论文"（方钦，2008：168）。该论文看到了《献》中时间安排的巧妙,认为福克纳"师承了乔伊斯,而又独树一格;受安德森影响却又不失独到之处",将小说中所涉及"事件"的发生顺序(即后来所说的故事时间)同在文本中出现的顺序(即后来所说的叙事时间)做了区分和比较,并且认为这种"突破事件概念禁锢的创作手法",值得进一步"深入的探讨和研究"。邵锦娣在《没有玫瑰的故事——评述福克纳〈献给爱米丽的玫瑰〉的叙事艺术》(《外语学刊》,1995/4)中从故事的严谨结构、典型的哥特式恐怖和独具匠心和精巧的素材安排三个方面探讨《献》的叙事艺术。黄雪娥论文《评福克纳"A Rose for Emily"的叙事艺术》(《惠州学院学报》,1997/1)以形式主义批评就本篇小说在素材编排、措词选择、人物性格的刻画和时序颠倒的运用等叙事艺术从另一角度进行分析。王敏琴在《〈献给爱米丽的玫瑰〉的叙事特征》(《外国语》,2002/2)中主要从时间倒错、人称代词所指模糊和"无名的声音"三个方面探讨了《献》的叙事特征,认为,小说的叙事时间与故事时间体现了热奈特的嵌入式框架理论,呈现出中文的"回"字形结构,视角的变化、叙述者人物与反映者人物的交替使用引起人称代词所指模糊,隐含作者与叙述者的问题导致"无名的声音"。程锡麟在《献给爱米莉的玫瑰在哪里?——〈献给爱米莉的玫瑰〉叙事策略分析》(《外国文学评论》,2005/3)中以苏珊·S.兰瑟《虚构的权威:女性作家与叙述声音》关于叙述声音的观点为基础,对该小说的叙述者和叙述声音进行了分析,同时也对兰瑟的个别观点提出了质疑。该论文还探讨了小说的叙事时间和标题的名与实的问题。赖骞宇、刘济红在《叙述者问题及其功能研究——以〈纪念爱米丽的一朵玫瑰〉为例》(《江西社会科学》,2007/8)中探讨《献》的叙述者的特征与其功能之间的关系。他们认为,叙述者是叙事文本分析中核心的概念,对于叙述者的区分和研究是理解叙事作品的关键。叙述者在小说中主要起着结构与功能两方面的作用。对于叙述者问题的研究关键在于理清叙述者与作者、作品人物、读者、形式和内容等诸多方面的错综复杂的关系,并由此把握叙述者的功能与作用。

孙慧敏硕士论文《解读〈献给艾米丽的玫瑰〉中的空间叙事》(南京财经大学,2011年)结合前人的相关研究,从空间这一视角来解读《献》,探讨福克纳是如何利用空间来进行小说叙事建构以及如何利用空间来表现时间,并进一步探讨这样的空间叙事给小说带来的艺术效果。该文主要采用弗兰克的有关空间理论来解读该小说。小说空间叙事研究的核心问题是空间的叙事功能,即空间如何参与、影响了叙事。在现代小说中,空间叙事已成为一种重要的技巧,即作家不仅仅把空间作为故事发生的地点和叙事必不可少的场景,而且还参与、影响叙事,即利用空间来表现时间、安排小说结构,甚至利用空间推动整个叙事进程。依据弗兰克的相关空间分类标准,作者把《献》中的叙事空间具体分为三类：地理空间、社会空间和文本空间。作为地理空间和社会空间的集合体的杰佛生小镇，既是故事展开的地点和舞台（空间的静态功能），也参与了小说叙事（空间的动态功能）——从两个方面进行论述：杰佛生小镇空间的切割以及杰佛生小镇外部人物的引入。这些空间叙事技巧不仅扩大了文本的叙事容量、推动了小说叙事的发展，而且利用这个相对狭小闭塞的杰佛生小镇见证了艾米丽（即爱米丽）悲剧的一生，从而进一步深化了主题。小说的整体叙事主要采用非线型（即叙事时间和故事时间并非共时的），并且这些事件都是围绕着爱米丽这一人物展开的，从而形成了"桔瓣"式的文本空间。短篇小说的最显著特点是"短"却又必须有"故事性"，因此小说中选取了爱米丽一生中几件典型事件，但这些事件因未按照时间顺序来叙述而呈现碎片化，从而营造了一种"空间感"；小说以爱米丽的葬礼开始、最终也结束于其葬礼，形成了一个时间的闭合。这样的"桔瓣"式结构凸显了"时间的空间化"，在深化主题的同时也体现了空间叙事的魅力。《献》用空间叙事打造了一个"空间化"的文学世界，这无疑是福克纳作为伟大的现代主义小说大师的有力证明。同时，以空间作为切入点来分析《献》是一次抛砖引玉的文学文本解析尝试。

《献》以杰佛生镇为背景，通过镇民们对往事的回顾描述了爱米丽小姐奇特的命运遭遇。爱米丽出生于没落的贵族世家格里尔逊家族，在严厉的父亲的管束下渐渐成为传统秩序的捍卫者。在镇民的敬仰中，她自然而然地养成了高傲、自负的性格。及至新时代的到来，爱米丽俨然成为了传统的化身，不管她愿意与否，她都被镇民们捧为纪念碑和偶像。小说全文分为五个部分。细读全文，可以发现作品叙述者的显著特征是：由全知全能的第三人称叙述者向第一人称叙述者类型转换，并显现出时而有交叉的复杂状态，最终在小说结尾处落实到第一人称叙述者形式。

第一部分从爱米丽的去世倒叙开始，讲述她在世时年轻一代的镇长官员上门追税的风波。小说没有出现叙述者自称，从被叙述事件的发展情况来看，属于全知全能的第三人称叙述者。例如：①

WHEN Miss Emily Grierson died, our whole town went to her funeral: the men through a sort of respectful affection for a fallen monument, the women mostly out of curiosity to see the inside of her house, which no one save an old man-servant—a combined gardener and cook—had seen in at least ten years.

---

① 本书《献给爱米丽的玫瑰》的英语原文例句均出自 W. Faulkner, A Rose for Emily, in Wan Peide, *An Anthology of 20th Century American Fiction* vol. 1 [M]. Shanghai: East China Normal University. 1981: 231–245.

Alive, Miss Emily had been a tradition, a duty, and a care; a sort of hereditary obligation upon the town, dating from that day in 1894 when Colonel Sartoris, the mayor—he who fathered the edict that no Negro woman should appear on the streets without an apron—remitted her taxes, the dispensation dating from the death of her father on into perpetuity. Not that Miss Emily would have accepted charity. Colonel Sartoris invented an involved tale to the effect that Miss Emily's father had loaned money to the town, which the town, as a matter of business, preferred this way of repaying. Only a man of Colonel Sartoris' generation and thought could have invented it, and only a woman could have believed it.

叙述者以高高在上、俯瞰一切、洞悉所有灵魂的权威姿态和语言叙述了镇上居民对爱米丽在世时的感受和去世时的心情,讲述了昔日镇长沙多里斯豁免爱米丽税款的故事以及对这一故事的评论。叙述者与叙述对象之间是非常直接的叙述与被叙述的关系。爱米丽常年蛰居在她那个令人生畏的阴森居室中,对于这样一个人,叙述者必须采用全知全能的方式才能由活跃纷杂的现实环境切换、进入到她那个拒绝别人造访的、毫无现实感的时空中。

第二部分叙述她曾不顾邻舍反对、拒绝清除从她家地窖中冒出的臭味事件和她父亲的死。自第二部分始,作者对叙述者形式进行了创新,由全知全能形式转换到有所限制的第一人称叙述者形式。"we"这一群体性指称词不经意间出现在了小说的注释性语句中:

So SHE vanquished them, horse and foot, just as she had vanquished their fathers thirty years before about the smell. …That was two years after her father's death and a short time after her sweetheart—the one we believed would marry her—had deserted her. After her father's death she went out very little; after her sweetheart went away, people hardly saw her at all.

这段文字后,作者仍然采用了全知全能的叙述者,作品中时时见到指称词"people""a neighbor, a woman""four men""he"。叙述者知晓人们如何向法官抱怨爱米丽家散发的臭味的过程,也知晓人们夜间除臭味的微秒细节,只有在全知全能的叙述模式下,才能叙述出如此隐密的一幕。第二部分的最后四段中出现了"people""we"的数次交叉使用,并在本部分的最后一段非常鲜明的使用了"we"第一人称叙述者:

We did not say she was crazy then. We believed she had to do that. We remembered all the young men her father had driven away, and we knew that with nothing left, she would have to cling to that which had robbed her, as people will.

第三部分是爱米丽与荷马·巴伦的恋情以及买毒药的事。父亲去世后,爱米丽自己大病一场,接着她认识了北方佬工头荷马·巴伦并与之交往出游,

"we"躲在窗帘后面七嘴八舌地议论开了。接下来引出她买老鼠药的事。"这部分几乎完全是第一人称叙述者形式,但是在叙述买老鼠药这件事的有关文字中,叙述者形式较为模糊,这里可以说是全知全能叙述者,也可以说仍然采用了第一人称叙述者形式"(赖骞宇、刘济红,2007:38)。我们可以把这部分看作是以药店的一个店员或一个顾客(他也是"we"中的一员)为聚焦并经他之口将事情传播到众人之耳,再由"我们"叙述出来。值得注意的是最后一句话:When she opened the package at home there was written on the box, under the skull and bones: "For rats." 毋庸置疑,离群索居的爱米丽小姐这一如此乖张的行为只有"上帝"的眼睛才看得到。作者显然是采用了全知叙述者形式。

  第四部分是关于爱米丽的老年生活及她的去世。"we"这一集体型人称代词在这部分的叙述中大量出现,"we"时刻关注爱米丽的爱情生活的变迁,并时时述说"we"对爱米丽的举止的态度。在这里,作者着力于展现的正是小镇居民对爱米丽的热切注视中流露出的集体心态,以及爱米丽对这种注视的漠然。在本部分的最后关于瓷器彩画课和安装邮件箱两个事件上叙述的视角较为模糊,既可理解为叙述者全知的窥视爱米丽的生活经历,也可以将它们视为镇民们"we"道听途说的所得,而这两件事情的结果便是爱米丽与小镇的联系的断绝。

  第五部分始于两个堂姊妹及镇上的人们来为爱米丽举行葬礼及最后以在她房子里发现荷马·巴伦的腐尸终止。这部分完全落实到了第一人称叙述,叙述者以"we"正在亲历着事件的口吻,叙述了爱米丽的葬礼和在葬礼结束后闯入被封闭了40年的爱米丽的闺房的过程。"we"看到了爱米丽尸体上方悬挂着的她父亲的画像,爱米丽最终还是归于其父亲为其奠下的传统中。与爱米丽同时代的老年男子们,则想象着自己曾经与高贵的爱米丽小姐共舞的情景。"we"只等到爱米丽安葬后,才试图进入她的闺房,无不体现了小镇居民对这位早已逝去的贵族淑女的尊敬。"we"见证了爱米丽的爱情,她为自己的婚房安装了"the valance curtains of faded rose color","upon the rose-shaded lights",同时也目睹了极其恐怖的一幕:荷马·巴伦的腐尸与爱米丽的婚床粘在一起。叙述者看到了爱米丽为了守护心中的那朵玫瑰,多年守护情人的尸体并与之共眠,枕头上"a long strand of iron-gray hair"就是见证。这一举动无疑会在读者的心中产生强烈的震撼,而在"we"的注视下,爱米丽的形象令人毛骨悚然(赵小艳,2010:205)。

  通过上面对各部分叙述者形式及其复杂转换的具体分析,可以发现作者在小说的第一部分采用了全知全能的第三人称叙述者形式,也即申丹(1998:203)所说的"零视角"。而后面的四个部分则采用了"我们"为自称的第一人称叙述者形式,就是申丹所说的"第一人称外视角"及苏珊·兰瑟(2002:

17-24)所说的主语"我们"叙述的"共言"形式的"集体型叙述"。虽然这个叙述者"我们"实际上是指镇上除荷马·巴伦、爱米丽和其黑人男仆之外的任何一个镇上居民,但是他代表了小说中那个南方小镇的居民对女主人公爱米丽的观察和看法。通过"我们"的所见、所闻、所感,"我们"获得了比任何一个个体所能得到的关于爱米丽的信息都要多得多的信息。集体性的第一人称叙述者"我们"的叙述能力比"我"强得多。群体的所见所闻,必定比单个的个体得到的信息多得多,"我们"的叙述能力也必定超过于单个的"我"。也只有凭借集体性的叙述主体"我们"的讲述,读者才能更全面的认识、了解、把握爱米丽小姐这一人物形象。这种叙述者的变更,体现了小说多重叙述角度和多情节线索的艺术效果。

2.7 功能语言学分析

国内不少学者运用现代批评理论和跨学科理论来研究分析《献》,如语义学、解构主义、功能语言学等,可谓百花齐放,百家争鸣。

黄雪娥的《爱米丽的"问题"及其"解决办法"——从功能语言学的角度看〈献给爱米丽的玫瑰〉的叙事结构》(《外语教学》,2002/6)以功能语言学的理论为基础,运用语境、"问题—解决办法"模式及主位结构等相关理论对《献》的叙事结构进行分析,探讨语篇中的一些突出模式的选择与作者所要表达的意义之间的关系,客观地揭示了语言模式的深层意义。黄雪娥的另一篇论文《爱米丽的"人际关系"及其悲剧命运——从人际功能的角度探讨〈献给爱米丽的玫瑰〉》(《外语教学》,2003/5),则从功能语言学的人际功能入手,对《献》的女主人公爱米丽与其周围人之间的人际关系进行分析,试图从一个新的角度探讨导致爱米丽悲剧命运的原因,以检验系统功能语言学在文学批评中的可操作性和应用性。该论文分析爱米丽与新一代镇长官员们的关系、爱米丽与她父亲的关系、爱米丽与荷马·巴伦的关系、爱米丽与药剂师的关系、爱米丽与其亲戚的关系以及爱米丽与镇民们的关系,以印证人际功能的言语功能特点,即"人际功能是人们用语言与其他人交往,用语言来建立和保持人际关系,用语言来影响别人的行为,同时也用语言来表达对世界的看法"(黄国文,2001:79)。黄雪娥的论文《爱米丽和苔丝的悲剧命运探析》(《大连教育学院学报》,2005/2)从功能语言学的情景语境入手,试图从一个新的角度对爱米丽和苔丝这两位女主人公的悲剧成因进行尝试性比较研究,目的在于与同仁和读者共同探讨系统功能理论应用于文学对比研究的学术价值和实践意义。黄雪娥的硕士论文《〈献给爱米丽的玫瑰〉的评价研究》(中山大学,2007年)从功能语言学的角度探讨福克纳短篇小说《献》的文体特征。

郭亚星的硕士论文《对小说〈献给爱米丽的玫瑰〉的功能文体分析》（中南民族大学，2010年）从及物性系统、语气和情态系统、主位结构和衔接等几个层面进行文体分析，另外对小说进行了语境和前景化角度的分析。他认为，概念功能的分析表明，作为南方传统的象征，主人公爱米丽尽管不断抗争，但也没能摆脱悲剧的一生；人际功能的分析发现爱米丽与其他人的关系均不融洽，而这些恶劣的人际关系也是造成爱米丽悲剧的原因之一；语篇功能的分析显示出非标记性主位占多数以及部分衔接特点。前景化的分析主要针对福克纳特殊的写作手法进行分析，包括对爱米丽心理过程描述的缺失和对时间主位的强调。这两方面突出造成的前景化使小说更具深意。文体分析揭示了小说主人公的思想和文中人物的关系，同时也反映了小说的主位结构和衔接特点，并说明功能文体学能够为分析文学作品的主题内涵提供有力的理论依据，目的是通过该文的分析帮助读者更好地理解和欣赏文学作品的写作艺术。王雯的硕士论文《小说〈献给爱米丽的玫瑰花〉的人际意义分析》（中山大学，2010年）将系统功能语言学理论运用于文学题材，即福克纳的短篇小说《献》，试图通过语篇中丰富的人际意义来阐释文本。该分析一方面关注短篇小说中角色之间的人际交换，另一方面也涵盖了叙述者与听众之间的人际互动。通过态度、协商和声音三方面的人际功能系统，该文旨在完成两项任务：（1）研究在语言学理论的帮助下应该怎样系统、正确地分析文学作品；（2）检验系统功能语言学的人际理论能否被有效地应用到语篇分析实践中去。需要强调的是，第一项任务的完成对于文学作品研究入门者具有重要的意义；作为初学者，他们往往因纷繁的传统文学批评理论无章可循而感到手足无措。通过分析研究，该文得出了若干结论，譬如：（1）虽然小说中叙述者关于主角爱米丽的评价反复且褒贬不一，但基于态度及协商系统的分析，我们可以确定叙述者所试图建构的爱米丽是一位孤僻固执并且坚守其衰败家族体面的老人，总体上带有否定色彩；（2）叙述者在与听众互动的过程中所采用的三种语篇资源各有其作用，其中投射的运用可以让叙述在客观性与可亲近性之间保持平衡，情态的使用适当地开放协商让听众参与到叙述中，而让步连接词等衔接资源则通过监控听众的预期而让叙述者与语篇之外的听众建立起人际关系。刘煜琼的《爱米丽和小镇上的人们——从言语功能和及物性角度看〈献给爱米丽的玫瑰〉的叙述者》（《名作欣赏》，2012/3）认为，在本篇小说中，福克纳运用了多视角叙述等现代创作手法，同时利用第三人称复数"他们"和第一人称复数"我们"来进行叙述。该文以系统功能语言学理论为基础，运用言语功能和及物性等理论分析该语篇的叙述者形象，由此来证明福克纳高超的叙事技巧。

2.8 结语

本章从主题分析、南方情结、叙事策略、悲剧原因分析、时空观和意识流以及功能语言学分析等方面对《献》进行了研究综述。《献》这部小说在中国近40年的批评史，也是这40年西方文论在中国这块异质的土地上出现和发展的一个缩影。在这期间国内尚有不少学者从精神分析学批评、英美新批评、俄国形式主义批评、比较批评、结构主义、女性主义、种族、性别、神话王国、时间观念等方面对其进行分析研究，这些文章有一个共同的特点，就是研究的对象和论题比较集中，重复研究较多。然而，从功能语言学的评价研究角度对《献》的研究目前尚不多见。

中编

《献给爱米丽的玫瑰》语言分析的理论框架

中编包括第3章至第9章。第3章"系统功能语言学的纯理功能"介绍韩礼德系统功能语言学的三大纯理功能,即人际功能、经验功能、语篇功能。本章主要介绍这三个纯理功能的理论框架及其运作。

第4章"功能文体学"介绍功能文体学的基本思想,包括功能的思想、层次的思想、语境的思想、符号的思想和近似或盖然的思想,以及其理论内涵包括前景化、突出、情景语境、相关性准则和整体意义等。功能文体学既注重语篇产生的社会、文化、心理等环境因素和语篇的意义,又不忽视对语言形式做细致的分析,应用广泛、操作性强。

第5章"英语评价系统简述",介绍系统功能语言学家马丁及其同事提出的"评价系统"这一研究模式,旨在描述话语互动中的价值判断和评价的语言资源。评价系统包括态度、介入和级差三个子系统,把语篇语义作为一个研究单位,它超越小句,贯穿整个语篇,为语篇分析提供了一种崭新的模式。本章从理论基础、主要内容、该研究的应用与发展、存在的困惑与前景等方面对评价系统进行简介。

第6章"评价研究介入系统中'借言'之嬗变"首先对当下的介入系统框架进行一番梳理,目的在于厘清"借言"子系统,然后对"借言"子系统进行重新分类,以使分类界限更为清晰、简单易懂,并在实际运用中更便于操作。

第7章"语言与语境",对马林诺夫斯基(Malinowski)、弗斯(Firth)、韩礼德(Halliday)以及马丁(Martin)各自关于文化语境和情景语境的语境观的异同进行了对比分析,从而阐述了系统功能语言学的语境思想。

第8章"文学研究的功能语言学方法"倡导从功能语言学,尤其是从评价系统的途径研究文学作品,试图探索建立一种多维的、立体的、定性的、定量的、科学的语言学分析体系,重新审视文学问题。

第9章"'形式消灭内容'与'形式是意义的体现'",讨论同属于形式主义文论的俄国形式派与英美新批评学派中的形式与内容之关系的内涵,由此延伸到系统功能语言学形式与意义之体现及其评价研究中形式与意义的范畴化之思想内涵,证明"特定的形式表达特定的意义","形式是意义的体现"(黄国文,1999:106-115),本书对《献》的一系列相关的语言分析,便是有力地印证了"形式是意义的体现"这一原则。

第3章　系统功能语言学的纯理功能

3.1　引言

韩礼德的系统功能语言学的理论涵盖许多方面,而语言系统中的三个用于表示功能意义的纯理功能是其最核心、运用最广泛的理论,也是本书用于进行《献给爱米丽的玫瑰》语篇分析的理论工具。根据韩礼德(Halliday,1994/2000)的观点,语言系统中有三个用于表示功能意义的纯理功能(Metafunction),即人际功能(Interpersonal Function)、经验功能(Experiential Function)、语篇功能(Textual Function)。本章主要介绍这三个纯理功能的理论框架及其运作,主要参考文献来自于韩礼德(Halliday,1994/2000),汤普森(Thompson,1996),胡壮麟等(1989,2005)和黄国文(2001)。

3.2　经验功能

语言是对存在于主客观世界的过程和事物的反映,这是"经验"(Experiential)功能,或者说关于所说"内容"的功能。在语言中还有"逻辑"(Logical)功能,即以表现为并列关系和从属关系的线性的循环结构的形式出现。由于两者都是建立于说话人对外部世界和内心世界的经验,与其他功能相比较是中性的,因而可统称为"概念"(Ideational)功能。如图3.1所示。

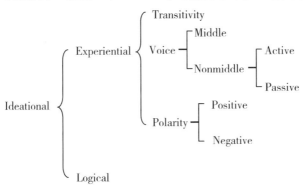

图3.1　Ideational

3.2.1 及物性

概念功能主要是通过"及物性"(Transitivity)和"语态"(Voice)得到体现的。及物性是一个语义系统,其作用是把人们在现实世界中的所见所闻、所作所为分成若干种"过程"(Process),即将经验通过语法进行范畴化,并指明与各种过程有关的"参与者"(Participant)和"环境成分"(Circumstantial Element)如图 3.2 所示。

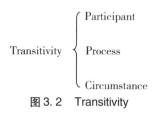

图 3.2　Transitivity

韩礼德认为,人们可以通过及物性系统把人类的经验分成六种不同的过程:(1)物质过程(Material Process);(2)心理过程(Mental Process);(3)关系过程(Relational Process);(4)行为过程(Behavioral Process);(5)言语过程(Verbal Process);(6)存在过程(Existential Process)。下面让我们逐一讨论它们的性质及与之有关的参与者。

3.2.1.1　物质过程(Material Process)

物质过程是表示做某件事的过程(A process of doing)。这个过程本身一般由动态动词来表示(如 build, break),"动作者"(Actor,即逻辑上的主语)和动作的"目标"(Goal,即逻辑上的直接宾语)一般由名词来表示,如:

(1) John (Actor) kissed (Process) Mary (Goal).

如果一个物质过程既有动作者又有目标,所在的小句既可以是主动语态,如:

(2) He (Actor) broke (Process) the window (Goal).

也可以是被动语态,如:

(3) The window (Goal) was broken (Process) by him (Actor).

3.2.1.2　心理过程(Mental Process)

心理过程是表示"感觉"(Perception)、"反应"(Reactioon)和"认知"(Cognition)等心理活动的过程(A process of thinking)。表示感觉的动词有 see, look 等;表示反应的动词有 like, please 等;表示认知的动词有 know, believe, convince 等。心理过程一般有两个参与者。一个是心理活动的主体即"感知者"(Senser),另一个是客体即被感知的"现象"(Phenomenon),如:

(4) John (Senser) loves (Process) Mary (Phenomenon).

3.2.1.3 关系过程（Relational Process）

关系过程可以分为"归属"（Attributive）和"识别"（Identifying）两大类。归属类指某个实体具有哪些属性，或者归于哪种类型，其公式是"a 是 x 的一种"。这两种关系过程各自又可进一步分为"内包式"（Intensive）、"环境式"（Circumstantial）和"所有式"（Possessive）三种。如：

（5）Carlos（Carrier）is a poet（Attribute）.（归属类）

（6）The strongest shape（Identified）is the triangle（Identifier）.（识别类）

例（5）中 Carlos 是载体（Carrier），a poet 是属性（Attribute）。载体与属性的位置一般是不能交换的。例（6）是识别类，被确定身份的实体称为"被识别者"（Identified，如 The strongest shape），起确定作用的实体被称为识别者（Identifier，如 The triangle）。

3.2.1.4 行为过程（Behavioral Process）

行为过程指的是诸如呼吸、咳嗽、叹息、做梦、哭笑等生理活动过程（A process of behaving）。常用的动词有 breathe, cough, sigh, dream, laugh, cry, watch, listen 等。

行为过程一般只有一个参与者即"行为者"（Behaver），而且行为者一般是人，如：

（7）She（Behaver）laughed（Process）heartily（Circumstantial）.

3.2.1.5 言语过程（Verbal Process）

言语过程是通过讲话交流信息的过程（A process of saying）。常用的动词有 say, tell, praise, boast, describe 等。如：

（8）He（Sayer）told（Verbal）me（Receiver）a story（Verbiage）.

例（8）中，"讲话者"（Sayer）是 he，"受话者"（Receiver）是 me，"讲话内容"（Verbiage）是 a story。

3.2.1.6 存在过程（Existential Process）

存在过程是表示有某物存在的过程（A process of existing）。常用的动词是 be，此外还有 exist, arise 等。在每个存在过程中，都必须有一个"存在物"（Existent），如：

（9）There（Subject）is（Predicator）a cat（Complement）on the mat（Adjunct）.

3.2.2 语态

语态（Voice）在传统语法中是一个众所周知的概念。功能语法对语态的处理有些方面与传统语法不一样。韩礼德（Halliday, 1994/2000）认为，没有"施事性"（Agency）的小句既不是主动语态也不是被动语态，而是"中动语态"（Middle）；有施事性的小句是"非中动语态"（Non-middle）。只有非中动句才有主动和被动之分。例如：

(10) The glass broke.

(11) The baby stood up.

(12) The cat broke the glass.

(13) The glass was broken by the cat.

在例（10）中，the glass 不是 broke 这个动作的动作者，而是它的承受者即目标。在例（11）中，the baby 则是 stood 的动作者，所以这两句属于中动语态。在例（12）中，the cat 是 broke 过程的动作者，是主动语态。在例（13）中，the glass 是 break 这个动作的承受者，所以是被动语态。

3.3 人际功能

语言是社会人的有意义的活动，是做事的手段，是动作，因此它的功能之一必然是反映人与人之间的关系，如对话轮（Turn-taking，指讲话的轮次）的选择做出决定，或是对事物的可能性和出现的频率表示自己的判断和估测，或是反映说话人与听话人之间的社会地位和亲疏关系。这个纯理功能称为"人际"功能（Interpersonal Function）。

人际功能涉及的两个最基本的言语角色是"给予"（Giving）和"求取"（Demanding）。交际中的"交流物"（Commodity Exchanged）也可分为两类：(1) 物品和服务（Goods-&-Service）；(2) 信息（Information）。人们在日常交际中所交换的既可以是物品和服务，也可以是信息。人们可以通过语言来给予信息，也可以用语言来表示对信息的需求，例如：

(14) Would you like the teapot?（Giving, Goods & Services, Offer）

(15) He is giving her the teapot.（Giving, Information, Statement）

(16) Give me the teapot.（Demanding, Goods, Command）

(17) What is he giving her?（Demanding, Information, Question）

交际角色和交流物这两个变项组成了四种最主要的言语功能："提供"（Offer）、"命令"（Command）、"陈述"（Statement）、"提问"（Question）（详见表 3.1）。

从表 3.1 可以看出，"提供"和"命令"涉及"物品和服务"，这两个言语功能成为"提议"（Proposal），而"陈述"和"提问"涉及的是信息，它们是"命题"（Proposition）。这四个言语功能通过语法上的语气来体现。例如，陈述句（Declarative Clause）通常用来表示"陈述"；疑问句（Interrogative Clause）通常用来提问题，而祈使句（Imperative Clause）则通常用来表示"命令"；至于"提供"则可以通过各种句式来体现。

表3.1　给予或求取物品和服务或信息

言语角色 (speech role)	交换物 (commodity exchanged)	言语功能 (speech function)		中介类型 (type of intermediacy)	
给予 (giving) 求取 (demanding)	信息 (information)	命题 (proposition)	陈述 (statement)	情态 (modalization)	概率 (probability)
			提问 (question)		频率 (usuality)
	物品与服务 (goods & services)	提议 (proposal)	命令 (command)	意态 (modulation)	义务 (obligation)
			提供 (offer)		意愿 (inclination)

功能语法的三大纯理功能之一是人际功能，这一功能指的是人们用语言与其他人交往，用语言来建立和保持人际关系，用语言来影响别人的行为，同时也用语言来表达对世界的看法。

"语气"（Mood）和"情态"（Modality）是人际功能的重要组成部分。下面我们对这两部分作简单的介绍。

3.3.1　语气

人们在日常交际过程中，既用陈述句来给予信息，又用疑问句来寻求信息，有时同样的几个词通过不同的组成便构成不同的语句。例如：

(18) (a) He is helpful.
　　　(b) Is he helpful?
(19) A：He is helpful.
　　　B：Is he?
(20) A：He is helpful.
　　　B：Yes, he is.

从例（18）—（20）可以看出，he is /is he 这一部分颠来倒去反复出现的部分就是语气。语气包括两部分组成：（1）主语（Subject），由名词性词组充当；（2）限定成分（Finite Element），属动词词组的一部分。限定成分指表达时态助动词和情态助动词，例如：

Mood = Subject + Finite

Finite: did　does　will；was　is　shall；had　has　would；
　　　　can　will　must；may　should　ought to.

小句中语气部分以外的部分称为"剩余部分"（Residue）。

3.3.2　剩余部分

剩余部分包括三种功能成分："谓语"（Predicator）、"补语"（Complement）、"附加语"（或状附加语）（Adjunct）。每个小句都包含一个谓语、一个或两个补语和多个附加语，其结构如下：

Residue = Predicator + Complement + Adjunct

例如（21）：

She	was	shopping	in town
主语	限定成分	谓语	附加语
语气		剩余部分	

3.3.3　情态附加语

小句的语气部分通常由主语和限定成分构成，但有些小句的语气部分还含有情态附加语（Modal Adjunct）。根据其语义的不同，又可分为两组：语气附加语（Mood Adjunct）和评述附加语（Comment Adjunct）。可以充当情态附加语的词中，常见的有 yes，no，perhaps，maybe，unfortunately，probably，always 等（黄国文，2001：81）。例如（22）：

Probably	she	just	hasn't	seen	it	yet
附加语	主语	附加语	限定成分	谓语	补语	附加语
语气				剩余部分		

3.4　语篇功能

实际使用中的语言的基本单位不是词或句这样的语法单位，而是表达相对来说是完整思想的"语篇"（Text）功能。语篇功能使语言与语境发生联系，使说话人只能生成与情景相一致和相称的语篇。语篇功能是通过以下三种方式得到体现的：主位结构，信息结构和衔接。

3.4.1 主位结构

为了研究语言交际是如何进行的,语言学家们早就对主位结构进行了认真的探讨。布拉格学派的创始人马休斯认为,一个句子可以划分为"主位"(Theme)、"述位"(Rheme)和"连位"(Transition)三个部分。后来,许多语言学家主张把主位、述位和连位三个部分合并成主位和述位两大部分,把连位看作述位的一个组成部分。

3.4.1.1 主位的分类

韩礼德把主位分成"单项主位"(Simple Theme)、"复项主位"(Multiple Theme)和"句项主位"(Clause Theme)三种。

3.4.1.2 单项主位

单项主位,指的是那些只包含韩礼德所说的概念成分而不包含人际成分和语篇成分的主位。例如:

(23) The man in the wilderness (T) // said to me (R).

(24) If winter comes, (T) // can spring be far behind (R)?

(25) If winter (T) // comes (R).

3.4.1.3 复项主位

复项主位是由多种语义成分构成的主位。它总是含有一个表示概念意义的成分,另外还可能含有表示语篇和人际意义的成分。如果这三种成分都出现在同一个主位中,它们的排列顺序通常是语篇成分先于人际成分,人际成分先于概念成分。

复项主位中的语篇成分包括如 yes, no, well, oh, now 等"连续成分"(Continuative), and, yet, so, even, if, however 等"结构成分"(Structual)和 therefore, in other words, as far as that is concerned 等"连接成分"(Conjunctive)。

人际成分包括如 certainly, to be frank, broadly speaking 等"情态成分"(Modal),一般疑问句中的"限定成分"(Finite)和 John, Mrs. Jones, ladies and gentlemen 等"称呼成分"(Vocative)。

概念成分指的是"主题"(Topical)成分,这个成分又可以成为"主题主位"(Topical Theme),相当于主题—述题(Topic-comment)这对术语中的主题,主题主位是复项主位结构中的最后一个组成部分。例(26):

Well	but	then	Ann	surely	wouldn't	the best idea	be to join the group
连续	结构	连接	称呼	情态	限定成分	主题	述位
语篇主位			人际主位			经验主位	
多重主位							

3.4.2 主位结构与语气结构

从语气的角度来说，英语中的这些句子可以分为两大类："直陈语气"（Indicative Mood）和"祈使语气"（Imperative Mood）。直陈语气又可以进一步分为"陈述"和"疑问"两种。疑问语气还可以细分为"是非疑问"和"特殊疑问"两种。祈使语气则指通常所说的祈使句。见图3.3。

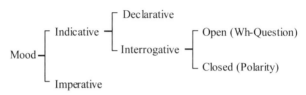

图3.3 Theme and mood

3.4.2.1 主位与陈述句

在陈述句中，主位通常是句子的主语，如：

(27) The Queen (T) // yesterday opened her heart to the nation (R)。（主语作主位）

(28) Last night (T) // a man was helping police inquiries (R)。（附加语作主位）

(29) All the rest (T) // we'll do for you (R)。（补语作主位）

3.4.2.2 主位与疑问句

韩礼德认为，一般疑问句的主位是由动词的"限定成分 + 主语"构成的；特殊问句的主位通常由疑问词本身构成，如：

(30) Can you (T) // find me an acre of land (R)?

(31) What (T) // happened to her (R)?

3.4.2.3 主位与祈使句

祈使句的基本功能是表示讲话者要受话者做某事，或者表示讲话者要受话者和自己一起做某事，如：

(32) Don't cry (T) // about it (R).

(33) You (T) // keep quiet (R)!

3.4.2.4 无标记主位与有标记主位

当充当小句主位的成分同时充当小句的主语时，这样的主位叫做"无标记主位"（Unmarked Theme）。如果主位不是小句的主语，这样的主位就称为"有标记主位"（Marked Theme）。如：

(34) What one will not learn here (T) // is anything about the Englightenment (R). (Thematic equative, Unmarked)

(35) That (T) // is not what I meant (R). (Thematic equative, Marked)

(36) After the party, (T) // where did you go (R)? (Marked)

关于主述位的其他常见例句分析如下：

(37) What a nice plant (T) // you've got (R). (Exclamative)

(38) It's not the technology (T) // which is wrong (R). (Predicated Theme)

(39) It is true (T) // that it took five years to do so (R). (Thematised comment)

(40) Happiness, (T) // that is what life is about (R). (Preposed Theme)

整个主位结构可以用图 3.4 显示：

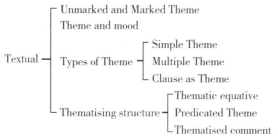

图 3.4 Textual function：Theme and Rheme

3.4.3 信息结构

信息指人们交际中所传递的内容，简单地说，信息由"已知信息"和"新信息"组成。信息结构由"声调突出"（Tonic Prominence）体现，而不是通过语言单位的排列表示，这点与主位结构完全相反。在一个信息单位中，声调重音（Tonic Accent）所在的成分便是信息中心（黄国文，2001：100）。

由于信息结构是通过声调突出来体现的，如果一定要分析，则应由受过正规教育的专业人员进行朗读，然后根据声调（Tone）、调群（Tone Group）、音步（Foot）等标出信息单位和声调重音，这样就可以对每个信息单位中的信息进行归类、分析。

3.4.4 衔接

衔接和语篇一样，是一个语义概念。它指的是语篇中语言成分之间的语义联系，或者说是语篇中一个成分与另一个可以与之相互解释的成分之间的关系。当语篇中一个成分的含义依赖于另一个成分的解释时，便产生衔接关系。

韩礼德（Halliday，1994/2000）把衔接分为语法衔接（Grammatical Cohesion）和词汇衔接（Lexical Cohesion）两种。语法衔接有四种：照应（Reference）、省略（Ellipsis）、替代（Substitution）和连接（Conjunction）。词汇衔接也有四种：重复（Repitition）、同义/反义（Synonymy / Antonymy）、上下义/局部——整体关系（Hyponymy / Meronymy）和搭配（Collocation）。

3.5 结语

本章介绍的三大纯理功能——概念功能、人际功能和语篇功能，用较为通俗的话可转述为"观察者"的功能（指说话人对主客观世界的观察）、"闯入者"功能（指向他人灌输自己的思想）和"相关"功能（指语篇的完整性、一致性和衔接性）。这三项功能有无主次之分？韩礼德认为心理语言学可能会强调经验功能，社会语言学会强调人际功能，但他本人则坚持这三大纯理功能是三位一体的，不存在主次问题。

第4章 功能文体学

4.1 引言

功能文体学（Functional Stylistics）是指以韩礼德的系统功能语法为理论基础的文体学理论。系统功能语法包括两个部分：系统语法（Systemic Grammar）和功能语法（Functional Grammar）。系统语法把语言视为系统，重点说明语言的内部底层关系，它是与意义相关联的可供人们选择的由若干个子系统组成的系统网络（System Networks），亦称"意义潜势"（Meaning Potential）。功能语法研究语言选择的过程或结果，是对语言结果在语篇中的功能的研究（张德禄，2005：9）。

韩礼德为功能文体学派的开创人。他在1969年于意大利召开的"文学文体讨论会"（Symposium on Literary Style）上宣读了颇具影响的一篇论文（"Language Functions and Literary Style"）（Halliday，1971）。该文指出"语言的功能理论"是进行文体研究的有效工具。语言的功能理论是指语言具有概念功能、人际功能和语篇功能三大元功能，语言结构和语言现象的解释都围绕这三大元功能展开。韩礼德运用概念功能的及物性系统对戈尔丁（William Golding）的小说《继承者》（The Inheritors）所作的文体分析被捧为文体分析的典范。

《继承者》叙述了一个Neanderthal原始人群被一个较为进化的智人部落入侵和毁灭的故事。书的前面大部分描述了Neanderthal man的生活，通过他们的眼光来看世界和智人的活动。当书接近结束时，叙述焦点转向了智人。韩礼德从书中选取了三段。第一段取自书的前部，当时Neanderthal man的主要人物洛克（Lok）躲在树丛里观察智人的所作所为。在这一部分中，动作过程表达的基本都是简单的动作，绝大多数是不及物的。在一半小句中，充当主语的都不是人，而是身体的某一部位或者无生命之物。它们的动作不作用于其他人或物，而仅仅影响它们自身。这样就形成了一种既充满活动又无能为力的无效活动的氛围。这一部分是从洛克的观察角度叙述的，它反映了Neanderthal man在认识世界上的局限性。并且大量的不及物过程和身体的某一部位或无生命之物充当主语的过程组成了"突出"的句法模式，这与第三部分的语言形成鲜明对照。在第三片段中，大多数小句都由人充当主语，这些小句有半数以上是动作过程，而且大都是及物的，反映出智人看世界的眼光与现代人相差不远，代表了新的先进的文明。

　　本章从功能文体学的创立到其理论基础，包括功能的思想、层次的思想、语境的思想、符号的思想和近似或盖然的思想，以及其理论内涵包括前景化、突出、情景语境、相关性准则和整体意义等，进行了一番的梳理和整合，以探究韩礼德功能文体学是一种既注重语篇产生的社会、文化、心理环境因素等语篇的整体意义却又不忽视对语言形式作细致分析的广为应用、操作性强的文体分析工具。

4.2　功能文体学的理论基础

　　功能文体学的理论基础是系统功能语言学。

4.2.1　功能的思想

　　韩礼德功能文体学理论的核心是"功能"思想（张德禄，1999：43）。"功能"在语言学研究中可有多种解释（朱永生，1992：8-12），但主要有两个相互联系而又相互独立的意义：①语法功能，如主语、谓语、主位等；②语言的总体功能。韩礼德功能文体学中的功能主要指第二种功能。韩礼德从无数具体的功能类别中归纳出三个纯理功能：概念功能、人际功能和语篇功能。概念功能是讲话者作为观察者的功能，表达人们的社会经历和内心的心理经验，同时也表达事物之间的各种逻辑关系，如并列、从属等。人际功能是讲话者作为闯入者的功能，表达他的意见、态度、评价和他与听话者的相对角色关系，包括社会角色关系和交流角色关系（Halliday，1978/2001：144）。语篇功能是讲话者作为组织者的功能，它根据情境语境把概念功能和人际功能在语篇中组织成一个整体，共同在语境中起作用。

　　韩礼德认为，所有三种功能都同时存在于讲话者的语篇组织计划内。这三种功能相对来说是独立的。三种功能组成三种意义资源。讲话者在讲话过程中要根据情境语境同时从这三种资源的系统网络中做出选择。所有从这三种意义中做出的选择都对语篇的文体有意义。

　　因此，韩礼德不同意把文体只作为一种表达，而与概念意义，或称认知意义对立起来，把文体视为没有意义的特征。他认为这一方面与我们的许多文学文体是以经验意义为基础的感受不一致，另一方面，也把所谓的"非认知"的文体特征置于与那些最贴切地表现我们对文学作品的认识的语言选择相对立的地位。他认为，我们不应该在语篇的意义领域内区分文体特征和非文体特征。没有不存在文体的语言领域。文体特征与非文体特征之间的界限不是明确的，二者是重叠、明暗和多寡的区别。

他指出，语言功能在文体分析中起"中介"作用。语言形式，包括语法结构，语音结构等自身不能表明是否与语篇的文体相关，而是通过它在语言交流中的"价值"（Value）表现出来，也就是说，看它是否在语篇整体中起突出（Prominence）作用；在文学作品中，由于决定语篇内容的语篇情景是作者在创作中创造出来的，所以要看它是否与表达作者的整体意义相关。这样，语言功能就成为连接语言形式与情景语境的中介。

4.2.2　层次的思想

韩礼德的系统语言学属于多层次的语言系统。他的多层次的思想包括以下几个方面（胡壮麟等，2005：16）：

（1）语言是有层次的，至少包括语义层、词汇语法层和音系层。而且在各个层次间具有相互关系的系统。

（2）各个层次之间存在着"体现"（Realisation）的关系，即对"意义"的选择（语义层）体现于对"形式"（词汇语法层）的选择；对"形式"的选择又体现于对"实体"（音系层）的选择。

（3）根据"体现"的观点，我们又可把语言看作一个多重代码系统，即由一个系统代入另一个系统，然后又代入另一个系统。

（4）采用层次的概念可以使我们对语义本质的了解扩展到语义的外部。因为语义层实际上是语言系统对语境，即行为层或社会符号层的体现。

4.2.3　语境的思想

语境指语言运用的环境。作为整个语言系统的社会环境的语境称为"文化语境"（Context of Culture），作为某一个交际事件的环境的语境称为"情景语境"（Context of Situation）。情景语境是文化语境的具体体现。换句话说，文化语境是由无数具体的情景语境实现的（张德禄，2005：16）。

人类能用语言进行交际是人类区别于其他动物的主要标志。人类行为既可以由语言来表达——此为语言的概念功能（Ideational Function）——也可以是语言本身——此为语言的人际功能（Interpersonal Function）。各个言语社团都通过语言实现和发展自己的民族文化，并通过语言实现自己的社会结构。语言既有反映和传播社会文化的功能，也具有创造社会文化的功能，是体现社会文化的最主要方式之一。它被认为是体现人类的"行为潜势"（Behavioural Potential）的"意义潜势"（Meaning Potential）。也就是说，在社会交际中，语言可以把人类能做的事变成他们能表达的意义，然后又把他们能表达的意义变成他们能说的话,即语言的词汇和语法。

韩礼德关于语境的思想表明,语言是一种有规律的资源,用来说明语境中的意义,而语言学是研究人们通过使用语言来交流意义,把语言看作意义潜势系统意味着语言不是界定完善的系统,不是所有合乎语法句子的总和。它也意味着语言是自然存在的,因而必须在语境中研究。

4.2.4 符号的思想

韩礼德在 1978 年出版了论文集《作为社会符号的语言》(*Language as Social Semiotic: The Social Interpretation of Language and Meaning*),确立了把语言看作符号的观点。韩礼德和索绪尔等其他语言学家一样也主张从符号的角度来研究语言。但是韩礼德认为,符号学的主要研究对象不是单个的语言符号,而是一个符号系统。这样,语言学是研究符号系统,即研究一个民族或者文化的意义系统。虽然,语言符号可以是某种在客观外界有表现的实体,如声音、图像等,但符号系统的本质是一套符号系统网络。从这个意义上讲,语言知识是各种各样的符号系统的一种。文化是各种各样的符号系统组成的意义潜势,包括艺术、建筑、舞蹈、美术、文学、绘画、民俗、礼仪、商品交换等,也包括语言。但从另一个意义讲,语言又是一种特殊的符号系统。它在作为一种普通符号系统的同时,也在表现其他符号系统中起作用,是人类用以创造社会现实的主要手段,是向更高层次的符号系统发展的主要途径。

4.2.5 近似或盖然的思想

韩礼德从信息理论中吸取了"近似的"(Approximative)或"盖然的"(Probabilistic)思想。语言固有的特征之一是盖然的。这种规律性特征在人们选择词汇时表现得最为明显,例如,从英语中选择表示"人行道"的词汇时,有人喜欢用"sidewalk",有人喜欢用"pavement";在拼写表示"颜色"的英语时,有人采用"colour"的拼写方式,有人采用"color"的拼写方式。

语法项目的选择也是如此。例如,"I shall go""I will go""I'll go"之间就存在一个概率问题。对于同一个陈述现象可使用主动语态,也可使用被动语态,还可以用不同的近似值标注其语言价值。所以,语言运用的差异不是由于某些语言形式不符合语法,而是语言的基本特征决定的。

近似的或盖然的思想表明:要掌握不同形式项目的使用,便要更精确地区别语义与特定情景语境的关系。

4.3 功能文体学的理论内涵

韩礼德在其论文《语言功能和文学文体》("Language Functions and

Literary Style")中认为,文体是前景化(Foregrounding)。他介绍了布拉格学派的观点,但对这个概念进行了重新定义,认为文体不仅是突出(Prominence),而且是"有动因的突出"(Motivated Prominence)。

4.3.1 前景化

韩礼德功能文体学理论的主要概念之一是前景化。这一概念首先由布拉格学派著名语言学家和文学评论家莫卡罗夫斯基(Mukarovsky)在20世纪30年代提出。他认为"文体是前景化,是使人们注意,使其新颖,是系统地违背标准常规"。

韩礼德接受了莫卡罗夫斯基的观点,把文体视为"前景化",但他明确把前景化视为"有动因的突出"(Motivated Promence)。韩礼德(Halliday,1971:339)说:

"前景化,据我理解,是有动因的突出。我们不难发现诗歌或散文语篇中的一些模式,语音、词汇和结构上的规则现象在语篇中从某种程度上突出出来,或者通过阅读显露出来。通过发现这种突出对表达作者的整体意义有贡献,它常使我们有新的见解。但是,除非这种突出对作者的整体意义有贡献,它就似乎缺乏动因;一个突出的特征只有与语篇整体的意义相关才能前景化。这种关系是一种功能关系:如果某个语言特征,由于其突出,而对整个作品的意义有所贡献,它是通过它自身在语言中的价值——通过它意义产生的功能——做出的。当这种功能与我们解释作品相关时,这种突出就似乎是有动因的。"

韩礼德的这段话显然是针对文学文体而言。在文学作品中,作品的整个意义和与意义相关的情景都是作者创造出来的,因此,文学作品的情景语境要根据语篇来推断。张德禄(1999:44)认为,在文学作品的解码过程中,解码者一般应采取自下而上的过程,即首先通过语音文字来解释词汇语法,再通过词汇语法来解释语义,然后再通过语篇的意义来推断情景语境。这样,某个突出的语言特征只要与作者的整体意义相关就是与语篇的情景语境相关。

4.3.2 突出

韩礼德认为:"突出是一个概括性术语,指语言凸显现象,语篇中的某些语言特征以某种方式突显出来"(Halliday,1971:340)。文体学界对于性质上的突出还是数量上的突出一直颇有争议。

Leech(1969;1981)认为,突出有两种:一种为数量上突出,即某些语言特征以超常频率重现,或从主观上讲,其出现的频率超出了人们的预料,所以这种突出是获取常规的突出;一种为性质上的突出,即违反语言规则,偏离正常用法的突出,所以是背离常规的。韩礼德(Halliday,1971:341)认为,这不是两种突出形式,而是一种。所以突出形式最后都可从数量的角度解释。这两种所谓的突出实际上代表观察突出的两种方式或角度,它的种类决定于讲话者从什么角度来观察它。韩礼德在其论文《语言功能和文学文体》中轻视违背语言规则的性质上的突出,却强调选择频率上或数量上的突出,即作者在有可能在多种选择的区域坚持频繁采用同一类型的结构(这样规则一致的选择可以构成文本内的常规,但在更大的范围中来看,则可能偏离了常规的频率)。

申丹(1997:5)根据韩礼德的观点以他对《继承者》的及物性分析为基础认为,"这篇小说中的及物性结构之所以具有文体价值,关键在于性质上的突出,而不是数量上的突出。"

从常规的角度讲,"语言中不存在一个放之四海而皆准的常规,没有一组在所有情况下都可以参照的可预料形式"(Halliday,1971:341)。一方面,参照的范围可以是不同的。它可以是整个语言,也可以是一种体裁、一个文学流派、一个作者的作品等。所以,在某一个局部是常规的,而到更大的范围内就会成为偏离的。另一方面,从主观角度讲,还有注重点的不同。文体学研究主要是比较性的:我们可以把此语篇与彼语篇相比较,两者都可以作为比较的起点。我们不能把这个语篇作为绝对的标准,而把另一个语篇视为偏离的。

从常规与偏离的关系来看,韩礼德认为,突出既可看作获取常规,又可看作偏离常规,但两者是同一种现象。我们可以根据具体情况有时把突出看作偏离常规,有时看作获取常规,但他倾向于把突出视为获取常规。韩礼德(Halliday,1971:341)认为,突出可以是概率性的,是与整体语言不同的频率分布和过渡概率。他把这种现象称为"失衡"(Deflection)。这种现象也是既可看作对常规的偏离,也可看作获取常规。

无论突出是获取常规,还是违反常规,它总是可以用数字来统计的。韩礼德(Halliday,1971:340)认为,对于突出可以用数字来统计表现出来有两种反驳意见。一种认为文体是个性的表现,不能只简单地用数字表示。这当然是对的,但不是对数字突出的反证。正如韩礼德所讲,如果某个作品、某个作者或一个时代显现出一种明显的文体特色,这一特色是可以用某些统计数字来表示的,那么这些数字表示的特征就是前景化的突出特征。我们就不能说这些数字是没有意义的。对其第二种反驳意见是:特征出现的次数肯定是与文体无关的,因为我们不知道语言中的频率,所以无法对其做出反应。韩礼德(Halliday,1971:343)认为这显然是不对的。我们都对不同的语法或词汇模式十分敏感,它们是我们"意义潜势"的一部分。读者对语篇意义的预测是以我们意识到的语言中固有的出现频率为基础的。如果语篇中出现了出乎意料的模式，这一模式又对于表达作者的整体意义有关，即在情景语境中起突出作用，那么，这些突出特征就是有动因的前景化特征。

"数字可以表示突出，但不能表示前景化。一个数量上十分突出的特征可能是些无关紧要的特征，而某一数量上不十分突出的特征可能是十分相关的。但是，某些文体特征一定是以数量上的突出表现出来的。所以我们需要在众多的突出模式、项目和现象中确定出前景化的特征来"（Halliday，1971：344）。

4.3.3 情景语境

语境指讲话的环境，即篇外环境和上下文（即篇内环境）。马林诺夫斯基称其为"情景语境"（Context of Situation）。情景语境是由三个部分组成的概念框架：语场（Field）、语旨（Tenor）和语式（Mode）。语场指发生了什么事，包括参与者从事的活动和题材。语旨指谁参与了交际事件，以及交际者之间的各种角色关系。语式指语言在情景中的作用以及语篇的符号组织方式等。

情景语境制约对意义的选择。语篇是在情景语境的制约下通过对意义的选择生成的。意义系统由与三个情景编写相对应的三个意义成分组成，即概念意义、人际意义和语篇意义。讲话者对意义系统的选择又促动了对词汇语法系统的选择，从而形成了语法结构。对词汇语法系统的选择又促动了对音系系统或字系系统的选择，从而形成了音系或字系结构。在逐层选择中，对音系层的选择用以体现对词汇语法层的选择，对词汇语法层的选择用以体现对意义层的选择。对语义层的选择则是由情景语境支配的。所以，语言形式的功能是由其是否在情景语境中起作用决定的，语言的意义就是语言形式在语境中的功能（张德禄，1999：46）。

文学语篇的情景语境要比实用文体的情景语境复杂得多，具有多层次性。从第一层次语境上讲，作者给读者提供语言艺术，使其得到艺术享受。但他要达到这一目的必须要再创造一个情景，从创造的情景中创造出艺术来。这就形成了决定语篇内容的第二层次情景。这第二层次情景显然是实现第一层次情景的。由于它是作者创造出来的，所以需要读者根据作品的意义推测出来。这样，情景语境的三个变项也就出现了不同程度的多层次性。

4.3.4 相关性准则

是否适合情景语境，是否在情景语境中有一定功能，或者在文学作品中是否与表达作品的整体意义相关是鉴别突出特征是否是文体特征和在多大程度上是文体特征的标准，可称"相关性准则"（Criteria of Relevance）（张德禄，2005：38-39）。韩礼德借用布拉格学派的术语"前景化"（Foregrounding），把与情景语境相关的突出称为"前景化突出"。文体分析中的相关性准则就是看语言的突出形式是否在情景语境中起到了突出的作用。语言形式与情景语境的相关性是由语言功能作为中介联系起来。

"相关性"是个梯度性概念,在实际的语言交际中,讲话者一般要尽力选择与情景和上下文相关的语言,这就是为什么韩礼德说"没有不存在文体的语言区域"。因此,与情景语境无关系的语言选择是很少见的。但语言选择与情景语境相关的程度却差别很大,它是区分文体优劣的最主要条件。

情景语境的复杂性表现为意义的多层次性,意义的多层次性又由词汇语法和音系特征体现出来。因此,词汇语法层的突出特征能够表达意义的多层次性,就能在情景语境中起到突出的作用,就是与情景语境相关。由于文学语篇中的绝对语篇内容的情景是由作者创造出来的,所以语篇的整体意义就成为衡量文学作品中突出形式是否与表达作品的文体相关的唯一标准。这就是韩礼德把作者的整体意义作为决定相关性的最后标准的原因。

4.3.5 作品的整体意义

既然语篇的整体意义,或者作者的整体意义是衡量文学作品中突出形式是否与表达作品的文体相关的唯一标准,那么,何为"作品的整体意义"呢?张德禄(1999:47)总结道:

"在韩礼德对戈尔丁《继承者》的分析中,他把相关的意义又分为三个层次:1. 直接意义,即表达题材,当时的客观现实意义,如在他所选的第一段中,表达劳克(Lok)的行为、行动、思想和观察等。2. 主题意义,土著人的思维和观察的范围狭窄,活动范围小,行为没有效力等。3. 人类性质,人类不同发展阶段的知识和精神上的发展以及由此产生的冲突。下层的意义用于实现上层的意义,即与上层的意义相关;对及物性模式选择同时体现了所有三个层次的意义,所以体现了作者的整体意义,得到了前景化。"

申丹(2002:189-190)认为,上面引文中的三个层次的意义实际上只有两层意义:一为不考虑主题效果的字面描述意义,二为作品的主题意义。在引文中出现的第二层和第三层,即"主题意义"和"人类性质",均属于主题意义这一层次,知识涉及的范围大小有所不同。倘若我们将范围局限于以 Lok 为代表的尼安德特原始人群,就会得出"土著人的思维和观察范围狭窄、活动范围小、行为没有效力等"结论;倘若我们还考虑到智人入侵后发生的事,就必然会涉及"人类不同发展阶段的知识和精神上的发展以及由此产生的冲突"。在判断什么是真正的前景化时,我们不必考虑"直接意义"或字面描述意义,因为这一层次对于我们的判断没有帮助。我们需要考虑的是语言特征与主题意义的关系。无论一个突出的语言特征具有什么基本语言功能,只要它对表达文本的主题意义作出了贡献,就是真正的前景化。反过来说,无论一个突出的语言特征具有什么语言功能，只要它没有对表达文本的主题意义作出贡献，就不是真正的前景化。

4.4 结语

　　韩礼德的功能文体学理论扩大了文体学研究的视野和范围。语言学家研究文体学通常只注重描述语言现象，而不能把这些语言现象与语篇产生的社会文化环境和语篇的功能联系起来，常出现见树不见林的现象，因此对文体学贡献有限。而文学研究者则通常注重语篇产生的社会、文化、心理等环境因素和语篇的意义，却忽视对语言形式作细致的分析，出现分析空洞、见林不见树的现象。韩礼德的功能文体学把两者较好地结合起来，同语言学家一样分析语言现象，同文学研究者一样分析语篇产生的历史背景、社会和心理环境，并把语言分析的结果用情景语境来解释，确定语篇的文体。这就可以从一个侧面说明为什么韩礼德的功能文体学理论会产生这么大的影响，成为了一种广为应用的文体分析工具。

第5章 英语评价系统简述

5.1 引言

韩礼德创立的系统功能语言学主要包括三大纯理功能：概念功能、人际功能和语篇功能。概念功能主要涉及及物性（Transitivity）、语态（Voice）和作格性（Ergativity）；人际功能主要涉及交际者的角色（Roles）、言语功能（Speech Functions）、语气（Mood）、情态（Modality）、语调（Key）；而语篇功能则主要涉及主位结构（Thematic Structure）、信息结构（Information Structure）和衔接（Cohesion）（黄国文，2000：15-21）。

在属于人际功能的语气系统中，系统功能语法通过语气、情态、情态状语等系统来揭示人际关系的亲疏。韩礼德在《功能语法导论》第二版中就通过语言看作对事态的观点和立场这一人际意义范畴只是用"评述附加语"（Comment Adjunct）和"态度性形容词"（Attitudinal Epithet）一带而过（Halliday，1994/2000：83，84；而在《功能语法导论》第三版中，评价系统思想已经渗透进书中的相关章节）。语言学家马丁和罗斯（Martin & Rose，2003：22-65）看到了这一盲点，在20世纪90年代发展了系统功能语言学，创立了评价系统（Appraisal Systems）的理论框架。

评价系统是在1991—1994年间对澳大利亚新南威尔士洲的中学和场所语文水平研究的基础上发展起来的。该研究由马丁指导，Caroline Coffin，Susan Feez，Sally Humphreys，Rick Iedema，Henrike Korner，David McInnes，David Rose，Joan Rothery，Maree Slenglin，Robert Vee 和 Peter White 参与。这项研究是"写得得体"（Write it Right）科研项目的一部分。该项目的首席顾问是马丁。后来 Martin 和 White，Rick Iedema 和 Joan Rothery 一起将该研究发展成为"评价系统"（王振华，2001：14）。

在系统功能语言学的三大纯理功能中，人际功能主要反映和描述话语发出者和接受者之间的互动，即那些用来建构话语互动中的社会角色和话语角色的语法资源。系统功能语言学家马丁及其同事随后在此基础上提出了"评价系统"这一研究模式，旨在描述话语互动中的价值判断和评价的语言资源。评价系统根植于系统功能语言学，是对人际功能的深化和拓展，它包括态度、介入和级差三个子系统。评价研究把语篇语义作为一个研究单位，它超越小句，贯穿整个语篇，为语篇分析提供了一种崭新的模式。本章从理论基础、主要内容、该研究的应用与发展、存在的困惑与前景等方面对评价系统作简介。主要参考文献来自于 White（1998：9-118，1999：1-58）、Martin（2000：143-175，2002：1-124）、Hunston and Thompson（2000：1-175）、Martin and Rose（2003：22-66）、Martin and White（2008：1-260）、胡壮麟（2005：316-339）和王振华（2001：13-20）。

5.2 评价研究的理论基础

语言是复杂的符号系统，韩礼德认为，语言的核心部分是词汇语法。他的"词汇语法"观点是功能语言学中一个非常重要的观点。功能语言学认为所有的话语同时实现三个功能：概念功能、人际功能和语篇功能。概念功能是指语言对现实世界与说话人内心世界中的种种经历和体验的反映，人际功能试图反映人与人之间的关系并对话轮的选择做出规定。语言是社会人的有意义的活动，人际功能还用于表达说话人对人与事的态度和推断并反映和建构说话人与听话人之间的社会和角色的关系。语篇功能是概念功能和人际功能的集中体现，它将说话者作为观察者的"意义潜势"以及说话人的态度、情感及社会和角色关系联结为一体。

韩礼德（Halliday，2004：81）提出人际意义的实现手段包括：呼语（Vocative）和咒骂语（Expletive），情态评论附加语（Modal Comment Adjunct）和评论附加语（Comment Adjunct），以及限定动词操作词（Finite Verbal Operator）。Eggins（2004：160）认为情态附加语是实现人际意义的手段之一，共有四种情态附加语：

（1）语气附加语（Modal Adjunct）：可能性（perhaps，maybe）、经常性（sometimes，usually）、加强或减弱（really，absolutely，just，somewhat）、预测（evidently，presumably，obviously）和倾向性（happily，willingly）；

（2）归一度附加语（Polarity Adjunct）：yes and no；

（3）评论附加语（Comment Adjunct）：frankly，unfortunately；

（4）呼语（Vocative Adjunct）：personal names.

人际意义由评价（Appraisal）、协商（Negotiation）和参与（Involment）共同实现。协商研究话语的交互特征、言语功能和交换结构；参与研究的是不可分级的语言资源方面，协调语旨关系尤其是参与者的平等关系。评价意义是所有语篇意义的核心，因此，凡是对语篇的人际功能进行分析时都不可忽视它（Thompson，1996：65），其他两者是对评价意义的补充。"任何话语的组合都含有价值判断。每一句话语首先是价值取向。因此，生活中的话语的每一个成分不仅有意义，而且包含价值判断"（Voloshinov，1973：105）。评价意义并非是语义系统中随意的一部分，而是人际意义在话语中的一个重要方面，评价意义的研究提供了研究人际意义的新视角。

评价系统的理论基础是系统功能语言学。词汇和语法是一个连续体的两端。系统功能语言学侧重于语法，而评价研究的重点在词汇。在系统功能语法中有评价因素的存在。及物性系统中的物质过程指物质世界中主要参与者的所作所为，其实这就是对参与者的评价。系统功能语法主要关注小句之内的意义，评价研究把语篇语义作为一个研究单位，话语语义是它的主要研究层次，该系统指出态度贯穿整个语篇，不受语法框架的限制，它的重心在超越小句的意义。它的研究对象跨越小句，评价意义遍及整个语篇。韩礼德在1979年也提出人际功能就像韵律一样贯穿于整个语篇。

对于作者/说话者表达自己的观点和态度这一现象，语言学界使用了不同的术语（杨信彰，2003：11）。Lyons（1977）使用 Connotation，Labov（1984）使用 Intensity，Chafe & Nichols（1986）使用 Evidentiality，Ochs & Schiefflen（1989）使用 Affect Intensifiers，Besnier（1993）使用 Affect，Halliday（1985，1994，2004）使用 Attitude 和 Evaluation，Barton（1993）使用 Stance，Hunston（1994）使用 Evaluation，Bybee & Fleischman（1995）使用 Modality，Conrad & Biber（2000）使用 Epistemic Stance，Martin（2000）和 White（2001）使用 Appraisal。

5.3 评价研究框架

评价研究讨论的是语篇或说话人表达、协商、自然化特定主体间的关系以及一系列意识形态的语言资源。简而言之，评价系统就是一整套运用语言表达态度的资源。在这个大范围里，该理论更为关注的是表达态度中的情感（Affect）、鉴赏（Appreciation）和判断（Judgement）的语言，以及一系列把语篇的命题和主张人际化的资源。评价研究把评价性资源按语义分为三个方面：态度（Attitude）、介入（Engagement）和级差（Graduation）。

5.3.1 态度（Attitude）

态度是指心理受到影响后对人类行为，文本/过程，及现象做出的判断和鉴赏。该系统又可进一步分为情感、判断、和鉴赏。即对人的情感表达——情感、对人的性格和行为的评价——判断、对事物的价值的评价——鉴赏。

5.3.1.1 情感（Affect）——表达人类的感情

在系统功能语言学的框架中，态度系统涉及三种意义区域：情感、道德和美学。马丁、怀特（Martin & White, 2008: 42）认为，由于情感是与生俱来的表达资源，因此它处在以上三种意义区域的中心地带。评价研究把处于这种中心地带的表达资源称为情感，用"Affect"表示。在界定情感类型时，评价研究考虑到了以下五个方面的因素：

（1）是正面的，还是负面的。

（2）同时附有外在动作，还是单纯的内在状态。从语法角度说，是实现行为过程，还是心理或关系过程。如：the captain wept——the captain disliked leaving/the captain felt sad。

（3）是具体指向某种刺激物还是一种相对比较持久的情绪或是感觉。

（4）情感的分级（低、中、高）。如：the captain disliked leaving——the captain hated leaving——the captain detested leaving。

（5）有主观意图，还是单纯被动反应；或者说情感是指说话者/作者对人、事、物的情感反应。通常以下列词汇来体现：

①情感动词：to love, to hate, to frighten, to reassure, to interest, etc.

②副词：happily, sadly, excitedly, etc.

③情感形容词：happy, sad, worried, confident, etc.

④名物化的词：joy, despair, confidence, insecurity, etc.

马丁和怀特（Martin & White, 2008: 46）将有意识地经历情感体验的介入者叫做感受主体（Emoter），引起那种情感的现象叫做触发物（Trigger）（参见表5.1）。他们还将情感区分为肯定和否定情感。

表5.1 Affectual Analysis（Martin, 2002: 33）

	Affect	Emoter	Trigger
I am the most **hated** person on this planet.	hate	people	author
I've been **spatted on** by kids in the supermarket.	hate	kids	author
All parents who I know are **horrified** by lyrics.	fear	parents	lyrics
He doesn't **hate** women or homosexuals.	hate	he	women. etc

5.3.1.2 判断（Judgement）——评价人类行为

判断系统指一系列有制度规定的规范对人类行为的肯定和否定评价的意义。作判断时，我们把一个行为判断为：道德的或不道德的、合法的或不合法的、社会可接受的或不可接受的，以及正常的或不正常的等。

判断可分为显性判断（Explicit/Inscribed Judgement）和隐性判断（Implicit/Evoked/Provoked Judgement 或者 Token of Judgement）。在显性判断里评价是用词汇手段明确表达的，如"skillfully, corruptly, lazily"等。在隐性

判断里，对价值的判断是由表面上是中性的"factual"的表意手段来表达，而没有采用显性词汇，但它们其实在特定的文化中根据读者的文化和意识形态能引起判断上的反应。例如：

The government did not lay the foundations for long term growth. （White，1999：25）

在此例中，作者没有使用明显的词汇评价政府，只是运用了"factual"中性词汇进行描述，但却潜在地引起（Evoke）读者评价政府是无能的。

判断可分为社会尊严（Social Esteem）和社会许可（Social Sanction）。

对社会尊严的判断牵涉到一些评价会使被评判的人在他所在的社会中的尊严得到提高或降低，但却和法律上或道德上的含义无关。因此，对社会尊严的否定会被看成是没作用的、不合适的或不受鼓励的，但不会被看作是罪过或罪行。社会尊严有肯定（Admire）和否定（Criticise）之分。还可以分为三小类：常规（Normality）：某人是否不同寻常，某人的行为是否循规蹈矩；才干（Capacity）：某人是否能干；韧性（Tenacity）：某人是否可靠。

社会许可与合法性和道德性有关。从宗教角度看，对社会许可的违反会被看成是罪过，在西方基督教的传统中，会被看成是道德上的犯罪；从法律上看，会被看成是罪行，因此，违反社会许可就可能受到法律或宗教的惩罚。

社会许可有肯定（Praise）和否定（Condemn）之分，可分为两小类：真实性（Veracity）：某人是否真实可靠；合适性（Propriety）：某人是否行为正当。如下表所示：

表 5.2 The system of Judgement (Martin, 2000: 156)

Social Esteem	Positive (admire)	Negative (criticize)
Normality	normal, average, everyday…	odd, peculiar, eccentric…
Capacity	skilled, clever, insightful…	slow, stupid, thick…
Tenacity	plucky, brave, heroic…	rash, cowardly, despondent…
Social Sanction	Positive (praise)	Negative (condemn)
Veracity	truthful, honest, credible…	dishonest, deceitful…
Propriety	good, moral, ethical…	bad, immoral, evil…

5.3.1.3 鉴赏（Appreciation）——评价产品和过程

鉴赏包含了美学范畴及"社会价值"这一非美学范畴。可以把鉴赏看成是被制度化的一系列人类对产品、过程和实体的积极或消极的价值观。因此，判断是评价人类的行为，鉴赏则是评价制造的或自然的物品以及更抽象的结构。当人被看成是实体而不是能做出行为的参与者时，对人可以是鉴赏而不是判断。怀特（White, 1999: 26）认为鉴赏的类型包括：①products；②processes；③entities: texts, abstract construct, plans, policies, manufactured & natural objects；④humans viewed as entities rather than participants；⑤physical objects；⑥material circumstances；⑦state of affairs.

例如：（1）a **beautiful** sunset.

（2）a **beautiful** woman.

（3）a **key** figure.

（4）an **ugly** scar.

鉴赏可分为三个小类：①反应（Reaction）：指的是情感反应，反应又分影响（Impact）和质量（Quality）；②构成（Composition）：指产品和过程是否符合各种结构的常规，构成又可分平衡（Balance）和复杂性（Complexity），平衡指文本/过程是否相称，复杂性指文本/过程是否因复杂而影响到无法理解；③价值（Valuation）：指根据社会常规来评价物体、产品和过程是否具有社会意义或价值。参见表5.3。

表5.3 The framework for Appreciation（Martin 2000: 160）

Appreciation	Positive	Negative
Reaction: impact	arresting, captivating…	dull, boring, tedious…
Reaction: quality	lovely, beautiful, splendid…	plain, ugly…
Composition: balance	balanced, harmonious…	unbalanced, discordant…
Composition: complexity	simple, elegant…	ornamental, extravagant…
Valuation	profound, deep, challenging…	shallow, insignificant…

5.3.2 介入（Engagement）

介入指的是语篇和作者的声音来源的语言资源，它关注的是言语进行人际或概念意义的协商方式。在介入这个模式中，读者的作用被看得更重要，或者说把语篇看成是与实际的或潜在的读者协商意义。意义的建构被看成是社会的而不是个人的，不是把概念意义以及与之相连的真实值放在首位。

5.3.2.1 介入子系统内涵

在"对话"（Dialogistics）、"多声"（Heteroglossia）的大框架下介入资源可分为"多声"（Heterogloss）（或者叫"借言"）和"单声"（Monogloss）（或者叫"自言"）。单声指评价活动是通过作者单个人的声音实施的。多声的评价活动是通过语篇外部（Extra-vocalization）和语篇内部（Intra-vocalization）来实施的，这样做，语言使用者可以推卸或摆脱责任，同时能让所说的话显得十分客观。篇外声音又可分为嵌入（直接投射）和同化（间接投射）。篇内声音分为对话的扩展（Expand/Open）和对话的压缩（Contract/Close）。扩展指的是话语中的介入或多或少地引发了对话中的其他声音或立场；而压缩则意味着话语中的介入挑战、反击或者限制了其他声音和立场。扩展包含求证（Appearance）、可能性（Probabilise）和传闻（Hearsay）；压缩分为两个子范畴：否认（Disclaim）和声明（Proclaim）。否认指语篇中的声音和某种相反的声音相互对立，又分为否定（Deny）和对立（Counter Expect）。否定包括否定句，对立包括表让步和表出乎意料的表达。声明指语篇中的声音将命题表现为不可推翻的、排除了其他的声音。它又分宣称（Pronounce）和意料之中（Expect）。参见表 5.4。

表 5.4 The system of heterogloss（Martin，2002:114；White，1999:41）

Extra-vocalisation	Insert		Some scholars: "Francis Bacon wrote *The Tempest*.
	Assimilate		Some scholars said Francis Bacon wrote *The Tempest*.
Intra-vocalisation	Close	Disclaim	Francis Bacon did not write *The Tempest*.
		Proclaim	It's a fact that Francis Bacon wrote *The Tempest*.
	Open	Hearsay	It's said Francis Bacon wrote *The Tempest*.
		Probabilise	Francis Bacon probably wrote *The Tempest*.
		Appearance	It seems Francis Bacon wrote *The Tempest*.

5.3.2.2 巴赫金"互文性"对评价研究介入子系统的影响

从以上内容我们得知，在介入这个模式中，读者的作用被看得更重要，或者说把语篇看成是与实际的或潜在的读者协商意义。意义的建构被看成是社会的而不是个人的，不是把概念意义以及与之相连的真实值放在首位。这种做法明显地受到了巴赫金"多声"（Heteroglossia）和"互文性"（Intertextuality）的概念的影响。怀特说，"I am, however, more specifically influenced by Bakhtin's notions of 'heteroglossia' and 'intertextuality'"（White，1999:31-32）。这些概念中，巴赫金坚持认为所有的语篇都有互文性，即所有的语篇都指涉、回应，并在不同程度上包容其他实际的或可能的语篇。因此我们可以说没有一句言语是一个孤岛，多声的观点强调的是语言把说话人和他们的语篇放置在纷繁各异的社会立场和世界观。所有的语篇都反映了一个特定的社会现实或意识形态立场，并因此进入与一系列相同的/不同的受社会语境决定的社会立场的不同程度的结盟。因此语篇中的每一个意义都是出现在社会语境中，在该语境中也可以产生其他的各种意义或相反的意义，它的社会意义取决于它与其他各种意义一致/相反的关系（White，1999:31,32；胡壮麟，2005:327）。

从话语收缩和扩展的内涵看，总体来说，介入系统仍然在"对话

(Dialogistics)、"多声"(Heteroglossia)的大框架下描述这些词汇语法资源的功能性,将"多声"(命题/倡导中的介入显示着某种语篇外部的声音或者显示着对话)中的介入的功能归纳为否认(Disclaim)、宣称(Proclaim)、引发(Entertain)、摘引(Attribute)四大类,其内涵的实质与巴赫金的对话理论是相一致的。

  语言哲学观上的影响。如前所述,介入系统作为评价研究的一个子系统,建立在以韩礼德为代表的系统功能语言学理论之上。我们比较系统功能语言学和巴赫金的语言哲学观,发现两者有许多观点都是相似的。首先,韩礼德(Halliday, 1978/2001: F23)"是把语言看作是一种社会符号系统,并力图从社会和文化的角度对语言的性质和意义进行诠释。"这和巴赫金把语言看作社会事件,认为语言的本质在于其社会性的观点是一致的。"语言—言语的真正现实不是语言形式的抽象体系,不是孤立的独白型表述,也不是它所实现的生物心理学行为,而是言语相互作用的社会事件,是由表述及表述群来实现的。这样,话语互动才是语言真正的基本现实"(沃洛希诺夫,1998: 447)。第二,巴赫金和韩礼德都批判索绪尔(Saussure)把语言绝对地区分为共时和历时,并认为语言是一个规则一致的共时体系的观点。巴赫金强调语言的动态性、历时性,认为交际者之间的关系、交际条件、音信都是不断变化的;韩礼德则强调语篇作为语言运用的实际单位是一个表达意义的动态过程、一个实例化的过程(Halliday & Matthiessen, 2004/2008: 524),并提出从 Ontogenesis, Logogesesis 和 Phylogenesis 三种角度来考察语言的发展变化。第三,巴赫金批评索绪尔把语言(Langue)和言语(Parole)做绝对的划分,认为语言系统才是研究的对象的观点,强调对言语行为,特别是对其产品话语的研究,认为话语才是语言的真正现实;功能语言学也反对语言和言语的区分,强调对活生生的言语现实的研究,把语篇看作是语言使用的实际单位,注重对语篇整体的研究。第四,巴赫金认为意义重于形式(沃洛希诺夫,1998: 413),强调语言的运用依赖于一定的语境,这个语境主要是社会意识形态,包括系统化的意识形态和生活意识形态;"语言在其实际的实现过程中,不可分割地与其意识形态或生活内容联系在一起"(同上: 447)。这和功能语言学把语言作为一个意义潜势,强调语境对意义的制约作用是一致的。第五,巴赫金从说话者与受话者交际的角度来研究语言,强调音信形成、实现于交际者言语互动的过程中,这和韩礼德强调语言的交际功能的观点也是基本一致的。第六,巴赫金把话语的指物意义(客体意义)与其情态、评价相区分,并强调两者之间的密切关系。这和功能语言学既区分概念意义与人际意义又强调两者之间的关系的观点也是一致的。这里巴赫金的指物意义其实就是功能语言学的概念意义,而巴赫金的情态和评价就是人际意义的一部分的观点,被马丁纳入到了评价意义之中。总之,巴赫金的语言哲学观基本上是和系统功能语言学的观点相似的。因而，建立在其语言哲学观基础上的对话理论可以作为评价系统的一个理论来源被纳入到系统功能语言学的框架之中。

对话性来源的影响。从社会言语交际互动的观点出发，巴赫金提出了对话理论。巴赫金认为意义不属于单个的说话者，它在不同的说话者之间的给予和获取（Asking and Giving）中产生，词语在语言中有一半是属于他人的（转引自刘世生、刘立华，2010：11-12）。只有在说话者占用词语，用来表达自己的语义倾向时，它才成为自己的。重要的是，词并不存在于中立的和非人格的语言中，而是存在于别人的口中，为别人的意向服务。这使我们得以进入意义的争夺，打破单一的意义联系并赋予词语以新的变化。巴赫金认为，意义通过对话建立起来：它根本是对话性的，我们所说的和所意味的任何事，都因为与别人的相互作用和影响而改变。意义是在对话中通过参与者之间的"差异"而显示出来。简言之，"他者"才是意义的根本。话语的对话性特征进而被当作是话语或语篇中存在两个以上相互作用的声音，它们形成同意和反对、肯定和补充、问和答等关系。

在巴赫金看来，对话性有两类：基于对象称述的对话性和基于交际能动性的对话性。第一种，基于对象称述的对话性又可分为三个层面：话语在同一语言内与他人表述之间；在同一民族语范围内与其他"社会语言"之间；在同一文化、同一社会思想观念范围内与其他民族语言之间都有着对话性（巴赫金，1998：54）。

这种特定话语与他人话语的对话性，在言语生活所有领域中具有原则性的、广泛性的意义。马丁、怀特（Martin & White，2008：92-94）充分认识到了这种对话性的意义，把它纳入到其评价研究的介入子系统中。介入子系统从对话的角度，关注言语进行人际或概念意义协商的方式，主要是通过语言来采取不同立场的可能性，采取这些不同立场的修辞效果以及采取某一立场所带来的后果。然而，介入系统涉及的主要是同一语言内话语与他人表述的对话性，对于同一民族语范围内与其他"社会语言"（即各种地理、社会方言及其他变体）之间的对话性并没有涉及。

巴赫金的第二种对话性，是基于交际能动性的对话性。这是因为话语是要诉诸某人的，具有针对性。任何话语都以得到回答为目标；它刺激回答、猜测回答、考虑到回答来组织本身。说话者从一开始就考虑到了受话者可能会出现的应答性反应，并期待着这种反应；话语正是为了这种反应而构建的。具体来说，说话者要考虑受话人的背景，包括他对情景的熟悉程度、相关领域的专门知识、他的观点和信念、成见、好恶。因为这一切将决定受话人对话语的积极应答式的理解。这样，说话者力求使自己的话语以及制约这些话语的自己的视野能针对理解者的视野，并同理解者视野的一些因素发生对话关系。说话者向受话者的他人视野中深入,在说话者的背脊上建立自己的话语(巴赫金,1998:181-186)。

在介入系统里,马丁、怀特(Martin & White, 2008:92-135)强调的是说话者如何通过选择特定的语义、语言资源来表达自己的观点立场、与他人(包括以前的说话者以及预期的受话者)的立场观点对话,并借此实现与他人的联盟或分界。因而,介入系统关于对话性的讨论都是从说话者角度出发的,强调说话者如何通过言语策略实现与预期的受话者的对话。对于从受话者积极理解的角度而引发的对话,介入理论涉及甚少,而主要是说话者本身作为积极理解者和前人话语的对话。

对话性体现形式的影响。巴赫金在不同的地方,从词汇、句法和语篇布局结构三个方面对对话性的体现形式作了探讨。首先在词汇层面上,巴赫金强调语言之词本身是无主的、中性的;感情、评价、情态是语言之词本身所没有的,它们都产生于具体的话语过程中。选择词语时,我们不是从语言体系中或从词典中选择中态的形式,而是从其他与我们的体裁相近的话语中进行选择,即根据词语的体裁属性来选择。巴赫金的情态概念评价主要是指感情、判断、鉴赏等态度系统里的成分。马丁和怀特在讨论态度子系统时所提到的体现方式主要是词语。但他们并没有提及对话的视角,虽然两人明确指出分级系统也引发对话的作用,这很容易使人认为情感、判断、鉴赏等态度性语义资源不能体现对话性。其实,两人讨论介入系统时所说的对价值观定位的立场很大程度上是由对事物感情、道德判断和美学鉴赏等评价资源来实现的,因而,它们可以体现对话性。

其次,对话性在句法上的体现形式,主要表现在巴赫金对"他人言语"的讨论上。巴赫金探讨了直接语言、间接语言及其变体这些他人言语的表现形式。说话者在转述他人语言的过程中,实现着其对这些他人话语的接受、理解和评价。这种接受包括两个方面:一是他人话语受制于现实评述语境、情景以及可以感觉到的情态;二是暗变,包括内部反驳和现实评述。这样,在他人言语和作者言语之间形成一种对话关系。巴赫金关于直接言语、间接言语对话性的观点,显然被马丁和怀特纳入到评价研究里介入系统中的摘引(Attribute)子系统里面。摘引子系统指的是通过把某个命题归于某个外部的声音,从而在语篇里把它作为只是一系列可能命题中的一个,从而引发对话。在此基础上,马丁和怀特做了细化,把摘引分为中性引述(Acknowledge)和疏远性引述(Distance)。此外,除了"他人言语"之外,摘引还包含了对他人思想观点的引述。因而,可以说,摘引子系统对"他人言语"的理论既有借鉴,更有发展和超越。

最后,在评价系统中,马丁和怀特关于对话性体现方式的探讨,主要集中在词汇、语法上,对于语篇宏观结构并没有涉及,在这一点上与巴赫金有所不同。

5.3.3 级差（Graduation）

级差指的是加强或减弱强度，它不局限于任何一个次领域，而是对横跨整个评价系统的人际意义的润色。级差可分为语势（Force）和聚焦（Focus）。语势又可分为强势（Raise）和弱势（Lower），例如：slightly, a bit, somewhat, quite, rather, really, very, and extremely。通过这些评价的价值，说话者增强或减弱了意义的强度。例如：

A very **smart** fellow.（加强了判断资源的评价值）

I am **a bit** worried.（降低了情感资源的评价值）

聚焦可分为明显（Sharpen）和模糊（Soften），例如：

Sharpen：**true** friend, **pure** evil, **clean** brake, a **genuine** mistake, a **complete** disaster.

Soften：**kind of** nerve-wracking, **sort of** fish.

评价系统可看图 5.1。

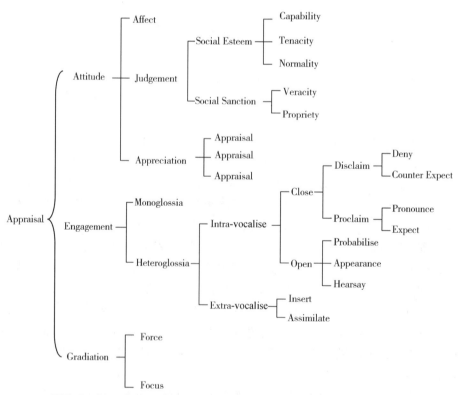

图 5.1 Appraisal systems（White 1998, 1999；Martin 2000, 2002；Martin & Rose 2003）

5.4 评价研究的应用和发展

如果把马丁 2000 年发布的"英语评价系统"看作是评价模式诞生的标志的话，该模式的发展已经有 20 多年的历史。在这短短的 20 多年里，该研究在全球得到了广泛的传播和应用。《篇章》杂志（*Text*，现为 *Text & Talk*）专门出版专刊（2003，Vol 23 Issue 2）刊登有关评价模式的应用和发展的文章。怀特在网上开辟了评价模式讨论组（http：//www.grammatics.com/appraisal），吸引了不少对功能语言学感兴趣的研究生和学者参与讨论，对该理论的推广起到了很好的作用。第 28 届国际功能语言学大会会后的论文集《系统功能语言学与批评话语分析》（2004）也集中反映了评价模式在具体应用于话语分析的一些成果。除此以外，Martin & Rose（2003），Jovanovich-Krstic（2004），Menard-Warwick（2005），Sook Hee Lee（2008）等国外学者也从不同角度探讨了评价模式的应用问题（刘世生，刘立华，2012：139）。

由于我国与功能语言学的特殊渊源关系，评价研究从一开始就受到我国国内学者的广泛关注（王振华，2001；李战子，2004；张德禄，刘世铸，2006；唐丽萍，2006；刘世铸，2007；宋方成，2007；刘立华，2009，2011 等）。截至 2009 年底，国内主要学术期刊发表的有关评价研究的论文共有 174 篇（刘世铸，2010：33），这些论文既有理论的探索也有理论的应用。理论探索方面主要包括下面这些领域。

评价的本质问题，诸如"什么是评价？""评价的要素有哪些？""评价在人际意义的地位是什么？"等，虽然马丁和我国的学者从不同的角度对这些问题进行了探索，但尚没有比较合理的解释。

关于介入子系统的研究，文章数量虽多，但大都是对介入资源的分析和归纳。王振华（2003）以心理学、社会学和语义学理论为基础重新构建了介入系统框架。他把介入系统分为三个"声音"。第一声指言语者在特定语境中投射言语者自身的思想或观点。第二声指言语者在特定语境中假借第二人称或第三人称的思想或观点。第三声指言语者在特定语境中假借所在社团共享的思想或观点。李基安（2008：60-64）把情态视作重要的介入资源，探讨了情态的对话本质以及情态的级差与对话空间的关系。黄雪娥（2012：3-7）鉴于当前有的学者认为介入系统的分类过于烦琐，分类界限也不够清晰，而对该理论提出质疑和修正的文章并不多的情况下，对当下的介入系统框架进行一番梳理，目的在于厘清一直处于嬗变、模糊人们视线的子系统"借言"，然后在此基础上，对"借言"子系统进行重新分类，以企使介入系统分类界限更为清晰、简单易懂，并在实际运用中更便于操作。

关于态度子系统的研究。态度系统是评价系统的主体部分，与其他两个子系统相比，国内学者对其的研究更多更深刻。国内学者对态度系统的研究已从词汇层面延伸到语法层面。虽然态度的表达主要体现在词汇（态度词）上，但是研究也表明，某些语法结构的确具有表达态度的意义，说明态度表达与语法结构存在着一定的依存关系，但态度在多大程度上与语法结构相关，哪些语法结构是表达态度的一致式，还有待学者们进一步探讨。

关于级差系统的研究。目前有关级差系统的论文不多，也非严格意义上的理论探索。付晓丽和付天军（2009：115-119）分析了《呼啸山庄》中体现的级差系统中语势和聚焦这两个次范畴资源。钱浩（2008：135-137）从级差的角度考察了语篇的态度意义，提出了比较态度价值大小的三个参数——语义、句法和语境参数。级差子系统是评价系统对评价资源价值强度的高度概括，级差与态度、介入是合取关系，是跨越态度和介入的评价资源。目前发表的论文中还没有涉及到介入的级差，也没有对评价系统的级差子系统分类提出质疑，目前学者们基本遵循马丁等的分类模式。级差系统涉及的词汇语法资源很多，在这方面还有很大的研究空间。

评价系统从创立之初就表现出较好的应用前景。统计表明，评价研究的应用范围已从语篇分析，渗透到了翻译研究、外语教学，以及汉语与其他语言研究。

5.5　对评价研究的一点思考

纵观20多年来的研究成果可以看出评价理论已成为国内进行话语分析的一个重要理论框架，我国学者无论在理论方面，还是在理论的应用方面均取得了丰硕的研究成果。有的学者已经发现了评价系统的不足，试图从心理学、社会学、哲学等角度为评价系统寻找支持；有的学者发现评价系统的分类模糊，尝试对介入和态度子系统重新分类。在应用层面，其范围已从语篇分析领域，扩展到了翻译和英语教学，这些有益的尝试对于完善评价模式和拓宽该系统的应用范围起到了很大的作用。

首先，评价系统的理论基石是系统功能语法，是对韩礼德的人际功能在词汇层面的补充，其主要关注点是"人"，是用来研究具有人际意义的语言。所以不少学者运用评价研究来分析新闻报道、政论专栏文章、学术书评、社论、旅游广告等非文学语篇，却极少拿它来研究概念意义和语篇意义。笔者认为，由于评价系统是一整套运用语言表达态度和意识形态的资源，因此，在文学语篇分析中，它同样是一套操作性很强的理论工具。

其次，自评价研究提出以来，国内外专家学者对其研究不计其数。如国内的胡壮麟、朱永生、张德禄、李战子、王振华、戴凡等是最早介绍和研究评价研究的学者。可见，评价研究具有很强的解释力和魅力，但是，却也因其学术术语的晦涩性、歧义性给研究者带来不少困惑（王振华，2007：20-23）。

最后，由于评价系统根植于西方的理论传统习惯和范式，而我国文化与西方文化的差异导致了我们在具体运用这一理论框架来分析汉语文本时的困境，因此，目前研究中涉及汉语评价资源的文章还比较少，特别是跨文化、跨语言的评价研究还需进一步加强。总的来说，目前，据可靠数据分析（布占廷、孙雪凡，2021：154），"评价理论的理论研究减少，应用研究增多；态度子系统研究多，介入子系统和极差子系统研究少；单一文本研究减少，对比研究增多；纯语言学研究减少，跨学科研究增多。"

一个新理论的完善需要几代人的共同努力才能实现。评价系统在理论上还需要创新和借鉴，在系统分类上还需要更精密，在研究方法上还需要改进，这些问题都需要我国学者积极参与研究和创新。可以预见，随着该理论的不断完善，其研究队伍会越来越壮大，应用前景会越来越广阔。

第6章 评价研究介入系统中"借言"之嬗变

6.1 引言

如果把马丁 2000 年发表的 *Beyond Exchange: Appraisal System in English* 看作是评价研究诞生的标志的话,该理论的研究已经走过了 20 多年。在这短短的 20 多年里,该理论在全球得到了广泛的传播和应用,国内外发表的有关评价研究的学术论文不计其数,出版的著作和专刊日渐增加,撰写的博士论文越来越多,与评价研究相关的国际性、区域性、国家性的学术会议和学术活动逐年增加(王振华、马玉蕾,2007:19),评价研究作为一种新理论有着独特的魅力。然而,任何一个理论都不可能是完美无缺的,都要经历诞生、发展、成熟的阶段,其完善需要在发展过程中不断的更新和修正。评价研究的介入系统也不例外。何况在马丁当初创立评价研究的态度系统、级差系统和介入系统三个系统中,原本就是态度系统研究最为详细和深入,介入系统和级差系统的研究相对薄弱(王振华、路洋,2010:51)。从统计数据来看(刘世铸,2010:34-35),关于介入的文章数量虽多,但大都是对介入资源的分析和归纳,或者大都是借用评价研究的框架进行相关的应用分析。虽然有的学者发现介入系统的分类过于繁琐,分类界限也不够清晰,但是对该理论提出质疑和修正的文章并不多。我们在对当下的介入系统框架进行梳理的过程中发现,造成介入系统模糊不清的主因不在于其子系统"自言",而是一直处于变化中的"借言"子系统。在重读马丁和怀特关于介入系统框架的基础上,本章首先对当下的介入系统框架进行一番梳理,目的在于厘清一直处于嬗变、模糊人们视线的子系统"借言",然后在此基础上,再对"借言"子系统进行重新分类,以使介入系统分类界限更为清晰、简单易懂,并在实际运用中更便于操作。

6.2 介入系统综述——嬗变的"借言"

6.2.1 马丁和罗斯的介入系统框架——"简约"型

马丁和罗斯(Martin & Rose)2003 年出版了 *Working with Discourse: Meaning Beyond the Clause* 著作,书中对评价研究的定义为:"评价研究是关于评价的,即语篇中所协商的各种态度、所涉及到的情感强度,以及表明价值和联盟读者的各种方式"(Martin & Rose, 2003:22)。评价研究把评价性资源按语义分为三个方面:态度（Attitude）、介入（Engagement）、和级差（Graduation）。

介入系统借助于巴赫金"对话性"理论，即后来克里斯蒂娃称之为"多声"（Heteroglossia）和"互文性"（Intertextuality）观点（同上：44），表明语篇和作者的声音来源的语言资源，它关注的是评价者参与话语的方式和程度，是评价主体与客体，主体与主体间相互参照、唤起或协商彼此的社会地位的语言资源，具有主体间性（Intersubjectivity）的特征。在"对话"（Dialogistics）、"多声"（Heteroglossia）的大框架下介入资源可分为"借言"（Heterogloss）（或者叫"多声"）和"自言"（Monogloss）（或者叫"单声"）。自言指评价活动是通过作者单个人的声音实施的，不提及信息来源和其他可能的观点，而借言可以使作者以多种方式把其他声音投射到语篇中而展开事物的陈述。语言使用者是否"介入"责任，主要通过投射（Projection）、情态（Modality）和让步（Concession）等手段来评判。投射主要由小句投射（Projecting Clauses）、言语行为名称投射（Names for "Speech Acts"）、定语从句投射（Projectiong within Clauses）和谨慎引用（Scare Quotes）来实现。例如：①

① Then he says："He and three of our friends have been promoted ." (projecting clauses)

② I end with a few lines that my wasted vulture said to me one night the broadcast substantial extracts. (names for "speech acts")

③ Amnesty is not given to innocent people or to those who claim to be innocent. (projecting within clauses)

④ Even if he was an Englishman, he was popular with all the "Boer" Afrikaners. (scare quotes)

马丁和罗斯的介入系统框架显然是比较简单明了（见图6.1），子系统借言主要通过投射、情态和让步来实现。

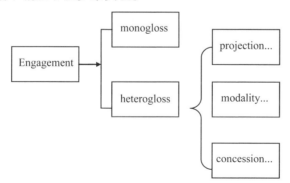

图6.1 Engagement system (based on Martin & Rose, 2003: 54)

① 下面用例均引自 Martin & Rose (2003)。

6.2.2 怀特的介入系统框架——"全面"型

根据怀特（White, 1998: 88; 1999: 39-49; 2002: 99-122）的观点，介入系统网络阐释如下。

怀特的介入系统沿袭了马丁的思想，他认为介入系统按照对待不同观点的言语策略的选择，分为"多声"（Heterogloss）和"单声"（Monogloss）。这点与马丁和罗斯的分类相同。不同的是，多声的评价活动是通过语篇外部（Extra-vocalization）和语篇内部（Intra-vocalization）来实施的，这样做，语言使用者可以推卸或摆脱责任，同时能让所说的话显得十分客观。篇外声音也即摘引（Attribution）指的是语篇中的声音所表现的命题来自语篇外部的声音，是许多声音中的一种，引发了对话。篇外声音又可分为嵌入（直接投射 Insert）和同化（间接投射 Assimilate）。与此相对的是篇内声音，指的是来自写作者或说话者自己的篇内声音。篇内声音分为对话的扩展（Open）和对话的压缩（Close）。扩展指的是话语中的介入或多或少地引发了对话中的其他声音或立场；而压缩则意味着话语中的介入挑战、反击或者限制了其他声音和立场。压缩分为两个子范畴：否认（Disclaim）和声明（Proclaim）。

否认指语篇中的声音和某种相反的声音相互对立，又分为否定（Deny）和对立（Counter Expect）。否定包括否定句，对立包括表让步和表出乎意料的表达。

声明指语篇中的声音将命题表现为不可推翻的、排除了其他的声音。它又分宣称（Pronounce）和意料之中（Expect）。

扩展包含求证（Appearance）、可能性（Probabilise）和传闻（Hearsay）。求证是通过前景化和清晰化所有命题依赖的实证过程来开启与不同观点协商的意义潜势，常用 It seems…, Apparently…等表达。可能性运用 I think…, probably 等表示可能性的句型和词汇来表达。传闻通过使用 reportedly, I hear that…等语言手段表明愿意以相似的方式考虑或介绍不同的观点（White, 1999: 44-45）。详情请参看第5章表5.4。

从上文的阐述可知，怀特的介入系统网络主要是考察两个参数：篇内声音和篇外声音，对话的扩展和对话的压缩。而且，划分借言的主要依据是声音的来源，以对话的扩展和压缩为辅助标准进行考察。评价研究在中国发展的初期阶段，较多的研究者（如唐丽萍，2004: 35-43）运用本框架进行学术研究，王振华和路洋（2010: 54）也认为怀特的介入系统较为全面。

怀特的介入系统框架如图6.2所示。

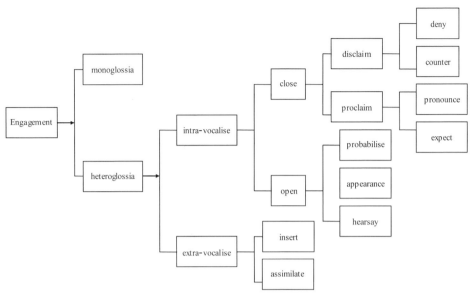

图6.2 The engagement system (based on White, 1998:88; 1999:39-49; 2002:99-122)

6.2.3 马丁和怀特的介入系统框架——"改进"型

随着介入系统研究的不断深入，马丁和怀特对介入理论又有了新的改进。马丁和怀特（Martin & White, 2008:92-134）认为，介入系统是用来描述那些把某一话语或是语篇建构为一个多声的（Heteroglossic）场所的意义类型。这种多声性的话语场混杂了对先前话语、不同的观点的话语以及（作者）期待产生的话语。根据话语对话性特点的不同，话语中可以呈现不同的介入类型（如图6.3所示）。

怀特先前的介入系统把借言划分为篇内声音和篇外声音，而此介入系统把借言直接划分为话语收缩（Contract）和话语扩展（Expand）两个子系统，它们处于一个对话意义连续体的两个极点。话语的收缩又包括否认（Disclaim）和宣称（Proclaim）两个系统。话语的扩展包括引发（Entertain）和摘引（Attribute）两个子系统。

话语收缩：对待不同的话语声音和观点，作者可以采取不同的话语策略：可以允许某种声音的存在并给予其一定的空间，也可以去挑战、反对或压制某种话语声音的存在。话语收缩指的是后者。话语收缩和扩展两个意义范畴实际上是对话语本身对话性特征或是程度的一个语言学意义上的描述，即对话语作者对话语中不同声音（所代表的群体）的操控和利用的语言学描述（刘世生、刘之华，2010:13）。话语收缩具体又分成两个子系统：否认（Disclaim）和宣称（Proclaim）。

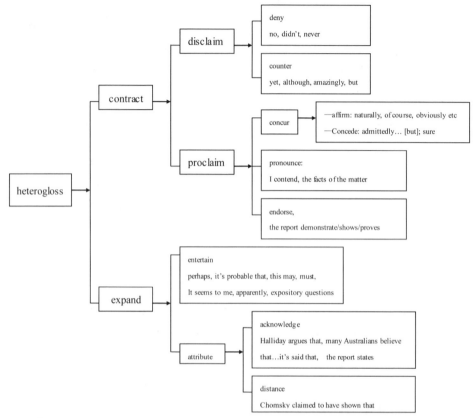

图 6.3　The engagement system (based on Martin & White, 2008: 92 - 134)

否认（Disclaim）是指某些话语立场或声音被直接拒绝、替换或被认为"不合适"。否认又具体分成否定（Deny）和反驳（Counter）。

否定（Deny）仅仅是对某一观点和现象的排斥或是挑战，而反驳（Counter）则意味着用某一观点或立场去取代已有的立场或是观点，即用某种话语声音取代另一种。

宣称（Proclaim）与否认恰恰相反，它明确提出自己的观点，并排除其他的选择和立场。宣称又具体表现为同意（Concur）、断言（Pronounce）和赞同（Endorsement）。

话语扩展：话语扩展是指在某个话语场中，作者会尽量去包容、照顾其他的话语声音，给予它们一定的话语空间，而不是对其压制或排斥。话语扩展主要由两种话语策略来完成：引发（Entertain）和摘引（Attribute）。

引发（Entertain）的作用是说明某一话语或声音只是许多可能的声音或观

点中的一个，即作者的声音引发了不同的对话性的声音。引发是作者由于对某事物或观点不确信，或故意避免绝对表达，而产生的对话空间。

摘引（Attribute）是表达话语扩展的另一话语策略，即作者明显地把话语中的某些观点通过他人的话语呈现出来，作者本身的话语则退居次席。摘引在话语中的典型实现是直接引语和间接引语的使用。摘引是作者"逃避"话语责任的方式之一。

从上文来看，马丁和怀特的介入系统的划分是按照新标准来进行的。划分借言的主要标准已经不是声音的来源，而是对话的扩展和压缩，因此，该框架就没有了篇内声音和篇外声音之分。此外，与怀特介入系统不同的是，马丁和怀特对系统中话语扩展和压缩分类做了细化。本系统框架也是目前大多数学者所采用的框架，属于比较完善的"改进版"和"流行版"。

6.2.4 王振华的介入系统框架——"三声"型

王振华（2003：153）以心理学、社会学和语义学理论为基础重新建构了介入系统的框架。他认为介入系统分为三个声音。第一声指言语者在特定语境中投射言语者自身的思想或观点。第二声指言语者在特定语境中假借第二人称或第三人称的思想或观点。第三声指言语者在特定语境中假借所在社团共享的思想或观点。三个子系统是人类在语言互动过程中的选择资源。言语者运用第一声介入时，投射的是言语者本人对人、物、事的真实评价。第二、三声是言语者为证实对人、物、事的真实态度服务。（其框架见图6.4）

王振华的介入系统框架既不以借言和自言为划分标准，也不以话语扩展和话语收缩为划分标准，他干脆以三个声音来源作为划分的标准。

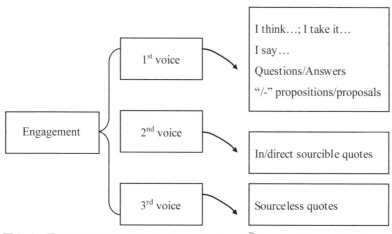

图6.4 Engagement systems with realization（↘ stands for realized by）
（based on 王振华，2003：153）

6.3 "借言"子系统分类调整——"兼容"型

在早期初建介入系统时,声音来源是重要的划分标准,而对话的扩展和压缩则为辅助标准(见图6.2)。随着介入系统研究的不断深入,马丁和怀特对介入理论有了新的改进,划分借言的主要标准已经不是声音的来源,而是对话的扩展和压缩(见图6.3)。

重读马丁和怀特(Martin & White,2008:92 – 134)的 *The language of Evaluation: Appraisal in English*,我们发现,其实,借言的划分标准可以合二为一,二者兼而有之,即借言的划分标准既可以是声音来源,也可以是对话的扩展和压缩。这并不违背马丁和怀特的初衷。因此,在马丁和怀特的理论基础上,根据这些资源的主体间功能的变化,我们尝试对借言子系统进行了重新分类。

借言分为篇外声音和篇内声音,篇外声音则由摘引来实现。马丁和怀特(同上:111)认为,"摘引是与语篇内部作者声音无关的命题,属于篇外资源,它由直接引语和间接引语来实现。……与之相反的引发则是指来自于篇内作者或说话者的声音。"这也是我们把借言划分为篇外声音和篇内声音的关键。摘引是表达话语扩展的言语策略,又可分为承认(Acknowledge)和疏远(Distance)。

篇内声音分为对话的扩展(Expand)和对话的压缩(Contract)。在这一构架内,对话的扩展也由引发(Entertain)实现。马丁和怀特(同上:104)指出,"引发是指作者的声音或立场只是许多可能的声音或立场中的一个,也就是作者的声音引发了那些不同的对话性的声音。"所以,引发归到篇内声音这一类。"引发包括可能性(Probabilise)、求证(Appearance)和某些修辞问句(那些不答自明、早已预知的答案)"(同上:104 – 105)。

话语收缩包括否认(Disclaim)和宣称(Proclaim)。否认指的是某些对话性的不同声音或立场被直接拒绝、取代或被认为"不合适"(同上:117)。否认又分成否定(Deny)和反驳(Counter)。"宣称是指语篇中通过作者的插话、强调或干涉,使其他对话性声音受到对抗、挑战、压制或被排除在外"(同上:118)。宣称又具体表现为同意(Concur)、断言(Pronounce)和赞同(Endorsement)。根据马丁和怀特的观点(同上:117 – 128),话语收缩内的所有子系统的话语资源都来自于作者的声音。因此,我们把话语收缩及其子系统都归属于篇内声音。调整后的介入系统整体框架见图6.5。

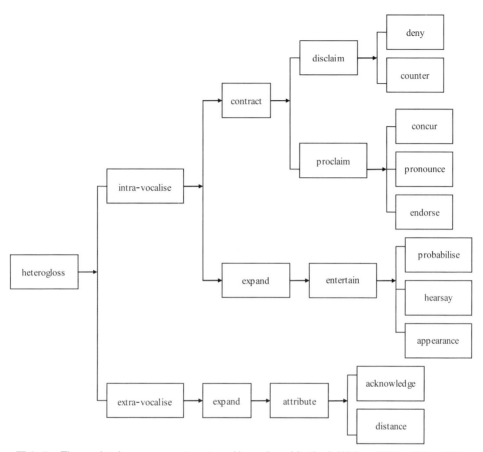

图6.5 The revised engagement system (based on Martin & White, 2008: 104-128)

6.4 结语

从上文可知，自从评价研究诞生至今整整20多年来，在初建、改进和完善的发展过程中，始终在变化的不是整个介入系统，而是其子系统"借言"（"自言"则始终未变）。由此可见，人们认为介入系统中分类烦琐、界限模糊的也是"借言"。本章在马丁和怀特的理论基础上，以不违背他们的初衷为原则，对"借言"进行了重新分类，目的是使介入系统分类界限更为清晰，更加简单易懂，并使这一理论框架在实际运用中更加便于操作。

第 7 章 语言与语境

7.1 引言

"在生产篇章时,篇章生产者将篇章置于一定的社会、语言和物质世界的制约之中,这种与篇章相互作用的社会、语言和物质世界被称为语境(Context)"(刘辰诞,1999:84)。语境(Context)是研究语言使用和功能的一个重要的语言学范畴。"语言在一定的语境(社会环境)中运用,并且要受到语境的制约"(胡壮麟,1989:172)。意义建构的过程就是连接语言特征与语境的过程,语篇是在语境的制约下通过对意义的选择生成的,离开语境语言就毫无意义。根据系统功能语言学理论,语境分为文化语境(Context of Culture)和情景语境(Context of Situation)。本章所讨论的语境是文化语境和情景语境。本章对马林诺夫斯基、弗斯、韩礼德以及马丁各自关于文化语境和情景语境的语境观的异同进行了对比分析,从而阐述了系统功能语言学的语境思想,以及语言与语境的关系。

7.2 系统功能语言学的语境思想

7.2.1 马林诺夫斯基的语境观

在马林诺夫斯基之前,Context 一词用来指某一特定词、句前后有关的词句,即词、短语、语段或篇章的前后关系,通常称为"上下文"。马林诺夫斯基从原始语言的研究中发现语境对意义的制约作用,并首创了"情景语境"概念,认为语言的语境分析必须突破语言上下文的局限,扩展到语言使用的具体情景、文化和社会心理。此时的语境概念似乎涵盖了"文化语境"。直到1935年,他才明确提出"文化语境"概念,认为情景语境之外是"可以叫作文化语境的东西","词语的定义在某种程度上取决于其文化语境"(Halliday,1999:4),就是说,文化语境决定着语词的定义。至此,他才完整地提出了"情景语境"和"文化语境"两个概念。他把语境分为三类:话语语境(Context of Utterance)、情景语境(Context of Situation)和文化语境(Context of

Culture）（见图 7.1）。话语语境即 Nunan 所说的语言语境，情景语境指"使用语言的一般环境"，文化语境则指"作为语言基本渊源的文化现实和人们的生活与习惯"（刘辰诞，1999：84）。

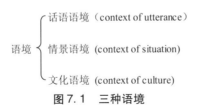

图 7.1 三种语境

7.2.2 弗斯的语境观

弗斯接受了马林诺夫斯基的"情景语境"概念，并努力用之于自己的语言学理论，而对"文化语境"概念却一直持怀疑态度（朱永生，2005：8）。因而他主张把语境分析的重点放在情景语境上，并把情景语言一分为三（即参与者、相关事物、言语效果），以探讨语境与话语的内部关系。这种理论主张直接影响了韩礼德，成为系统功能语法的理论基石。尽管他不讨论文化语境，却不乏对文化的精辟认识，一方面承认语言总是置身于说话者的生活和文化之中，一方面又不相信语言或文化本身是一个单一的和谐的整体。可见，就从理论上说，文化并没有从弗斯语言理论中排除出去，只是在方法论上搁置起来。

弗斯认为情景语境是"一组相互关联的言语和非言语的范畴"，它不仅仅是词语所处的环境和背景，而且是运用于社会过程中"反复出现的事件"的图式结构（刘辰诞，1999：85）。人们用经验模式处理语言时，注意的焦点是实际语篇，在处理篇章时，建立两组主要关系，第一组是与篇章本身有关的内部关系，第二组是情景关系。第一组关系再分为两类：（1）从不同层次考虑的结构成分之间的组合关系（Syntagmatic Relation）；（2）与系统互补的、赋予结构成分价值的词语或语言单位的聚合关系（Paradigmatic Relation）。第二组关系又分为：（1）情景语境内的内部关系，其主要构成要素是篇章；（2）篇章片段与情景中特殊的构成成分、事物、人或事件之间建立的分析关系。弗斯关于情景语境的观点可表示为图 7.2。

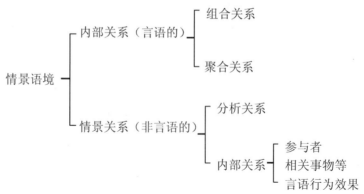

图7.2 弗斯的情景语境观

7.2.3 韩礼德的语境观

韩礼德继承并深化了弗斯的语境观,建立起情景语境和文本意义的一一对应关系;同时接受了马林诺夫斯基的文化语境概念,认为情景语境和文化语境相互关联,情景语境是文化语境的体现,文化语境是情景语境的抽象系统(朱永生,2005:11),"文化语境是社会结构的产物,是整个语言系统的环境。具体的情景语境则来源于文化语境"(胡壮麟,1989:172)。韩礼德认为,情景语境与文化语境都可以看作语言的意义潜势,是特定语言系统的可选择的语义范畴,文本则是意义潜势的现实化。但文化语境与情景语境处于不同层级。前者是语言的整个意义潜势系统;后者是语言的特定意义潜势系统,是与特定情景类型相联系的一系列意义小系统(Halliday,1978/2001:109)。也就是说,文化语境具有整体性,而情景语境具有局部性。

"韩礼德对情景语境的研究功不可没,对文化语境却只是稍有提及"(彭利元,2008:109)。韩礼德认为文化语境除了指社会结构之外,还包含意识和物质文化的狭义范畴(1978/2001:68);而且,"文化并不局限于和民族渊源有关的习俗、信仰、生活方式等,而是一种基于不同语言活动和不同制度背景的语义潜势系统"(Halliday,1999:1-18)。由此看来,韩礼德并不是简单地把文化看作与民族渊源有关的习俗、信仰、生活方式等,而是犀利地指出,文化的根源在于语言活动和制度的特异性,文化是基于不同语言活动和不同制度背景的语义潜势系统。

最近有学者(朱永生,2005:11)指出,韩礼德认为情景语境和文化语境不是两种不同的现象,而是同一种现象,差别在于观察角度的意图或距离的远近。近距离看到的是一个个具体的情景语境,远距离看到的则是总体的文化语境。观察角度的意图、距离的远近,似乎也成了韩礼德区分情景语境和文化语境的重要参照。那么，情景语境就是直接语境或现实语境，而文化语境是间接语境；情景语境具有个体性、具体性、近距离性，而文化语境具有总体性、模糊性、远距离性。

后来韩礼德将情景语境概念发展为所谓的语域理论（Register）。语域被定义为"根据用途区分的不同语言"，它有两种不同的意义：（1）一个人在不同情况下所用的口语和书面语的不同风格，这种风格因情景不同而异，因听者和读者不同而异，因地域不同而异；（2）特定群体所用的特殊语言变体，这些群体因从事共同的职业或有共同兴趣而使用共同的语言变体。韩礼德等的语域是对弗斯情景语境理论的更为抽象的解释，意在将其作为从情景特征中获取情景篇章特征的基础。语域理论将情景语境分为三种主要类型：语场（Field）、语式（Mode）和语旨（Tenor）。后来，韩礼德和哈桑（Halliday & Hasan，1989）进一步发展这一理论，又引入三个概念，即文化语境、篇际语境（Intertectual Context）和篇内语境（Intratextual Context）。文化语境指赋予篇章价值并限制其解释的习惯和观念等；篇际语境指一语篇与另一语篇直接的关系及因此而延续下来的假设；篇内语境指篇章内部的连贯，包括体现内部语义关系的语言衔接。韩礼德的语境概念如图7.3示。

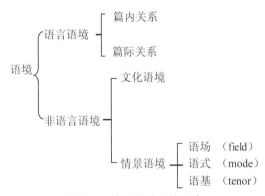

图7.3　韩礼德的语境概念

我们根据韩礼德（Halliday，1978）提出的语境模型绘制了下图（见图7.4）：

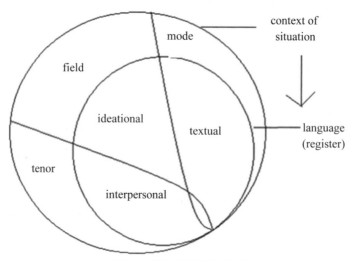

图 7.4 韩礼德的语境模型

在这个语境模型中，韩礼德把语言系统分成语义层、词汇语法层和语音层三个层次。他认为，相邻层次之间的体现关系（Realization）是自然的，两者之间的关系是语义层激发（Activate）词汇语法层，词汇语法层解释（Construe）语义层的关系。而语境层与语义层之间的关系，与语义层与词汇语法层的之间的关系一样，也是有动因的关系。具体地说，语境变量话语范围（Field）所激发的是语义系统中的概念功能，话语基调（Tenor）所激发的是人际功能，而话语方式（Mode）所激发的是语篇功能。在这个模型中，没有体现文化语境和情景语境之间的关系。从韩礼德其他的著作中（Halliday & Hasan, 1989），我们可以看到，他认为这种关系与上述的体现关系不同。文化语境与情景语境属于同一层次的概念，因此它们之间存在示例关系（Instantiation）而不是体现关系。也就是说，情景语境是文化语境的缩影，不同类型的情景语境反映了文化语境的不同方面。

综上所述，情景语境和文化语境在功能学派马林诺夫斯基、弗斯、韩礼德三大主将中也没有完全一致的意见。马林诺夫斯基看出情景语境和文化语境是不同的两个概念，但没有发现两者的内在关联。弗斯看到文化的非单一性和非整体性，认为它与语言有关，但分析起来操作性不强，因而偏重情景语境。韩礼德尽管着重分析情景语境，但不忽略文化语境，且一直认为两者有内在联系，并试图对其做更科学明晰的区分。

7.2.4　马丁的语境观

与韩礼德不同的是，格里高利（Gregory, 1967）认为语境由四个变量组成，除了"范围"（Field）和"方式"（Mode）之外，还有"个人基调"（Personal Tenor）和"功能基调"（Functioal Tenor）。马丁试图折衷韩礼德和格里高利的理论，以便建立一个更好地服务于教学的语境模型。这就涉及如何为"功能基调"定位的问题。最初，马丁和罗瑟里（Martin & Rothery, 1980）把它看作是由话语范围、话语基调和话语方式所实现的变量，属于语篇的"社会目的"（Social Purpose）。这一语境变量关系到语篇的整体组织。为了避免和"个人基调"（即韩礼德所说的 Tenor）混淆，马丁使用了"语类"（Genre）来重新命名这个语境变量，同时也赋予它更为广泛的意义："语言用于体现文化的、分阶段实施的、有目的的社会过程"（Martin & Rothery, 1986：243）。马丁还用"语域"（Register）这一术语取代韩礼德的"情景语境"，以涵盖话语范围、话语基调和话语方式这三个语境变量。

马丁（Martin, 1992）认为，在"语类"之上有一个更高、更抽象的层面即"意识形态"（Ideology）。所谓"意识形态"，就是指"构成一种文化的编码倾向系统"（Martin, 1992：507），这个系统可以是语类、语域、语言中的资源选项按照阶层、性别、年龄、种族有倾向地展示给语言使用者。他关系到符号系统的进化和话语权力的重新分配。马丁（Martin, 1992：496）提出的语境模型用下图来表示（见图7.5）：

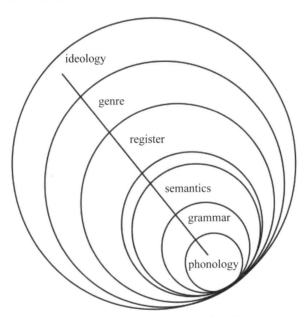

图 7.5 Language and its semiotic environment

马丁的语境模型是在韩礼德和格里高利的基础上，根据叶尔姆斯列夫（Hjelmslev, 1961）的语符学理论发展而来的。对与各个层面之间的关系，他也按照语符学理论认定两个层面之间的关系,即语言是语域的"表达层面"(Expression Plane),而语域则是语言的内容层面(Content Plane);语域是语类的表达层面,而语类则是语域的内容层面;语类是意识形态的表达层面,而意识形态则是语类的内容层面。在语言内部,话语层和词汇语法层是语音层的内容层面,而语音层则是前两者的表达层面。对于从意识形态到语言的各层面之间的关系,马丁引用了 Lemke(1984)的"元冗余"(Metaredundancy)理论认为,语域是语言的一种模式,语类是语域的一种模式,意识形态是语类的一种模式,而这种性质的关系不使用于语言内部各层次之间。马丁(Martin,1999:39)认为词汇语法层和语音层之间的关系是"部分任意的",词汇语法层与话语层之间的观察与此不同。

韩礼德和马丁的理论模型相似之处在于下面三点(胡壮麟等,2005:424):

首先,这两个模型都借鉴了叶尔姆斯列夫的语符学理论,把语言看作一个多层次的符号系统。其次,这两个模型都具有人类学倾向,从语言与社会的关系出发研究语言,把语境作为语言理论的重要组成部分,认为语义系统中的选择受到社会结构的控制。最后,这两种模型对语言的切分基本相同。韩礼德和马丁都把语言切分为三个层次,其中两个层次使用了相同的术语表达,即"语音"(Phonology)和"词汇语法"(Lexicogrammar),另一个层次所用的术语有所差异,韩礼德用了"语义"(Semantics),而马丁用了"话语语义"(Discourse Semantics)。这一对不同术语所蕴含的共同之处就是语言的概念功能、人际功能和语篇功能。

韩礼德和马丁的理论模型不同之处表现在以下四个方面(胡壮麟等,2005:424-427):

首先,对语境层面的切分不完全相同。韩礼德认为,语境是一个统一的层面,虽然他承认这个层面有两种表现形式:情景语境和文化语境。情景语境和文化语境处于一条横轴的两端,情景语境直接与语言发生关系,是语篇发生的直接环境,相对于文化语境来说是具体的。而文化语境则潜在地制约着语言的运用,它的作用要通过情景语境才能发挥,相对于情景语境是抽象的。韩礼德对情景语境作了深入的研究,把它的构成成分概括为三大因素,即话语范围、话语基调和话语方式,形成了自己的理论模型。但是韩礼德本人承认,他"没有给出一个文化语境的语言学模型",因为他认为"这样的东西尚不存在"(Halliday,1989:47)。与韩礼德不同,马丁把语境切分为三个交际层面:语域、语类和意识形态。在他的语境模型中,语域、语类和意识形态不像韩礼德模型中的文化语境和情景语境处于一条横轴上,而是处于一条纵轴上,即它们有上下之分,属于不同的层面。

其次，对语境各层面的内部切分不同。韩礼德对语境层面的两种表现形式，即文化语境和情景语境都没有作进一步的切分。他把构成情景语境的诸因素理论化为三个变量：语场、语旨、语式。这三个语境变量没有层次之分。而马丁则把每一个层面都看作是一个由内容层面和表达层面构成的符号系统。

再者，层面之间的关系不同。在韩礼德的模型中存在两种关系。一种关系是在同一层面上的两个形式之间，即文化语境与情景语境之间，这种关系被称为"示例关系"。也就是说，处于交际前台的情景语境是潜在的文化语境的示例，它突破了与当时交际相关的社会文化因素，并将这些相关因素与情景语境因素融合在一起，共同作用于语言的语义系统。另一种关系则存在于相邻的上下两个层面之间，即情景语境与语义系统之间、语义系统与词汇语法系统之间、词汇语法系统与语音系统之间。这种关系称为"体现关系"（Halliday, 1978：39-46）。"体现关系"有两种含义：其一，自上而下的作用关系是"决定关系"，这种"决定关系"并非按照绝对的决定论观点来解释，而是一种"盖然"（Probabilistic）意义。其二，自下而上的关系是"解释关系"。语义系统中的选择，在很大程度上解释了话语的情景语境，这使得在了解语义系统选择的情况下可以明白话语的情景语境。因此，"体现关系"是一种双向的辩证关系（Hasan, 1995）。马丁的语境模型中各层面之间的关系与韩礼德的模型中的关系不甚相同。马丁（Martin, 1992）在阐述他的语境模型时，对上下相邻层面之间的关系作了界定。他根据叶尔姆斯列夫的语符学理论，认为下一层面是上一层面的表达层面，即语言是语域的表达层面，语域是语类的表达层面，语类是意识形态的表达层面。语言内部的三个层次也分为两个层面，"话语语义"和"词汇—语法"两个层次构成内容层面，"语音"层单独构成表达层面。

最后，出发点不尽相同。韩礼德在其语言理论中引入语境这一层面，其根本出发点在于从语言外部即社会结构来诠释语言这个本身并非封闭、自足的系统。对于语义系统中的选择，即概念功能、人际功能、语篇功能的选择，以及词汇—语法系统中的选择，即及物系统、语气和情态系统、主位—述位结构、信息结构的选择，韩礼德都从情景语境中找到了解释，这就是语场、语旨、语式。不难看出，在对语义系统和词汇语法系统进行阐述时，韩礼德主要着眼于小句，以小句作为分析单位。这突出地表现在他的专著《功能语法导论》（Halliday, 1994/2000）之中。而马丁的着眼点在于语篇的图式结构，他讨论语言的概念功能、人际功能、语篇功能时更多的是以语篇为基本单位，这体现在他把语言的语义系统命名为"话语语义"，与韩礼德的"社会语义"相区别。

7.3 结语

由此，在研究语境和语言之间的关系时，尚嫒嫒（2002：29）认为研究者可以采取两种方法：或是自上而下考察语境如何影响或决定语言的表达方式；或自下而上分析具体语言形式如何构成特定的语境。张德禄（1999：44）则明确地指出："在文学作品中，作品的整个意义和与意义相关的情景都是作者创造出来的，由此，文学作品的情景语境要根据语篇来推断。这样，在文学作品的解码过程中，解码者一般应采用自下而上的过程，即首先通过语音文字来解释词汇语法，通过词汇语法来解释语义，然后再通过语篇的意义来推断语境。"本课题的研究就是采用了张德禄所说的自下而上的方法，因为本研究是运用功能语言学及其评价系统来探究文学语篇。

第8章 文学研究的功能语言学方法探究

8.1 引言

  长期以来,语言和文学合称为"语言文学",属一级学科。在语言学与文学的关系中,人们谈得较多的是彼此间互为基础的交互关系。例如用"文学是语言的艺术"来说明语言对文学的重要性,用"文学语言是典范的语言"来说明文学对语言的重要性等。但上个世纪初以来,随着西方理论界发生的"语言转向",语言学的地位一下子高了起来,成了人文社会学科的领先学科。索绪尔的《普通语言学教程》(1916)的问世,改变了人们对传统语言学的看法,他的语言学理论,作为方法论影响的范围,远远超出了语言学,对哲学等人文社会科学有着巨大的冲击。其语言学理论被引入文学批评领域,催发出形式主义、结构主义批评、叙述学等。因此,索绪尔的语言学理论被称为西方语言学中的一次"哥白尼式的革命"。20世纪60年代韩礼德创立了系统功能语言学,主要包括三大纯理功能:概念功能、人际功能和语篇功能。大约在20世纪70年代,韩礼德的一篇奠基之作奠定了文学研究的功能语言学方法(功能文体学)的先河。本研究倡导从功能语言学、及其新发展的评价研究的途径研究文学作品,摆脱了传统的随感式和印象式的文学批评方法,试图探索建立一种多维的、立体的、定性的、定量的、科学的语言学分析体系,从新的角度重新审视文学问题,这对文学批评和文学教学都是有启示和推动作用的。另一方面,通过对文学语篇分析来检验功能语言学在文学研究和语篇分析中的可行性。

8.2 文学研究的功能语言学探究的理论基础

8.2.1 语言转向使文学研究从语言切入成为可能

  谈到文学研究的语言学方法,不能不涉及语言转向(Linguistic Turn)。西方哲学经历了两次巨大的转向,第一次是由古希腊时期的本体论哲学转向近代的认识论的哲学。笛卡尔提出的"我思故我在"命题成为从本体论哲学向认识论哲学转向的标志。从此,哲学以认识论的"自我"取代了本体论的"世界本原"学说,哲学的主题从对世界本原的探索转为对人自身、人的认识能力的探索,对主体自我的研究成为第一哲学,哲学从本体论阶段向外的探索转向认识论阶段内在的反思。要把握世界,必须先把握主体"自我",要认识世界,必先研究人类的人身能力何以可能。认识的起源和认识的本质问题成为近代哲学的核心问题,"知识如何可能""我如何获得知识""我有什么样的认识能力"这三大问题是近代哲学的主要研究课题。但到了19世纪末,认识论哲学陷入了一个尴尬的局面,笛卡尔开创的以康德作为集大成者的认识论受到了重重挑战,西方哲学陷入了危机,许多哲学上的问题用认识论的思维模式已不能解决,人们开始重新思考哲学究竟以什么作为自己的研究对象?哲学的任务是什么?哲学的本性是什么?它的方法又是什么?哲学是否有存在的价值等等问题。人们认识到传统哲学中的许多争论都属于空泛而无实质内容的形而上学的争论,他们在说明认识的起源和本质以及人们所认识到的世界时,不是他们的认识发生了错误,而是他们的表述发生了错误。哲学形而上学的根源不是哲学问题本身,而是哲学语言问题,是哲学语言表达的混乱不清致使哲学问题混乱不清。所以,哲学问题不应该是认识论的问题,更不应该是本体论的问题,而应该是语言的问题。哲学的主题和任务应该是面对语言,通过研究语言来解决传统的许多悬而未决的哲学问题,在这些领域彻底清除形而上学。这样,19世纪末20世纪初,西方哲学经历了第二次重大转向,即从认识论哲学转向语言哲学:哲学研究的对象从认识论的主体自我转向语言本身,语言成为哲学研究的核心,这种现象被称为语言转向。

这时人们发现,人的认识不是外界客观世界在人头脑中的反映,而是经过了语言这个中介。也就是说,我们所认识的世界,其实是语言的世界;离开语言,我们没法认识世界。"存在"就体现在语言中。海德格尔的名言"语言是存在的家园",最好地体现了这个阶段人们对存在和语言关系的认识:没有语言,"存在"(Being)就无法"存在"(Exist)。由此,对语言的研究,就是对哲学本体的研究。语言在哲学中的至高无上的地位得到了公认。20世纪的西方哲学家,在经过语言转向之后,几乎无一不是从语言切入进行研究的。这可以叫做语言本体论。语言研究对文学研究的指导意义,首先体现在这一点上。追究"什么是文学"以及诸如此类的基本概念是语言本体论对文学研究的第一个启示,第二个启示就是文学研究方法上的,我们可以叫它"文本本体论"。我们之所以说俄国形式主义和美国的新批评都是语言转向的产物,就是因为他们主张对文学的研究要还原到对文本的研究(潘文国,2008:68-73)。

西方哲学语言转向的原因很多,但有两个原因最主要。第一,西方哲学自身的发展需要一种新的思维方式重新理解人及其世界。认识论转向的前提是人们认为在没有搞清楚认识的问题之前去探讨世界的本原问题是一件本末倒置的事情，要搞清楚世界的本原，首先要弄清人的认识能力。但是，在认识论后期，人们发现关注认识论研究的哲学家们并没有科学地解决人的认识的来源、人的认识过程和认识能力等认识论领域中的问题。哲学的存在受到了严峻的考验，人们发现传统哲学家在论证人的认识来源、过程和能力时所使用的概念、命题和推论往往是晦涩而混乱不清的。传统哲学中关于本体论和认识论的绝大部分命题都是没有意义的。各流派的哲学争论绝大部分是空泛的、没有实质内容的形而上学问题，即使是认识论哲学的集大成者康德、黑格尔的哲学观点和哲学理论，从语言角度看也是模糊和充满歧义的。传统哲学在表达方面乱用语言。他们的哲学命题在实质上只是大量无意义的假命题，从本质上讲都是无意义的。哲学上传统和现代、理性和非理性、经验与先验等等的争论，都是通过语言来实现的。语言作为思想的载体和基础，应该成为突破传统的最佳地带，"意识形态、终极关怀或价值系统等等，只要是通过语言来表述/接受，就会受制于语言结构"（王宾，1998：112）。语言是使人们完成哲学使命的重要途径。西方哲学经历了古典的本体论阶段和近代的认识论阶段以后，在追问了什么是"存在"以及知识如何可能之后，发现所有这些问题都是不存在的，都是形而上学的，所有这些问题归根结底都是语言问题，只有搞清语言问题，才能回答什么是"存在"以及人类的知识如何可能等问题。语言并不是万能地表达着世界，有时候语言是无能为力的，甚至是混乱的根源。人们必须回到语言自身去研究语言，认清语言才能够认清世界，了解了语言的结构才能了解世界的结构。人们需要一种新的思维模式来重新思考世界和人本身的生存状态，这一新的思维模式就是语言哲学，用语言来解读哲学问题。

第二，语言研究的发展为西方哲学的语言转向提供了契机。在语言研究的诸领域，对语言哲学研究的诸领域，对语言哲学的建立起到关键作用的有三个研究方向。首先是佛雷格数理逻辑的建立。佛雷格的哲学前提是日常语言存在着逻辑混乱、语焉不详的弊端，哲学的混乱是由于日常语言的混乱造成的。应该建立一套理想的人工语言来代替日常语言，从而解决哲学的混乱局面。他承袭了这些逻辑学传统，但是他创立了与传统逻辑不同的数理逻辑，并通过数理逻辑建立一套理想的人工语言来实现他解决哲学问题的目标。佛雷格提出了涵义与指称的区别，并用数理逻辑分析哲学命题，取得了很好的效果。他的方法被罗素、维特根斯坦接受并发扬，开创了分析哲学的传统。其次是海德格尔对诗性语言的研究。海德格尔关注的是诗意地存在着的诗性语言，他把语言与存在放在了等同的地位。海德格尔的哲学旨在摧毁传统哲学的形而上学，他试图返回到西方形而上学传统产生前的状态，也就是说返回到人类童年没有历史、没有哲学的"虚无"状态。但是他发现在这一片"虚无"中总有一种东西构成了某种障碍,而这一障碍就是语言,语言"先在"那里。人一降临到世界上,就掉落在"先在"的语义的怀抱里。人来到这个世界上就加入到一个语言的系统之中,别无选择,只能接受这个语言系统。他提出的著名的口号就是:语言是存在的家园。他认为语言本质上是存在之言,是语言自己在说,而非人在说。海德格尔的发现改变了语言的功能和地位:语言由原先的"再现"或"表征"地位跃居到"先在"的地位。海德格尔竭力淡化、弱化以至拆除、消解传统认识论的语言逻辑功能,更多地关注语词的多义性、表达的象征与隐喻、意义的可增性等。最后是索绪尔普通语言学的建立,索绪尔的《普通语言学教程》是语言学思想的一次"哥白尼式的革命"。

8.2.2 索氏语言学理论为文学研究提供了新模式

索绪尔的能指和所指的区分是导致其语言学理论对文学批评产生影响的一个重要因素。索绪尔把语言视为差异性符号系统。索绪尔符号模式没有现实的位置。他强调语言是由符号构成的,语言符号联结的是声音形象(Sound - image)(能指)和概念(所指),而不是名称和事物(Saussure, 1966: 66)。符号中的所指只是概念,而不是现实世界。这个论断表明,语言并非直接指称世界,因此也就不直接"反映"现实。在索绪尔那里,由于所指表示的是概念,因此能指和所指之间不可能有必然的联系。换言之,语言是由任意性符号构成的。任意性作为一项原则,导致无数结果,索绪尔(Saussure, 1966: 67 - 68)将其称为语言学第一原则。索绪尔指出,能指虽然是纯粹物理的,但实际上它是声音作用于感官所留下的印象。例如,就同一个语言符号而言,在不同方言区,不同人可能有不同发音,无论有多大变异,只要它能有别于其他符号,它的存在是"合理的"。书写符号同样如此。因此在这个意义上,能指和所指都属心理的。这就是说,语言是形式(Form),而不是物质(Substance)(Saussure, 1966: 113)。索绪尔认为,语言中只存在差异,即关系,因此语言也可理解为关系系统(A System of Relation)。

索绪尔(Saussure, 1966: 111 - 112)认为,语言是由声音和思想构成,是纯粹的价值系统,语言就是对思想和声音的一系列切分。为了说明语言符号的任意性和语言是形式,索绪尔把语言比作一张纸,正面是思想,背面是声音,正反两面无法分开,因此语言中声音和思想无法拆开。他强调,声音和思想的结合所产生的是形式,而不是物质。二者的结合完全是任意的,即选择某一声音来表示某一思想是任意的,因此它们的价值是相对的。语言就是符号之间相互依赖的系统,每一个符号的价值是由其他符号的同现决定的。符号的意义是由同一符号系统中符号之间的差异决定的,而不是该系统以外任何事物(Saussure, 1966: 120)。

索绪尔对语言的本质，尤其是语言符号任意性的解释表明，语言并不直接反映现实，但却构建现实。是语言切分了现实世界，现实世界依赖于语言符号系统，现实与我们的经验彼此不是连贯的。索绪尔关于语言与世界的关系给结构主义文学批评提供了极大启发。源自索氏语言学的结构主义批评观点认为，文学作品并不指称某一事物，也不指某个主题，它所指的是一个规则系统（Eagleton, 1996: 94, 98）。根据上述索绪尔关于语言与思维的关系以及语言符号的任意性本质，我们可以推论出，我们对世界的认识是建立在我们所使用的语言基础之上的，是我们的语言使我们能够认识世界，是语言塑造了我们的思想。

索绪尔区分了语言（Langue）和言语（Parole）。言语是个人在日常情景中所进行的具体语言交际活动；而语言则是存在于人们大脑中的词汇系统和语法规则。每个人在具体的交际活动中所讲的话（即言语）是千差万别的。但却都能够被听话者所理解，这正是因为讲话者和听话者都遵循了语言的共同系统规则。索绪尔由此指出，语言学的研究对象在于语言而非言语。不仅如此，他还区分了共时语言学（Synchronic Linguistics）和历时语言学（Diachronic Linguistics）。前者研究一种或多种语言在其历史发展中某一阶段的情况；后者研究语言在较长历史时期所经历的变化。也就是说，共时语言学研究语言系统本身，历时语言学研究与语言系统本身无关的现象。索绪尔强调建立共时语言学，把语言作为一个客观系统进行研究，寻求语言学的普遍规律。为了进一步说明语言的性质，索绪尔还指出了语言的外部因素（External Element）和内在因素（Internal Element），前者是指语言、文化和政治等外部系统的关系，后者则指语言系统内部固有的关系。

索绪尔语言理论之所以能够被借入文学批评，主要取决于其语言理论本身的特点。首先，索绪尔语言学作为符号学的分支与文学批评联系在一起。其次，索绪尔相信符号学所发现的规律将应用于语言学。他认为语言学家的任务是去发现什么使语言成为一个特殊的符号系统以及与其他符号系统相同之处（Saussure, 1966: 16 – 17）。他还指出，语言是所有系统中最复杂、最普遍、最典型的系统，它比任何其他东西更能为理解符号学问题提供一个基础，因此语言学能够作为符号学所有分支的通用模式（Saussure, 1966: 68）。基于语言的上述特点，语言学作为方法论和思维模式，就可应用于符号学的其他分支。

文学是由语言符号构成的。结构主义批评者把文学视为像语言一样的符号系统。他们把整个文学或文学规则系统看作 Langue，把具体作品视为 Parole。他们相信从文学中可以抽象出支配具体作品的类似规则系统。因此，从符号学角度，文学和语言学一样也可以被看作符号学的一个分支。从方法论角度，索绪尔语言学中的基本概念可用作文学研究的方法或模式，即"索绪尔模式"

(The Saussurean Model),它在结构主义批评和结构主义叙事学中得到充分应用。

再次,索氏语言学理论直接催发出形式主义、结构主义批评、叙述性等理论(赵宏宇,2008:45-48)。受索绪尔的 Langue(即语言规则系统,相当于 System)的影响,俄国形式主义者提出"文学性"作为文学研究的目标。索绪尔的"系统和组合关系"概念影响了普洛普(Propp)的俄国童话故事分析。雅各布逊(Jakobson)从索氏区分成对概念中获得了"二元对立"理论,并根据索氏"系统"的概念,创造出"结构主义"这一术语。索氏的聚合关系概念在法国结构主义先驱列维·斯特劳斯(C. Levi-Strauss)的神话模式研究中得到了充分运用。罗兰·巴尔特(Roland Barthes)也将索氏的系统概念运用于文学作品分析。

可见,索绪尔语言学理论对文学批评提供了新的思维模式和方法。

8.2.3 韩礼德的功能语言学为文学语篇分析提供了理论基础

韩礼德创立的系统功能语言学主要包括三大纯理功能:概念功能、人际功能和语篇功能。概念功能主要涉及及物性(Transitivity)、语态(Voice)和作格性(Ergativity),人际功能主要涉交际者的角色(Roles)、言语功能(Speech Functions)、语气(Mood)、情态(Modality)、语调(Key),而语篇功能则主要涉及主位结构(Thematic Structure)、信息结构(Information Structure)和衔接(Cohesion)(黄国文,2000:15-21)。

韩礼德在1969年于美国召开的"文学文体研讨会"上宣读了颇具影响的一篇论文"Linguistic Function and Literary Style: An Inquiry into the Language of William Golding's *The Inheritors*"。韩礼德运用概念功能的及物性系统对戈尔丁的小说《继承者》进行了分析。该文强调意义在文体研究中的作用,讨论语言的功能理论与文学研究的文体相关性问题,被普遍认为开拓了文学研究的功能语言学方法的先河。

在属于人际功能的语气系统中,系统功能语法通过语气、情态、情态状语等系统来揭示人际关系的亲疏。但就通过语言看作对事态的观点和立场这一人际意义范畴只是用"评述附加语"(Comment Adjunct)和"态度性形容词"(Attitudinal Epithet)一带而过(Halliday,1994/2000:83,184)。语言学家马丁和罗斯(Martin & Rose,2003:22-65)看到了这一盲点,在20世纪90年代发展了系统功能语言学,创立了评价系统的理论框架(Appraisal Systems)。"评价研究讨论的是语篇或说话人表达、协商、自然化特定主体间的关系以及意识形态的语言资源"(胡壮麟等,2005:316)。评价系统包括三大次系统:态度(Attitude),介入(Engagement)和级差(Graduation)。态度是指心理受到影响后对人类行为，文本/过程，及现象做出的判断和鉴赏。该系统又分三个子系统：判断、情感和鉴赏。介入是指语言使用者利用介入手段调节其对所说或写内容所承担的责任和义务。介入可由自言和借言实现。级差是对态度介入程度的分级资源，包括语势和聚焦两个子系统（见图8.1）。

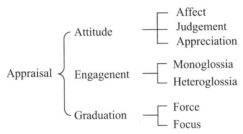

图8.1 评价系统（White，1998，1999；Martin，2000，2002；Martin & Rose，2003）

在国内，胡壮麟等首先在著作《系统功能语言学概论》中介绍了评价研究。王振华（2004a：31-36；2004b：41-47）运用评价研究进行"硬新闻"的态度研究和"物质过程"的评价价值分析。李战子（2004：1-6）综述了评价研究在话语分析中的运用。戴凡（2002：41-48）分析了格律论和评价系统在语篇中的文体意义。可见，目前很多评价研究主要集中在新闻报道、广告政论专栏文章、学术书评、社论等非文学语篇。

8.3 功能语言学研究方法的优势

韩礼德（1967：217-223）指出，谈到文学作品的语言学研究，我们不仅仅是指语言的研究，而是指采用语言学的方法来研究文学。属于语言学分支的功能语言学及其后来发展的评价理论的研究方法有许多优势。第一，作为语言学分支的功能语言学及其后来发展的评价理论是独立于文学批评的一门学科，有自己的原则和标准，这种独立性使语言学家们在其文学批评中得以保持客观的立场和超脱的态度，从而避免为迎合批评的需要所导致的不定性（罗建生，2007：164）。第二，研究方法系统全面。对文学作品进行语言学阐释，这种研究方法能够提供综合的、全面的语言研究。例如从语音学、音韵学、词素学、词汇学、词义学、句法学、语用学到文体学、修辞学等。通过这些层面，语言学家能够全面地研究语言在文学作品中的运用和功能。Freeman（1970：10）认为，文学，甚至单部的文学作品，必须采用宏观的语法，把它作为宏观的语言加以分析和诠释。这个宏观的语法必须把宏观语言在各个层次上的特征作为一个整体来加以描述。这意味着一篇文学作品应该被看作是一个综合的、有机的结合体,而不是一个分散的、毫无关联的语言单位。语言本身是由许多子系统组成的一个大系统。第三,语言学研究方法具有系统性。语言本身是由许多子系统组成的一个大系统。例如链状系统表明了语言的横组合关系,它处理语言的线性表层现象。而选择系统则揭示了语言的纵聚合关系,它处理语言的意义关系。语气系统表达了语言的功能和语言使用者的态度,语态系统区分了主语和宾语之间的主动和被动关系。而时态系统则提供了文学作品的时间背景。因此,语言学研究方法能够使语言学家对文学作品有一个系统的研究。第四,研究的立场和态度客观。语言学描述是客观的,它描述和分析人们到底在说什么,而不是规定人们究竟应该说什么。从语言现象中找规律,而不是预先做好假设,再从作品中挑选出例证予以支持,这样就可以避免先入为主和任意性,从而保证研究结果的客观性和有效性。第五,语言学研究方法是外在的、明晰的。通过从语言学的各个层面来研究语言,研究者对批评的诠释过程更加清楚,对语言符号所传达的交际价值更加了解,对文学作品的评价和鉴赏更加深刻全面。第六,实践意义强。采用功能语言学及其评价研究来分析文学作品,更有利于提高学生的语篇阅读能力及文学批评鉴赏力,从而扭转过去文学课中只重作家生平、社会历史背景而轻语篇阅读的教学局面,探索一种更科学、客观、全面的文学批评和文学教学新范式。上述种种优势为文学研究中的语言学研究方法注入了活力,使其得到越来越多的人的首肯和运用。

8.4 功能语言学与《献给爱米丽的玫瑰》

美国作家威廉·福克纳短篇小说《献》是关于女主人公爱米丽生老病死的悲剧故事。该小说因其几乎代表了威廉·福克纳的所有小说的主题和写作技巧而一直受到国内外专家学者的热议。但大部分都从传统的文学批评角度对其进行研究,综述为五类:叙事学方法(如王敏琴,2002:66-70);意识流方法(如朱叶,1986:70-74);形式主义方法(如黄雪娥,1997:97-100);女性主义方法(如肖明翰,1993:97-102);心理分析法(如裘小龙,1980:49-52)。笔者曾运用韩礼德的系统功能语言学中的语篇功能、人际功能和情景语境分别对其进行分析(黄雪娥,2002;2003;2005)。目前,从功能语言学的评价系统的角度分析研究《献》的文献较为少见。

以系统功能语言学及其评价研究为工具,对威廉·福克纳短篇小说《献》进行评价资源的分析,我们是按照从微观到宏观、从低到高、从小到大的顺序排列的。首先,从分析语篇的态度资源入手,探索女主人公所处的社团对其的评价态度,寻找其悲剧成因;其次,通过态度系统中的子系统判断资源的分析统计,探索语篇作者是如何把读者的视线从女主人公怪僻可恶的行为举止引向其所处的客观世界、社会环境，从而不知不觉激起了读者的同情并影响他们的判断；再次，运用评价系统的介入视角对语篇内外进行"多声"分析，从而挖掘出作者本人对女主人公所隐含的态度和立场；最后，将评价资源选择的结果（语言形式的选择）放在文化语境和情景语境中进行考察，因为任何语言都是在特定的社会语境中产生的。因此，还要探讨语篇与语境之间的各种关系寻找决定语言形式的社会、文化背景及其意识形态。语言、语域、语类、意识形态关系见图8.2：

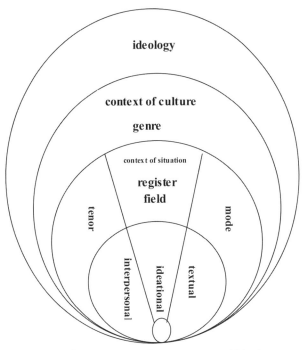

图 8.2 Language, register, genre and ideology
(Halliday & Hasan, 1989; Martin, 1992; 胡壮麟, 2000)

对《献》进行评价研究分析试图达到两个不同层次的目标：一是通过对该语篇的评价资源（语言）分析来说明语篇是怎样表达意义和为什么会表达那样的意义；二是将评价资源分析统计的结果（微观结构）与情景语境（宏观结构）相联系，探究语言形式的选择又是如何由作者及其所处社会的意识形态、立场所决定的。因为特定的形式表达特定的意义，形式是意义的体现。语篇作者有意或无意地使用某种语言形式，他所做出的选择在很大程度上决定了选择所带来的效果，因为选择本身就是意义（黄国文，2006：19）。任何语篇都是在语言的外壳下起操纵作用的社会化意识形态的体现。语言只是语篇的形式，意识形态才是语篇的内容。任何一种语义内容都有若干种语言形式可供选择，选择是由意识形态决定的，是不同语境下不同目的的作用和结果。

8.5　结语

　　将功能语言学研究方法与文学研究相结合具有许多优点：一是研究的视角和方法的创新。从词汇语法层到意识形态、从部分到整体、从形式到内容进行定性和定量分析，这既避免了文学批评的不定性，又摆脱了过分机械搬用语言学的模式。二是研究理论的创新。评价研究是根植于系统功能语言学的一套理论体系，运用该理论对文学语篇，尤其是以威廉·福克纳这一著名短篇小说《献》作为讨论对象的此类研究尚属不多。三是研究观点的创新。不受传统文学批评对该文学语篇悲剧成因分析的影响，通过评价研究的态度资源来阐释女主人公的悲剧原因、介入资源来分析该小说中"模糊的人称代词""无名的声音""多元视角"等独特的叙事特征、级差资源来探究作者威廉·福克纳对女主人公所隐含的态度和立场，分析详尽、客观、全面，避免了先入为主和任意性。

第 9 章 "形式消灭内容"与"形式是意义的体现"

9.1 引言

内容与形式是哲学的一对重要范畴。早在两千多年前,中国和希腊的哲学家就认识到内容和形式的对立统一关系,做出了"内容决定形式"的判断,并长期影响着后世的哲学认知。古希腊时期便开始区分形式与内容,把形式视为"语词声音",后来有人把形式和内容视为作品的"表现"与"所表现"。中世纪时,形式与内容成了"外在装饰"与"内在含义"的对立。其中形式指①纯感性形式,②表现形式;内容指①作品的主题和所表现的事件,②思想内容、宗教或形而上学的意义。文艺复兴时,形式与内容变成了"词"与"意"的划分。

进入 20 世纪,人们的认识逐渐深化,从二三十年代的俄国形式主义、三四十年代的英美新批评,到六七十年代的法国结构主义,学者们不约而同地向传统理论发起了冲击。然而,他们一方面纠正以往重作者轻作品的偏向,另一方面却矫枉过正,过分强调形式、贬低内容,甚至把内容逐出文本,搞形式的一统天下(高万云,2002:44)。对于形式和内容的关系问题,马克思主义哲学原理的观点则是辩证统一的关系。

传统的形式与内容二元论将形式与内容对立起来,并且以"内容决定一切"的立场看待形式与内容的关系。作为形式主义文论的俄国形式派与英美新批评一致强调形式与内容统一、形式决定内容的共性的一面,两派之间、各自的内部对于这一问题在具体观点上存在差异的一面。黑格尔关于形式和内容不可分离的思想是大多数马克思主义经典作家所认同的观点,功能语言学的一条广泛应用的基本原理"特定的形式表达特定的意义,形式是意义的体现"(黄国文,1999:106-115)与马克思关于"形式与内容的辩证统一关系"之论述是相一致的。本书将要进行的以功能语言学及其框架下的评价系统对福克纳短篇小说《献》的研究,就是完全基于"形式是意义的体现"的原则而进行的。

9.2 俄国形式主义与英美新批评学派中的形式与内容之关系

9.2.1 俄国形式派："形式消灭内容"

俄国形式派认为，把形式视为"词"、内容视为"意"，是把两者对立起来的二元论。其危害在于把审美对象人为地肢解为两个对立的部分，一方面把内容视为作品表达了什么，另一方面把形式等同于单纯的表达技巧，即作品怎么表达的。这种"什么"和"怎么"的划分使人错误地认为，形式之于内容就如同器皿之于液体，或服饰之于人体，液体和人体都是固有和本质的，器皿和服饰是易变和表面的，内容被视为可脱离形式单独存在并处于支配地位的某种东西，而形式也被视为一种可有可无的外表装饰。这样，内容变成主宰形式的主人。

俄国形式派不仅打破过去人们信奉的那种内容支配一切、内容主宰一切的神话，而且颠倒了内容高于形式的神圣关系，从而使形式占据支配一切的中心地位，使人们关注形式在作品艺术性构成中的重要作用。"形式主义忽略对文学'内容'的分析（它往往把人们引向心理学、社会学），而注重文学形式。他们根本不认为形式是内容的表现，颠倒了两者的关系：内容仅仅是形式的'动因'，是为某种特定形式的运用而提供的机会或便利"（Eagleton，2004：3）。"俄国形式主义认为'内容'（情感、意识和'现实世界'）本身不具有文学意义，仅为文学技巧（手法）提供一个上下文情景"（Selden，2004：29）。

9.2.1.1 "材料与程序"说

俄国形式学派主要代表什克洛夫斯基强烈反对形式与内容的划分和传统二元论。他认为，与其说"作品中的一切都是内容"，还不如说"艺术中的一切都是形式"。他说："文学作品是纯形式，它不是物，不是材料，而是材料的比。正如任何比一样，它也是零维比。因此作品的规模、作品的分子和分母的算术意义无关紧要，重要的是它们的比。戏谑作品、悲剧作品、世界作品、室内作品，把世界与世界进行对比，或者把猫与石头进行对比，彼此都是相等的"（什克洛夫斯基，1921：4）。什氏在 1919 年发表的《艺术即程序》一文中首次提出材料和程序这两个术语。日尔蒙斯基（1921）后来在《诗学的任务》中对其作了进一步的阐述："任何艺术都使用来自自然世界的某种材料，艺术家以其特有的程序对这些材料进行特殊的加工，结果是自然事实（材料）被提升到审美事实的地位，形成艺术品。把自然界的原材料与加工过的艺术材料加以比较，我们就发现艺术的加工程序。"在文学作品中，它的材料（主要是词）经由一定程序的加工而变成艺术品，艺术程序在作品的形成过程中就具有决定性的意义，文学研究的主要任务就是对艺术程序进行系统的研究。并非所有的系统都是艺术程序，只有把我们习以为常的东西当作反常东西来处理的程序才是艺术程序，也就是陌生化程序。

材料与程序的范畴，大有取代内容与形式这对范畴的趋势。在材料与程序的关系上俄国形式派显然重程序、轻材料。程序与材料概念的提出，进一步确立了形式在文学作品中的重要地位。实际上，"形式"一词的含义已与其传统的含义大不相同。现在，作品中的一切都被看作是形式。诸如情绪评价、思想情感、政治倾向、哲学观点、题材等被人视为是艺术内容的东西，都被形式派看作是艺术构成的要素。形式学派把过去人们站在"内容决定一切"的立场上看待形式与内容的关系进行了颠倒，主张现在必须站到"形式决定一切"的立场。日尔蒙斯基（1921）说："艺术中任何一种新内容都不可避免地表现为形式，因为，在艺术中不存在没有得到形式体现即没有给自己找到表达形式的内容。同理，任何形式上的变化都已是新内容的发掘，因为，既然根据定义来解释，形式是一定内容的表达程序，那么，空洞的形式就是不可思议的。"

9.2.1.2 埃亨巴乌姆的"消灭"论

埃亨巴乌姆（转朱立元、李钧，2002：200）指出，席勒早已谈到，"悲剧所生的痛苦与其说是内容的结果，不如说是成功地应用悲剧形式的结果，这样的悲剧才是最完美的。艺术家的真正秘密在于用形式消灭内容。排斥内容和支配内容的艺术愈是成功……"这里的"消灭"应理解为形式吞并、包容着内容，内容被纳入形式，成为形式构成的元素。

总之，俄国形式派内部虽然各人的观点不尽一致，但总体上他们对文学作品内容的态度是搁置或有限讨论，而不是否定。

9.2.2 英美新批评："形式拥抱内容"

出现在俄国形式派之后、结构主义学派之前、同属于形式主义文论的英美新批评派，在形式与内容的关系上，照说应当观点一致，其实不然，在"新批评"内部也存在激烈争论。

9.2.2.1 "构架—肌质"说

兰色姆（J. C. Ransom, 1941）的"构架"是指作品的逻辑框架，犹如房子的梁柱和墙体，包括情节、故事、梗概等；"肌质"则指作品的外表装饰，犹如房子墙面上的涂料、壁纸和挂幔，包括韵律、措辞、句法等。"构架"主要指作品的内容，"肌质"指作品的形式。他指出，在诗中"构架"是"肌质"的载体，"肌质"是"构架"的包装，但"肌质"并非"构架"的附庸，它有自身的独立意义，而且其价值要比"构架"更大。据此他提出诗的"本体论",认为它就体现为"肌质"与"构架"的分立。这二者的分立其意义在于诗的"肌质"不断以其形式上的曲折迂回干扰"构架"的清晰性、明确性,而"构架"则力图排除这种阻力,使自己的逻辑性得到澄明的呈现。这两股力量的抗衡使得诗就象一场障碍赛跑,诗的魅力就在这层层阻碍中产生。"构架"与"肌质"的关系与内容与形式的关系有类似之处。兰色姆说"构架"与"肌质"无关,意味着内容与形式无关,然而大部分新批评派成员反对这一观点。

9.2.2.2 亚理士多德式有机论

亚理士多德提出的有机论主要是指作品形式各部分之间的关系,而不是内容与形式的关系。这种理论认为作品各部分从整体看非但是不可少的因素,而且所站位置也是不可移动的。托尔斯泰、贺拉丝、普洛丁等文论家也强调形式各部分的互相依赖关系,诗中各部分的组合关系如有机体的器官,移动或否定任何一部分就不可避免地改变或破坏了作品的意义。新批评派的布鲁克斯和沃伦属于这种有机论。

9.2.2.3 唯美主义的唯形式论

首先,唯美主义的形式论认为,内容比起形式来,其重要性几乎等于零。爱略特(1951:125)说:"诗的'意义'的主要用途……可能诗满足读者的一种习惯,把他的注意力转开去,使他安静,这时诗就可以对他发生作用,就像故事中的窃贼总是备着一片好肉对付看家狗。""小偷"理论表明内容之重要性极低,但还是无其不行。兰色姆对此比喻极为赞赏。

其次,唯美主义的"内容从形式中产生"的观点也正合新批评派一些成员的口味。爱略特认为世界是混乱的、无秩序的,艺术的功用就是在日常生活上强加一个秩序,从而诱导出一种现实的秩序感。布鲁克斯和沃伦(Brooks & Warren, 1938: 272)指出:"人是创造形式的动物……人创造形式用来把握世界。"这样形式就成了先验范畴,不仅先于内容,而且先于作品,甚至先于作者本人。新批评代表马克·肖莱尔(Schorer, 1948: 68)更是把形式万能的理论推向极端:"技巧使艺术材料(题材与内容)客观化,因此只有技巧才能给材料以审美价值。"至此,新批评跟着唯美主义走向极端的"纯形式主义"。

9.2.2.4 黑格尔式内容形式统一论

在黑格尔哲学中,内容和形式是绝对精神发展到本质阶段的范畴。内容是指理念和绝对精神,形式是指事物的定在。黑格尔指出,"没有无形式的内容,一如没有无形式的质料,内容之所以为内容即由于它包含有成熟的形式在内。""内容非它,既形式回转到内容,形式非它,既内容回转到形式。"(赵毅衡,1986:39-40)这与新批评派"形式不是盛装内容的容器,不是一个匣子,形式不仅包含内容,而且组织它、塑造它、决定它的意义"的观点如出一撤。韦勒克（Wellek & Warren，1949：140）也指出："小说中的事件照例说是内容，但安排成情节它又成了形式。"维姆萨特（W. K. Wimsatt）指出："形式拥抱信息，组织成一个更深沉、更有实质性的整体，抽象的信息是不再存在，孤立的装饰物也不再存在。""关于形式与内容的对立，主要地必须坚持一点：即内容并不是没有形式的，反之内容既具有形式于自身内，同时形式又是一种外在于内容的东西。于是就有了双重的形式。有时作为返回自身的东西，形式即是内容。另外作为不返回自身的东西，形式便是与内容不相干的外在存在。我们在这里看到了形式与内容的绝对关系的本来面目，亦即形式与内容的相互转化。所以，内容非他，即形式之转化为内容；形式非他，即内容之转化为形式"（黑格尔，1980：278）。

根据黑格尔的唯心主义思想，得出内容决定形式的结论。新批评派在个别问题上能赞同黑格尔的关于形式内容的关系的辩证法。马克思很早就发现了黑格尔的内容和形式关系上的矛盾，他对黑格尔的决定精神与物质的关系进行了批判："黑格尔把内容和形式、把自在的存在和自为的存在彼此分割开来，而且，这种自为的存在只是被黑格尔当做形式的环节从外面塞进来的。在黑格尔看来，这种现成的内容存在于许许多多的形式中，但这些形式却不是这个内容的形式；可是显而易见，现在应该拿来当做内容的真正的形式的那种形式，却又没有一个真正的内容来做自身的内容。"①

马克思在批判黑格尔哲学的过程中，"修改了黑格尔的理念和外在定在的关系，但他并没有同时修正内容和形式的关系，而是继承沿用黑格尔原来的内容决定形式、形式反作用于内容的关系，甚至确信内容与形式之间的关系就是内容决定形式"（潘志新，2011：61-62）。

亚里士多德有机论、唯美主义的唯形式论和黑格尔式统一论，新批评派三者兼而有之。

在形式与内容的关系上，俄国形式派与英美新批评派的共性是：

（1）反对传统二元论关于形式与内容的对立，坚持两者的不可分离性。无论是"形式消灭内容"，还是"形式拥抱内容"，其宗旨皆是形式包容着内容，内容被纳入形式，成为形式的构成元素。

（2）强调形式决定内容。

二者的差异性是：

（1）俄国形式派内部，各人的观点虽然不尽一致，但是，无论他们是标举"形式消灭内容"，还是以材料与程序来取代内容与形式，都把形式视为作品中的一切，并把思想感情、形象、宗教、伦理、哲学观点等视为构成形式的

---

① 马克思恩格斯全集（第1卷）[M]. 北京：人民出版社，1956：321.

要素。他们之间观点极其接近,属于"纯形式主义"。

(2) 新批评的内部并不像俄国形式派那样"团结",从兰色姆的"构架"与"肌质"说、亚理士多德式有机论、黑格尔式统一论到唯美主义的唯形式论,可谓争论激烈,意见纷呈。

(3) 俄国形式派与英美新批评虽然走得最近,但前者的形式主义倾向更加明显,主张内容只是作为形式的一个方面而存在。与俄国形式派极端强调形式不同,新批评认为作品的内容与形式是一种辩证的构成体,接近黑格尔的辩证法,超越了形式主义。他们认为,无论是诗歌、戏剧或小说,其中的事件是内容的部分,但把这些事件组织规整为情节的结构方式则又属于形式的部分。文学作品的内容包括各种因素,既有内容与形式,又有感性与理性、内涵与外延、想象与张力等诸多成分。

9.3 系统功能语言学的"形式是意义的体现"

对于内容与形式这对古老的哲学范畴,俄国形式主义和英美新批评、黑格尔和马克思均对其有各自的观点和阐述。在现代哲学看来,"哲学归根到底是对语言的思考"(陈嘉映,2003:14)。在中国研究发展已有40多年历史的系统功能语言学,虽然其研究的基本理论和术语里并没有"形式与内容的关系",但是,功能语言学的一条广泛应用的基本原则就是:形式是意义的体现。从功能语言学角度看,"语言是一个多层次的系统,是一种可以进行语义选择的网络,当有关系统的每一个步骤——实现后,便可产生结构"。"系统存在于所有语言层次,诸如语义层、词汇语法层和音系层,都有各自的系统表示本层次的语义潜势"(胡壮麟等,2008:106)。语言运用的过程就是对语言系统网络进行选择的过程。"从功能语言学角度看,任何选择都是有意义的。'选择就是意义'(Choice is meaning)。我们每时每刻都在作选择,而每次选择通常都是有意义的。即使有时选择不是有意识的,但这种选择仍然有意义。从语篇分析的角度看,'形式是意义的体现'(Form is the realization of meaning)"(黄国文,1999:106 – 115)。"一定的形式便表达了一定的意义。形式不同,所表达的意义就不同。有些相似结构表达的意义十分相似,而有些则表达完全不同的意义"(黄国文,2001:44)。

9.3.1 系统功能语言学的三大元功能的形式与意义的体现

在系统功能语言学的一系列理论中,其核心理论便是三大元功能,即人际功能(Interpersonal Function)、经验功能(Experiential Function)、语篇功能(Textual Function)。每一个元功能成分都要体现社会文化和语境特征意义:

"经验意义是表现人的自然和社会经历以及他的心理经历的意义,由过程、参与者和情景组成的及物性结构和表达概念意义的词汇体现;语篇意义是创建语篇的意义,是把概念意义和人际意义根据语境组织为一体,共同形成一个语篇的功能,由衔接、主位结构和信息结构体现;人际意义是促建社会关系的功能,表示讲话者和听话者之间的关系。这包括较为固定的社会角色关系,如上下级关系和师生关系等,以及暂时的交流角色关系,如询问者—回答者关系,由主语、谓语、补语、附加语组成的语气结构、情态动词和副词组成的情态和语调等体现"(张德禄,2012:37)。体现人际意义的情态系统则由情态和意态来体现,在信息表达上有概率和频率,由情态动词和副词体现;在物品和服务交流中有义务和意愿两个范畴,由情态动词和动词词组的延伸部分体现。体现经验意义的及物性系统则由六个过程来体现:①物质过程(Material Process);②心理过程(Mental Process);③关系过程(Relational Process);④行为过程 Behavioral Process;⑤言语过程(Verbal Process);⑥存在过程(Existential Process)。体现语篇意义的衔接则由照应(Reference)、省略(Ellipsis)、替代(Substitution)、连接(Conjunction)和词汇衔接(Lexical Cohesion)等五个方面来体现。词汇衔接则又由重复(Repitition),同义/反义(Synonymy/Antonymy),上下义/局部—整体关系(Hyponymy/Meronymy)和搭配(Collocation)体现。可谓是意义和形式层次互相体现。

9.3.2 系统功能语言学的评价研究中的形式与意义的范畴化

当代语言学研究理论众多,各个流派有各个流派的研究范围和目标,各侧重点各不尽相同。总的来说,可以归纳为四个方面(张德禄、刘世铸,2010:180):①形式范畴化,并把形式范畴化作为唯一的研究目标,例如,布龙菲尔德的语言学。②形式范畴化,并把形式范畴化作为其他范畴化的基础,例如,Dik 在其功能语法的研究。③意义范畴化,并把意义范畴化和形式范畴化的一致性作为研究的目标,例如,韩礼德的系统功能语言学。根据系统功能语言学理论,词汇和语法与意义的关系不是任意的,而是有动因的,所以意义范畴化促动了词汇—语法的范畴化,量值形式是一种自然的体现关系,语言范畴化的过程就是语言系统向更加精密程度发展的过程(Halliday & Matthiessen,1999:72-82)。④意义范畴化,并把意义范畴的系统化本身作为主要的研究目标,认知语言学和马丁的评价研究就属于这一类。马丁明确表示,他的评价系统是有关"作者或讲话者同意或者不同意,热心或者憎恨,欢迎或者批评,以及如何使其读者或者听话者也具有相同情感的,是有关如何用语篇来构建言语社团所共有的情感和价值;用语言机制来构建共同的口味、情感和规范评价的"(Martin & White,2008:1)。同时,他还明确表示,他的评价系统是在话语语义层面上。所以，他的意义范畴化是用于体现社会交往特征的（Martin & White，2008：9）。

评价系统是人际意义的一部分，是一种以词汇体现为主的人际意义系统。整个评价系统由态度（Attitude）、介入（Engagement）和级差（Graduation）次系统体现。态度则又有情感、判断和欣赏三个方面来体现。介入涉及把一种意见与其他意见置于其合适位置上的资源，由投射、情态、归一性、让步，以及各种评论性状语成分体现。所运用方式是引用、报告、承认某种可能、否定、反驳、确认等。级差由语势和聚焦体现，语势则由强势和弱势来体现；聚焦由清晰和模糊体现。形式和意义层层体现与被体现，但意义范畴化作为主要的研究目标，意义范畴化通常伴随社会符号范畴化，因为意义是语言体现社会文化的主要层面。

9.3.3 《献给爱米丽的玫瑰》语篇分析之形式与内容的体现

本书将从新批评的形式主义，系统功能语言学的语篇意义、人际意义和概念意义三大元功能，情景语境，评价系统的态度资源、介入资源、级差资源，借言等角度对《献》进行语篇分析，从情景语境到意识形态，从形式到内容，均遵循了系统功能语言学的"形式是意义的体现"这一原则。

9.4 结语

本章先从俄国形式主义、英美新批评有关形式与内容的关系到黑格尔的形式与内容的关系，以及马克思对黑格尔的批判，后延伸到当代语言学各流派的研究范围和侧重点有所不同的形式与意义范畴化角度，最后具体到威廉·福克纳短篇小说《献》为语料的案例分析。从古希腊开始，内容与形式的关系就是形式决定内容，内容反作用于形式。具有唯心主义思想的黑格尔则认为内容决定形式，形式反作用于内容，马克思发现了黑格尔的内容和形式关系上的矛盾，并对其进行了批判，但他并没有同时修正内容和形式的关系，而是继承沿用黑格尔原来的内容决定形式、形式反作用于内容的关系。无论是作为形式论的俄国形式派和英美新批评的强调形式决定内容，还是黑格尔、马克思的内容决定形式，他们各自之间既有共性的一面，各自的内部又存在差异的一面。形式与内容的关系本来是一对哲学范畴，由于哲学的问题归根到底是对语言的思考的问题。因此，本章最终的目的是将形式与内容的关系延伸到了形式与意义关系的问题上。韩礼德的系统功能语言学把意义范畴化和形式范畴化统一性作为其研究目标，其一条最基本的原则"形式就是意义的体现"，"选择就是意义"被广泛运用。从系统功能语言学发展起来的评价系统则把意义范畴的系统化本身作为其主要的研究目标，是对系统功能语言学的人际意义的扩展研究。本书以韩礼德的系统功能语言学及其框架内的评价研究为工具、威廉·福克纳短篇小说《献》为语料进行一系列的相关分析，便是最好地印证了"形式是意义的体现"这一原则。因为无论语篇作者是有意地还是无意地使用了某种语言形式，他所做出的选择在很大程度上决定了所带来的效果，因为选择本身就是意义（黄国文，2006：19）。

下编

《献给爱米丽的玫瑰》的语言分析

下编包括第 10 章至第 17 章。第 10 章"评福克纳《献给爱米丽的玫瑰》的叙事艺术",运用形式主义新批评理论,从独具匠心的素材编排、奇特的人物性格、微妙的措词和"时序颠倒"的叙述方法等方面对《献》的语言形式进行了解读,赏析该小说的叙事艺术,并对该小说的情节、意识流时间进行梳理,为下文各章的功能语篇分析做铺垫。

第 11 章"爱米丽的'问题'及其'解决办法'"回顾了"新批评"对《献》的叙事结构的分析,然后以系统功能语言学的理论为基础,运用语境、"问题—解决办法"模式和主位结构等理论分析了该语篇的叙事结构,揭示该语篇在宏观和微观上的突出的语言特征的选择与作者想要表达的整体意义之间的关系。

第 12 章"爱米丽的'人际关系'及其悲剧命运"从系统功能语言学的人际功能入手,对爱米丽与其他人之间的人际关系进行分析,试图从一个不同的角度探讨爱米丽的悲剧命运。

第 13 章"《献给爱米丽的玫瑰》中'态度'的表达与意识形态的体现"拟运用评价研究,对威廉·福克纳的著名短篇小说《献》进行态度资源分析,目的是揭示语篇是如何通过态度资源表层语言形式的表达来体现深层的意识形态意义的。

第 14 章"从介入的角度分析《献给爱米丽的玫瑰》的叙述声音"从介入的角度对《献》的叙述声音进行分析,探讨小说的叙述声音来源,旨在说明在小说文本中叙述声音介入的强弱程度是反映语言使用者的态度和立场的重要参数。

第 15 章"《献给爱米丽的玫瑰》的评价资源与情景语境"采用功能语言学家马丁关于语境的层次及功能与语言关系的观点,将《献》评价资源分析统计的结果(微观结构)放在情景语境的层面上(宏观结构)进行考察和分析,探究语言形式的选择是如何由作者及其所处社会的意识形态、立场所决定的。

第 16 章"级差系统视域下的《献给爱米丽的玫瑰》"分析了《献》中体现级差系统中语势和聚焦这两个次范畴的资源。在该小说中,级差资源分布广泛,其中语势资源的运用较多。级差资源的配置在实际运用中是多种手法相互作用的结果,这一发现与小说的哥特式恐怖主题相呼应。

第 17 章"《献给爱米丽的玫瑰》的借言分析"基于马丁和罗斯的介入系统框架,分析了《献》的投射、情态和让步连接词等借言资源的使用,探讨文本中叙述者在与听众互动的过程中所采用的这三种语篇资源的作用。其中,投射的运用可以让叙述在客观性与可亲近性之间保持平衡,情态的使用适当地开放协商让听众参与到叙述中,而让步连接词等衔接资源则通过监控听众的语气而让叙述者与语篇之外的听众建立起人际关系。

第 10 章 评福克纳《献给爱米丽的玫瑰》的叙事艺术

10.1 引言

新批评（New Criticism），也称为美学批评、文学批评、本体批评，始于 20 世纪 20 年代的英国，30 年代在美国成形，四五十年代在美国文坛理论界占据主导地位，60 年代后期步入衰亡期。新批评派是一种独特的形式主义，它认为作品的内容与形式是一种辨证的构成体，无论是诗歌、戏剧或小说，其中的事件是内容的部分，但把这些事件组织规整为情节的结构方式则又属于形式的部分。文学作品的内容包括各种因素，既有内容与形式，又有感性与理性、内涵与外延、想象与张力等诸多成分，它关注的是文学文本主体的形式主义批评，认为文学的本体即作品，文学研究应以作品为中心，对作品的词语的选择和搭配、词句之间的微妙联系、句型、语气以及比喻、意象的组织等语言形式、构成、意象等进行认真细致的分析。一部作品经过放大镜式的细致严格的剖析，如果显示各部分构成一个复杂而又统一的有机整体，那就证明是有价值的艺术品。

一般批评学家都把新批评称作"本体论批评"，意即把批评的关心焦点集中在文本本身，而不是外部因素。新批评文论的基本理论主要包括作品本体论、构架—肌质论、张力说、反讽论和细读法等。本章运用新批评理论从素材编排、奇特的人物性格、微妙的措词和"时序颠倒"与主题等方面对《献给爱米丽的玫瑰》的突出语言形式进行解读，旨在从一个不同的角度对该小说的叙事艺术进行欣赏，同时，以达到从功能语言学的角度对其进行分析相比较的目的。

10.2 新批评综述

"新批评"这个名称来源于兰色姆（J. C. Ransom）的一本书的标题《新批评》（1941）。兰色姆在此书中对艾略特（T. S. Eliot）、瑞恰慈（I. A. Richards）等人的理论进行了评述，称他们为"新批评家"。这一流派的先驱者有美国诗人兼批评家庞德（E. Pound）和他的弟子艾略特（T. S. Eliot）；还有英国诗人休尔漠（T. E. Hulme），英国文论家瑞恰慈（I. A. Richards）和燕卜逊（W. Empson）等人。其主要人物还包括退特（Allen Take）、华伦（R. P. Warren）、伯克（K. Burke）、布鲁克斯（C. Brooks）和维姆萨特（W. K. Wimsatt）。

10.2.1 作品的本体论

本体论（Ontology）本是一个哲学术语，兰色姆却把它用于文学理论。他在《世界的形体》（*The World's Body*，1938 年）中反复阐释他所谓的"本体论"的批评观点，首次提出了批评应着眼于诗的"本体"理论，因为诗是一种具有"存在秩序"的"本体"。诗是一个独立的话语制成品，布鲁克斯在《精制的瓮》（*The Well Wrought Urn*，1947 年）里声称，真正值得注意的是"诗之所以是诗"，一首诗就是一个独立自足的实体。这种把作品看成独立存在的实体的文学本体论，可以说就是新批评最根本的特点。新批评著名的"意图缪见"（The intentional fallacy）锋芒所向是实证主义或浪漫主义的文评。意大利批评家桑克蒂斯（Francescon de Sanctis）（2007：464）在《论但丁》一文中早已说过："作者意图中的世界和作品实现出来的世界，或者说作者的愿望和作者的实践，是有区分的。"新批评派进一步说，文学作品是自足的存在，既然作品不能体现作者意图，对作品的世界来说，作者的意图也就无足轻重。更重要的是，我们并不能依据作品是否符合作者意图来判断它的艺术价值。浅薄的作品也许更容易受作者控制，把他的意图表现得十分清楚，但伟大的艺术往往超出作者主观意图的范畴，好比疲弱的驽马任人驱策，奔腾的雄骏却很难驾驭一样。像但丁和托尔斯泰这样的大作家，都有意要在作品里宣扬一套宗教或道德的哲学，然而他们的作品恰恰因为冲破意图的束缚而成为伟大丰富的艺术。

同样，研究作品也没有必要考虑作家的主观意图。"感受缪见"（Affective Fallacy）则针对读者而言，告诫读者可能盲目地动情，错误地认识和分析作品。换句话说，读者的感受是不一定可靠的。这样，新批评就确立了作品/文本的核心地位。维姆萨特还认为，诗人不可能离开作品来表现情感，只有通过诗歌语言才能表达情感。他反对把作品当作诗人表达情感的工具，思想情感的生命不存在于诗人而在其诗歌之中。韦勒克和奥斯丁·沃伦合著的《文学理论》（*Theory of Literature*，1949 年）用了大量篇幅来论证不应当花大力气进行"文学的外部研究"，他们强调"文学研究的合情合理的出发点是解释和分析作品本身"，有关作者生平、所处社会环境以及创作过程的考证，只有可能表明作品是作家表现自我的注脚而已，这类因果式研究、编年史式的解释，属于作品的外部范畴,并未触及作品的本质。总之,新批评的本体论认为,作品是文学活动的本质与目的,作品应成为文学研究的核心,文学批评应以作品为本体,反对把作品视为作家与读者的中介,驳斥浪漫主义文论家把作家当作文学的起点、作家表现自我才有了作品的观点。换句话说,评论一首诗,可以不管它是谁写的,以及有关他创作该诗的种种情形,读者应当径自进入诗里,因为一首诗即一个独立自足的天地。

10.2.2 构架—肌质论（Structure-texture）

兰色姆在理论上提出了"本体论"观点,如果不把它落实在作品的分析上,那么其理论观点就会形同虚设。因此,他又提出了"构架—肌质论"以具体说明其"本体论",也就把理论观点推进到作品的研究分析方面。所谓构架就是诗的内容的逻辑陈述,是诗中散文意义;而肌质则是内容的一种秩序（An order of content）。兰色姆的这一划分似乎模糊不清,难以理解。我们不妨把肌质看作诗中抽去散文释意后剩下的东西:词语的声音、诗的节奏、格律、暗喻、意象、押韵等。奇怪的是,兰色姆把肌质看成是与构架不相干的（Irrelevant）、不重要的。而其实正是这些感官细节使诗歌成为与散文不同的文体。肌质是对构架的补充,使其层次丰富、意蕴无穷。而所谓构架,也必须是"被审美地吸收的内容"。布鲁克斯把构架定义为"意义、评价和解释的构架",而构架的统一性就在于"平衡与协调涵义、态度和意义"。这个定义把习惯上认为是诗歌灵魂的道德内容或散文释意完全排除在外,使其不成为审美观照对象。韦勒克和沃伦在他们合著的《文学理论》中对构架与"材料"的划分似乎得益于新批评的"构架"说。他们把所有"没有什么审美关系的因素"（如尚未构成艺术品的素材）称为"材料"（Material）,而把一切已具美学效果的因素称为"构架"（Structure）。这样传统的"内容—形式"分界线就被打破,新的"构架"包含了原有的两个概念。

10.2.3 张力说（Tension）

"新批评"除了"构架—肌质说"之外,还提出了"张力说"。退特是此学说的创始人。他认为张力是诗歌的一个重要特性,是指诗的整体效果,是意义构造的产物,不应从比喻的角度看待它,而应把它视为一个名词。他说:"我提出张力（Tension）这个名词,我不是把它当作一般比喻来使用这个名词的,而是作为一个特定名词,是把逻辑术语'外延'（Extension）和'内涵'（Intension）去掉前缀而形成的。我所说的诗的意义就是指它的张力,即我们在诗中所能发现的全部外延和内涵的有机整体。"（退特,1988:109,117）

"外延"指的是抽象的、"指示性"语言,"内涵"指的是具体的、"含蓄"的价值。而诗的意义在于这两者最完满的结合与组织。这种张力其实是对立两极在诗中的平衡与冲突。"外延"与兰色姆的"构架"相似,是抽象思想、散文释意;而"内涵"则与"肌质"略似,指语言的具体含义(Connotative Meaning)。退特认为诗歌中有两种对立的倾向,一是诗人将指示性语言完全让给科学家,自己只使用"边缘性"含义;一是完全使用指示性语言,而将丰富的涵义弃之不顾。好的诗歌应将内涵与外延最极端的意义统一起来。退特在这里所谈的其实是语言的抽象与具体意义相结合的问题。

10.2.4　反讽论（Irony）

"新批评"的另一位主要人物布鲁克斯提出了"反讽说"（Irony）,反讽是一个陈述事件受其自身出现的语境的制约或扭曲而造成的产物。瑞恰兹认为,"反讽"能使"通常相互冲突排斥的对立面达到平衡";R. P. 沃伦则在《纯诗与不纯诗》（1942）里提出,应以"张力"来代替"对立面"。"反讽说"的主要阐释者布鲁克斯进一步强调,"反讽"是指各种不协调事物的最普通的术语,没有话语不具反讽意味。"反讽"普遍存在于诗歌语言,它是诗的本质所在,诗的语言就是反讽语言。诗人以反讽来考验自己的意象,诗中的诸多意象相互观照,形成一种语境。在这种语境里,单个的意象总要受到语境的牵制和影响,产生明显的扭曲。语境压力是必然的,"反讽"由诗的上下文决定,它的意义存在于该诗的内在结构之中。因此,"反讽"又与"诗的戏剧化结构"相联系,诗的结构本身具有张力,诗总是反讽的,而实现反讽意味的通常手段便是悖论（Paradox）和含混（Ambiguity）。

10.2.5　细读（Close Reading）

细读是新批评的方法论。瑞恰慈在《实用批评》（*Practical Criticism*,1929）一书中称,诗有四种不同的意义:意识、情感、语气和意向,凡好诗都值得细读。诗既然是一个复杂的独立自足的有机体,它的内在结构具有张力,诗歌语言充满反讽、悖论和含混,新批评文论家都一致推崇细读的策略。诗中的每一个词都必须细究详察,不仅明白它的本意,还要仔细探察它能引申的所有暗示意义,既要从局部掂量它又必须从整体上把握它。这样,才有可能深入诗歌语言"非真实"陈述的奥妙及其精微之处。F. R. 里维斯主编的杂志就以《细察》（*Scrutiny*）命名,逐行审视诗篇。燕卜逊的《七种含混类型》（*Seven Types of Ambiguity*,1930 年）,更极尽逐词逐字挖掘诗歌语言内涵之能事。布鲁克斯与沃伦合编的《理解诗歌》（*Understanding Poetry*,1938 年）淋漓尽致地展现了细致分析诗篇的技巧,该书在英美十分流行,20 世纪 40 年代至 60 年代被许多大学采用为文学课程教材,影响十分深远。后来,布鲁克斯与沃伦又合编了一本《理解小说》(*Understanding Fiction*,1943年),希望把同样的批评原则和方法运用到小说的分析中,可是却没有获得同样的成功。

20世纪四五十年代的英美最具影响的批评模式——新批评派,是一种独特的形式主义。其最根本的特点就是把作品看成独立存在的实体的文学本体论,即着重文艺作品的"内在"分析,认为社会、道德哲学、身世之类的内容与分析不相干,新批评的实践就是通过细读,对文学作品作详尽的分析和诠释。批评家好像用放大镜去读每一个字,文学词句的言外之意、暗示和联想等等,都逃不过他的眼睛。他不仅注意每个词的意义,而且善于发现词句之间的微妙联系,并在这种相互关联中确定单个词的含义。词语的选择和搭配、句型、语气以及比喻、意象的组织等等,都被他巧妙地联系起来,最终见出作品整体的形式。一部作品经过这样细致严格的剖析,如果显示各部分构成一个复杂而又统一的有机整体,那就证明是有价值的艺术品。马克·肖莱尔(Schorer,1986:43)指出:"现代批评已经证明,只谈内容就根本不是谈艺术,而是谈经验;只有当我们谈完成了的内容,即形式,即作为艺术品的艺术品时,我们才是作为批评家在说话。内容即经验与完成了的内容即艺术之间的差别,就在技巧。""新批评派对我们的一个最重要启示就是从形式到内容"(杨周翰,1986:48)。

10.3 《献给爱米丽的玫瑰》之文本解读

无独有偶,美国20世纪最杰出的小说家、威廉·福克纳的短篇小说《献给爱米丽的玫瑰》(*A Rose for Emily*)的叙事风格正好印证了新批评细读法的核心内涵。本章试图运用形式主义新批评的"细读法"对本篇小说在素材编排、措词选择、人物性格的刻画和时序颠倒等叙事艺术的运用进行分析。

10.3.1 独具匠心的素材编排

《献》的故事情节,在爱米丽的恋爱和税务两条线上铺开。爱米丽的父亲在世时,他的等级门第观念使她失去了恋爱婚嫁的机会;父亲死后,不名分文的爱米丽与到镇上来铺设人行道的建筑工头、北方佬荷马·巴伦之间发生了一段浪漫史;但是,他们的恋爱却为充斥旧观念的镇上居民,尤其是老一辈人所不容,爱米丽为了得到情人,于是毒死荷马·巴伦,并将其尸体保存在自己的闺房里;直到四十年后她去世时才被人发现。故事的另一条线索是围绕爱米丽的税务问题所发生的一系列事件:1894年,当时的镇长沙多里斯上校豁免了她的全部税务;当新的一代当上镇长和镇参议员时,他们不满意这种贵族特权,几次通知爱米丽纳税均遭拒绝,最后派代表团登门造访,却被爱米丽赶出大门。

但是，这样的一则故事在福克纳笔下并不是平铺直叙的。虽然这是关于女主人公的生长、婚嫁、老死的古老故事，但福克纳却没有按照传统小说的情节模式来叙述，而是把全部情节切割成五个部分。从表面上看，这五个部分杂乱无章地纠集在一起，而且叙述顺序上是颠倒错乱的，但通过细读，便发现这五个部分（Part）叙述的是：

Part Ⅰ：爱米丽<u>去世</u>；她在世时镇参议会代表团登门造访追她纳税；

Part Ⅱ：爱米丽房子发出臭味；她父亲<u>去世</u>；

Part Ⅲ：关于男人荷马·巴伦；爱米丽购买老鼠药（即<u>毒死</u>荷马·巴伦）；

Part Ⅳ：爱米丽的老年；她<u>去世</u>了；

Part Ⅴ：爱米丽的葬礼；发现<u>尸体</u>。

不难看出，每一部分叙述的都是关于"死亡"的故事，小说以死亡开始亦以死亡而告终。这种看似表面形式的杂乱无章，正是为了内容的统一和严密——格里尔逊家族的命运与"约克纳帕塌法世系"中其他家庭一样，象征了美国南方旧传统的日益没落和不可挽救的灭亡。

素材的贴切与主次则必须通过作为"隐含的作者"的面具，即"视角"来表达。于是，福克纳运用多角度叙述方法，自始至终用第一人称复数（we）来叙事。故事中的"我们"只凭道听途说，只能从远处来窥测她那时隐时现的生存轨迹、猜测她的生活变迁。叙述者从未越过空间和心理距离的雷池，从未企图对人物内心进行直观的描述或探索。"我们"代表"社会"，代表社会的观点。这样叙述的故事更客观、公正，不亲不疏的典型邻舍观察者的态度，表达了市镇居民对爱米丽的既关切、同情，又沮丧、气愤甚至蔑视，但又充满好奇的复杂情绪。这种多角度叙述形式，给小说增加了层次与立体感，其"根本目的在于借用处于不同视角的叙述者的个性化眼光，极其真切地获得不同情感和价值判断，并由此构成对描述对象的整体把握"（刘晨锋，1991：47-51）。

10.3.2　奇特的人物性格

在传统的叙事文学作品中，人物性格的塑造有着一套完整的模式。作者通过外形的描绘、行动的设置、语言的刻画、心理告白等艺术手段构成人物形象的整体特性。假如把外形的描绘、行动的设置、语言的刻画看作是外在的描绘，把心理告白看作是内在的描写，那么，在《献》里，福克纳在人物性格的塑造方法上偏重于外在的描绘。但是，由于其采用了独特的技巧，读者能够透过这种外在的描绘获知人物性格的内在深度。小说里有众多的人物，除爱米丽外，还有荷马·巴伦、药商、父亲、黑人男仆、史蒂威法官、沙多里斯上校、爱米丽的姑婆老莘艾特夫人，以及两个表姐妹。奇怪的是除了爱米丽在购买毒药时与药商的几句对白外，其他人物均未说过一句话。与爱米丽同守孤屋的黑人男仆，从青年时代到老态龙钟，只见他每天提着菜篮子进进出出，从头到尾没有讲过一句话："He talked to no one, probably not even to her, for his voice had grown harsh and rusty, as if from disuse." 爱米丽小姐一死，他就消失了。"他穿过屋子走出后门，从此就不见踪影了"。作者对这一人物性格的外在行动的简单勾勒，却足以使读者对黑人的忍耐和他对主人的忠诚产生了极大的敬意。对于爱米丽小姐本人，福克纳通过外在的描写刻画了一个性格古怪、可怖又可憎的老姑娘形象。她虽然家道中落，却自视甚高，独居一处，俨然一幅"最后一代格里尔逊的尊严"的脸面。她拒不纳税，声称自己不在纳税的范围之内；她曾不顾邻居反对，拒绝清除从她家冒出的恶臭味；她公然仰着脖子与北方佬荷马·巴伦坐着马车在大街上兜风；她从商店购买毒药却拒不说明用途。在体面地入土后，人们撬开她封闭了几十年之久的老屋，才惊讶地发现爱米丽竟在床上藏着一具尸体。从表面看，爱米丽有各种各样的怪癖，但作者自始至终都没有直接提及她严重的心理变态——恋尸癖，更没有对她的病态性格表示厌恶。如果把人物性格的整体比喻为一座浮动的冰山，那么，露出水面的八分之一则是爱米丽这一人物性格的外在描绘，而隐藏在水面下的则是内容——爱米丽的变态只不过是等级和门第观念以及种种不合理的旧传统强加给她的悲剧。理解了这一层意义后，读者对爱米丽的同情之心油然而生，反倒痛恨企图不与她结婚的北方佬情人。

10.3.3 微妙的措词

注重艺术形式、以细读式批评方法为特征的新批评派，不仅注重文学作品的情节安排、人物性格的塑造技巧等形式，更不放过每个词的意义、词语的选择和搭配、句型、语气以及比喻、意象的组织等等，因为所有这些形式都是组成作品整体意义的一部分。细心的读者不难发现，《献》里有不少这样的词句。作者运用了许多反复出现的微妙措词，例如，"idol"重复出现在第二部分和第四部分。该词通常的意思是"偶像""幽灵"，本章却暗示：爱米丽是尊倒塌了的纪念碑。又如，小说中反复出现了"decayed"（腐朽、腐烂，"decay" is usually a reminder of the old and of death）这个词：

    the decayed house
    the decayed furniture
    the decayed voice

这又暗示了：

> the neighbourhood has decayed
>
> the old tradition has decayed
>
> Emily's mind has decayed

此外，福克纳在描写荷马·巴伦时，反复使用了"yellow"这个词：

> driving in the yellow-wheeled buggy
>
> half gray head propped on a pillow yellow and moldy with age and lack of sunlight
>
> and Homer Barron with his hat cocked and a cigar in his teeth, reins and whip in a yellow glove

福克纳在描述荷马·巴伦时使用了这些"黄色"，看似信手拈来，实则用心良苦。福克纳在小说的开头便告诉读者爱米丽小姐去世了，却只字未提荷马·巴伦的死，而是选择了"黄色"这个词这一形式向读者暗示了他的最终命运——死亡。众所周知，在西方文化中，不同的颜色代表着不同的含义，正如红色代表热情和危险、白色象征纯洁和死亡、绿色表示缺乏经验一样，"黄色"在这里则是"the sign of decay"。

这些重要词汇的反复重现不但能引起读者的注意，而且强调了小说的内容和主题：爱米丽小姐从生到死住在同一孤屋、从头至尾都只有一个黑人男仆侍候、从未踏出她那座房子。对她来说，现在和将来都是不复存在的，有的只是一成不变的过去。

更有意思的是小说的标题："A Rose for Emily"，"A Rose"（一朵玫瑰）与 Eros（性欲）的读音几乎相近，因此，标题可读成 Eros for Emily（《爱米丽的性欲》）。其实，这是一个没有玫瑰的故事，倒是叙述了爱米丽的性欲压抑和变态心理。同样，荷马·巴伦的英文名字是："Homer Barron"，"Homer"与"Home"只有一个字母之差，且读音相近，它可能暗示了这样的意思："Emily keeps him at home all the time."那么，读到小说最后，人们在她闺房中发现被她毒死的情人 Homer Barron 的尸体且被保存了四十年之久时，就应该不至于过分惊愕了。福克纳虽然尽量避免直接提到爱米丽的病态性格，但通过这些词语，他却又时时让读者感受到了爱米丽的病态。小说第四部分结尾的那最后六个字（dear, inescapable, impervious, tranquil, and perverse）对爱米丽的一生更是起到了画龙点睛的作用，虽不振聋发聩，却也韵味无穷。

10.3.4 "时序颠倒"与主题

在《献》里，福克纳运用了"意识流"和"时序颠倒"的叙述形式。"时序颠倒"从表象上抛开了情节模式的一维时间流程，读者不得不自己去重新理出小说时间的来龙去脉，寻找叙述的线索，重新建立起时间的次序。小说提供的唯一具体日期是1894年，沙多里斯上校豁免爱米丽的税务。根据故事中出现的其他时间表达法，如："二月""父亲死后二年""一年后"等，可推算出如下时间的顺序：

本故事写于：	1930年
爱米丽生于：	1856年
美国内战：	1861—1865年
父亲死于：	1886年
荷马·巴伦死于：	1888年
税务豁免：	1894年
爱米丽教画：	1898年—1904或1905年

福克纳对于时序颠倒的偏爱，并非故意忽视时间概念，更非因为他本人的时间概念模糊，恰恰相反，这种外在形式上的时序颠倒错乱，正是为了内容，即时间的主题。法国作家保尔·萨特（1984）在评论《喧哗与骚动》时曾引用小说中的一句话："一个人是他的不幸的总和。有一天你会觉得不幸是会厌倦的，然而时间是你的不幸……"爱米丽小姐，作为约克纳帕塌法县杰佛生镇上的贵族格里尔逊家族的末代人物，整天浑浑噩噩地生活在对父亲昔日荣耀的回忆中，对于时代和人生的飞速变化竟然视若无睹，把自己包裹在一种凛然不可侵犯的可怕的氛围里。正如原文所说：

"She would have to cling to that which had robbed her, as people will."

对爱米丽来说，生命之钟已停留在父亲和沙多里斯上校的年代。当镇议会代表上门劝说她纳税时，她说了三遍："See Colonel Sartoris, I have no taxes in Jefferson."而沙多里斯上校已死了十年了。显然，爱米丽混淆了时间和时序、生与死、现实与幻觉，这正是她的悲剧所在。

可见，这种时序颠倒的叙述方法并非是故事内容的可有可无的装饰物，它的存在强有力地作用于内容本身，使其产生更广泛的暗示性和更深刻的启示力。正如黑格尔（1982：890）指出："没有无形式的内容，一如没有无形式的质料，内容之所以为内容即由于它含有成熟的形式在内。"福克纳深谙此理。因此，时间是《献》的真正主题这一说法并不过分。至此，形式恰如其分地反映了主题，证明了此作品是有价值的艺术品。

10.4 结语

本章运用形式主义新批评理论从独具匠心的素材编排、奇特的人物性格、微妙的措词和"时序颠倒"的叙述方法等方面对《献》的语言形式进行了解读。我们发现，《献》中这些突出的语言特征（形式）充分表达了该作品的整体意义（内容），实现了前景化。这其实同样印证了功能语言学的一条广泛应用的基本原则：形式是意义的体现，特定的语言形式的选择表达了特定的意义。尽管功能语言学的基本理论和术语里并没有"形式与内容的关系"的表述，但其核心思想是不相违背的、是相通的。

第 11 章 爱米丽的"问题"及其"解决办法"

11.1 引言

20世纪30年代"新批评"派（the New Criticism）以来的许多文学理论以"文本"为中心，认为文学批评是一个"完全自足的原理"，不依靠任何文学语言和历史手段，只需切近文学篇章本身观察和研究。这种文学批评理论与方法本身即可纳入篇章语言的研究范围之中（刘辰诞，1999：232）。功能文体学既没有语言学家研究文体学通常只注重描述语言现象之片面，也没有文学研究者通常忽视对语言形式做细致分析之不足（张德禄，1999：4）。因此，它成为国内外许多文体学研究者研究和评论的热点。本章首先简略回顾了"新批评"对《献》的叙事结构的分析，然后以系统功能语言学的理论为基础，运用语境、"问题—解决办法"模式和主位结构等理论分析该语篇的叙事结构，旨在揭示该小说语篇在宏观和微观上的突出模式或特征的选择与作者想要表达的整体意义之间的关系，借此表明，基于系统功能理论的文体分析方法更具客观性和全面性。

11.2 从新批评看文本的叙事结构

新批评派是一种独特的形式主义，坚持通过细读（Close Reading），对文学作品做详尽的分析和诠释。批评家好像用放大镜去读每一个字，文学词句的言外之意、暗示、联想等等，都逃不过他的眼睛，并被他巧妙地联系起来，最终现出作品整体的形式。一部作品经过这样严格细致的剖析，如果显示各部分构成一个复杂而又统一的有机整体，那就证明它是有价值的艺术品。

《献》被切割成五个部分。福克纳没有按照传统小说的叙事模式来叙述。从表面上看，五个部分杂乱无章地纠集在一起，而且叙述顺序颠倒错乱。不过，通过新批评的细读，却发现五个部分叙述的内容表达了作品的整体意义。

Part I：爱米丽去世；她去世时镇议会代表团登门造访追她纳税。

Part II：爱米丽房子发出臭味；她父亲去世。

Part III：关于男人荷马·巴伦；爱米丽购买老鼠药（<u>毒死</u> 荷马·巴伦）。
Part IV：爱米丽的老年；她<u>去世</u>了。
Part V：爱米丽的葬礼；发现<u>尸体</u>。

不难看出，每部分都是关于"死亡"的故事，小说以死亡开始亦以死亡而告终。小说这一表面的叙事形式却很好地表达了其深刻主题：格里尔逊家族的命运与"约克纳帕塌法世系"中其他家庭的命运一样，象征了美国南方旧传统的日益没落和不可挽救的灭亡（黄雪娥，1997：97-98）。

从新批评的角度看《献》五个部分的叙述，颇具独特性。它把文学与社会历史背景分离开来的这一局限性，则可由功能文体学弥补。

11.3 从功能语言学理论看语篇的叙事结构

在讨论《献》的叙事结构之前，有必要对功能语法的有关理论做简单的回顾。

韩礼德（Halliday, 1978/2001）把语篇称为现实化的意义潜势（Actualized Meaning Potential），这一意义潜势有两方面的特征：情景语境（Context of Situation）和文化语境（Context of Culture）。文化语境指说话人或作者所在的语言社团的历史、文化和风俗人情。情景语境分为三种主要类型：语场（Field），语旨（Tenor）和语式（Mode）。语场指发生了什么事，包括参与者从事的活动和题材。语旨指谁参与交际事件以及交际之间的各种角色关系。语式指语言在情景中使用何种方式来表达思想、传达信息。

语场、语旨和语式是人们交流思想的概念结构。"这三种概念结构与语义功能的三个组成部分：概念功能（Ideational Function）、人际功能（Interpersonal Function）和语篇功能（Textual Funtion）有着系统的联系"（Halliday, 1978/2001：123）。语篇是社会交际的表达形式。作者或说话者从构成意义潜势的选择中进行选择，从而表达意义。这些意义的选择也就会在一定的语言模式和结构中体现出来。

11.3.1 关于主位与主位推进模式的论述

杰夫·汤普森（Thompson, 1996：119）认为，韩礼德关于"主位是信息的起点，是小句的开始点"的定义最具代表性。一般来说，主位是交际双方已知的信息，述位则是发话人要传递的新信息，为对方所未知的信息。通常每一个句子都有自己的主位结构。人们在使用语言进行交际的过程中，常常使用大于句子的语篇，这些语篇大多数是由两个或两个以上的句子构成。这时，前后句子的主位和主位，述位和述位，主位和述位之间就会发生某种联系和变化。语言学家们通过认真仔细的研究，从这种联系和变化中总结出各种主位推进模式（Patterns of Thematic Progression）。苏联语言学家邵敢尼柯提出：连贯性话语具有平行结构和链式结构。Van Dijk（1977：94）也提出类似的观点，他的公式是：[⟨a, b⟩, ⟨b, c⟩, ⟨c, d,⟩ ...] 和 [⟨a, b⟩, ⟨a, c⟩, ⟨a, d⟩ ...]，前者是链式结构，后者是平行结构。徐盛桓（1982：1-9）在分析英语主位和述位结构时提出四种发展情况，即平行性发展、延续性发展、集中性发展和交叉性发展。平行性发展以第一句的主位为出发点，以后各句均以此句主位为主位，分别引出不同的述位，从不同的角度阐明这个主位。例如：

Last week <u>I</u> went to the theatre. <u>I</u> got a very good seat. <u>I</u> didn't enjoy the play, though.

各句均以"I"为主位，各自取一个新信息为自己的述位，构成几个互相平行的句子，所以称之为"平行性的发展"。

延续性的发展指的是前一句的述位或述位的一部分，作为后一句的主位，而用一个新的信息作述位来阐述这个主位，如此延续下去，带出新信息，推动思想内容的表达。例如：

An English teacher usually divides her time among <u>three subjects</u>: language, composition and literature. Mrs. Cox's favourite <u>subject</u> is <u>literature</u>, and her most exciting <u>literature</u> classes are those on the literature of Black American.

集中性的发展：第一句的主位、述位作了基本叙述以后，第二句、第三句……分别以新的主位开始，但都用第一句的述位，亦即各句不同的出发点都集中归结为同一种情况或状态。例如：

A Chinese <u>is an Asian</u>. A Japanese <u>is an Asian</u>, and an Indian <u>is also an Asian</u>.

交叉性的发展：第一句的主位成为第二句的述位；第二句的主位又成为第三句的述位；第三句的主位，又成为第四句的述位，如此交叉发展下去。例如：

<u>The play</u> was interesting, but <u>I</u> didn't enjoy <u>it</u>. A young man and a young woman troubled me. <u>I</u> turned round and looked at <u>them</u>, but <u>they</u> didn't pay any attention to <u>me</u>.

捷克语言学家 Danes（1974）提出连贯语篇中主位和述位结构的五种类型：简单线性主位发展型、连续主位发展型、派生主位发展型、分裂述位发展型和跳跃主位发展型。黄衍（1985：32-36）综合前人的研究成果，提出了反映英语语篇中连贯性的七种模式：平行型、延续型、集中型、交叉型、并列型、派生型和跳跃型。

模式 I，平行型：各句均以第一句的主位为主位，引出不同的述位，从不同的角度对同一个主位加以揭示、阐发。例如：

He asked for music. *He* dictated his will. *He* wrote a long letter in Latin. *He* bade goodbye to his brother. (Dylan Thomas, Quite Early One Morning)

模式 II，延续型：前一句的述位成为后一句的主位，主位又引出一新的述位，该述位又成为下一句的主位，如此延续下去。例如：

Five score years ago, a great American … signed *the Emancipation Proclamation*. *This momentous decree* came as a great beacon of light and hope to millions of Negro slaves … (Martin Luther King)

模式 III，集中型：各句均以第一句的述位为述位，各句不同的主位都归结为同一个述位。例如：

England is a country; *France* is a country; *Norway* is another country; *Turkey* is *another country*; *Ept, Italy, Poland* are other countries. (C. E. Eckersley, Essential English I)

模式 IV，交叉型：第一句的主位成为第二句的述位，第二句的主位成为第三句的述位，第三句的主位又成为第四句的述位，以此类推。例如：

The play was interesting, but *I* didn't enjoy *it*. *A young man and a young woman* troubled *me*. *I* turned round and looked at them, but they didn't pay any attention to *me*.

模式 V，并列型：第一、三、五……句的主位相同，第二、四、六……句的主位相同。例如：

Americans eat with knives and forks; *Japanese* eat with chopsticks. *Americans* say "Hi" when meet; *Japanese* bow. *Many American men* open doors for women; *Japanese men* do not. (Robert. G. Bander, From Sentence to Paragraph)

模式 VI，派生型：第一句的述位成为以后各句的主位。例如：

The heavy armed infantry… was divided into *ten cohorts* … *The first cohort*, which always claimed the post of honour and the custody of the eagle, was formed of eleven hundred and five soldiers, the most approved for valor and fidelity. *The remaining nine cohorts* consisted each of five hundred and fifty-five … (Edward Gibbon, The Decline and Fall of the Roman Empire)

模式 VII，跳跃型：各句的主位/述位没有明显的联系。例如：

I saw the film while watching a television documentary several years ago. *The report* didn't concern itself with the concentration camps, but was a filmed history of the fighting in the Warsaw ghetto. (Carl Sherrell, A Little Girl with a Doll)

从上面的例子可以看出，后一句使用前一句的主位或述位，不一定非要逐字重复原来的词语。

黄衍（1985：36）归纳的连贯性话语中的主位/述位的七种发展模式，仅仅是一些基本模式，是一种抽象的概括。在语言的实际运用中，由于思想表达的复杂性，往往是几种模式互相搭配，交叉使用。此外，如徐盛桓（1982：6）所说的那样："人们表达思想是受多方面因素的影响的。除说话前已预先考虑好的基本内容外，还可能受到即时思想变化、外界事物的变化、交际双方的相互作用和受话者的反应等的影响。因此，一段话语，不一定都按原思路径直发展下去，而是可能有曲折、有迂回、有枝节、有波澜。反映在句子之间的联系上，就是主位/述位的衔接发生一些变化，形成主位/述位的迁移。""造成主位/述位迁移的影响来自两个方面：设问造成的影响和思想跳跃造成的影响。"显然，合理的迁移，有助于语言表达，灵巧多变，跌宕多姿；不合理的迁移，则使语言表达条理混乱、前后脱节。

语言学家们提出的这些模式基本上反映了英语连贯语篇中各句之间主述位的联系、照应、衔接、过渡等关系。

主位推进模式研究不仅有助于单个语篇和同一类型即同一体裁的语篇分析，而且还有利于比较和分析不同类型语篇的篇章结构特征。例如，Gill Francis（1990）对报纸上的新闻报道、社论和读者来信三类语篇进行比较发现：新闻报道的主位以物质过程和言语过程为主，而社论和读者来信的主位却是以关系过程为主（朱永生，1995：10 - 11）。此外，主位推进模式的选用与体裁有着紧密的联系。新闻报道中主位同一模式（亦称平行型）较多，而阐述性语篇则大量地使用延续型模式。再者，不同类型的语篇常常由句子的不同成分来充当主位。例如，旅行报告常常是由地点状语充当主位；讣告，往往是由主语和表时间、地点的状语充当主位的角色。所有这些均印证了功能语法家们常说的一句话，选择就是意义，意义即选择。

11.3.2 关于英语叙事文结构的论述

在讨论叙事语篇的主述位结构之前，有必要对近年来一些学者和著名语言学家关于叙事篇章理论的研究做简单的回顾。

分析口头叙事结构的最佳模式被公认为是拉波夫（Labov，1972）提出的源于社会语言学的模式。该模式被用来分析叙事的结构特点与叙事的社会功能之间的关系。拉波夫认为，一个结构完整的有关个人体验的口头叙事包含6个结构部分，分别是：点题（Abstract）、背景（Orientation）、进展（Complicating Action）、评议（Evaluation）、结局（Resolution）和回应（Coda）。拉波夫提供了一段经典的自然叙述来说明叙事结构中的几个组成部分（节选）：

(1) An' then, three weeks ago I had a fight with this other dude outside.

(2) He got mad 'cause I wouldn't give him a cigarette.

(3) Ain't that a bitch?

(4) Yeah, you know, I was sitting on the corner an' he walked over to me:

(5) "Can I have a cigarette?"

(6) He was a little taller than me, but not that much.

(7) I said, "I ain't got no more, man."

(8) So the dude, he' on' to pushin' me

(9) I tried to kill him—over one cigarette! Square business.

(10) After I got through stompin' him in the face, man, you know, all of a sudden I went crazy!

(11) I jus' went crazy.

(12) I couldn't stop hittin' him, man.

(13) till the teacher pulled me O' him.

(14) After all that I gave the dude the cigarette, after all that.

(15) I 'on' know.

(16) I just gave it to him.

(17) An' he smoked it, too!

点题：(1) — (2)；指向：(4)；进展：(5) 和 (7) — (10)；评议：(3)，(6)，(11) — (12)；结局：(13) — (14)；回应：(16) — (17)。

Longacre (1976) 提出了一个已广泛应用于人类学的分析模式：(1) 开场白 (Aperture)；(2) 背景 (Stage)、有关时间、地点及参与者的信息；(3) 情节 (Episodes)；(4) 结局 (Denouement)；(5) 结论 (Conclusion)、对叙事的评论或理解；(6) 结局 (Finish)。

故事语法学家在叙事文的心理模式方面对情节结构进行过更多的有意义的分析。70 年代，心理学家们使用故事语法试图写出短语结构语法，并且根据当时句法生成方式的类似手段重新写出故事生成的规则。Thorndyke (1977：77-110) 提出一套叙事文语篇的等级构成成分。这些故事语法的大部分内容都被认为具有认识上的现实性。

所有这些模式的确反映出人类在叙事过程中的基本思维模式，然而，这些模式却又存在着这样或那样的局限性。有些框架模式是否可以在世界范围内广泛地用来分析和展示大量的不同文化背景的叙事作品，还有待语言学家的进一步研究和验证。不难看出，这些模式主要涉及口头叙事分析，对较复杂的书面体叙事文分析来说尚存在一定的局限性；这些模式分析的重点主要放在表层语义结构方面，对叙事的深层语义结构则基本未涉及。

11.3.3 叙事语篇的主位及主位推进程序之揭示了"问题—解决办法"模式

在总结前人的研究成果的基础上,通过具体语言素材的分析和比较,笔者试图找出一种能够弥补叙事文分析模式之不足的方法,使它能够既适应于口头叙事文又适应于书面叙事文;既能揭示事物的表层结构,又不忽视事物发展的深层结构。这就是本章将要讨论的英语叙事语篇的主位推进程序之"问题—解决办法"模式。该模式操作如下:

对文章进行主位和主位推进模式分析,揭示叙事连贯话语各句的主位和述位的互相联系、照应、衔接和过渡的规律,找出句际的语义联系,以及语段中主题的展开形式。然后,通过了解叙事文作者对主位和主位推进模式的这种有意或无意的选择,便可发现英语叙事语篇的"问题—解决办法"情节发展模式。

11.3.4 "问题—解决办法"模式

豪埃(Hoey,1983)认为,宏观结构下的日常英语语篇的纯理结构可概括为"情景—问题—解决—评估"(Situation-Problem-Response-Evaluation/Result,英语略写为S-P-R-E/R)这个模式。我们通常简称为"问题—解决办法"模式(Problem-solution Pattern)。黄国文教授(1997:1-6)认为,"问题—解决办法"模式广泛出现在中英文美容广告的正文,也不排除它出现在很多其他类型的语篇之中。该模式的四个组成部分分别既可以由一个句子充当,又可以由两个或更多的句子组成。"问题"和"解决办法"是"必需成分","情景"和"评估"则可有可无成分。例如:

Most people like to take a camera with them when they travel abroad. But all airports nowadays have X-ray security screening and X-rays can damage film. One solution to this problem is to purchase a specially designed lead-line pouch. These are cheap and can protect film from all but strongest X-rays(引自黄国文,1997:1)。

这个例子由4个句子组成,每个部分只有一个句子。第一个句子向读者提供一个情景(Situation),第二个句子提出某种麻烦或问题(Problem),第三个句子描述对这个问题的反应(Response),最后一句则提出对这一反应的肯定评价(Evaluation)或结果(Result)。这样一种"情景—问题—反应—评价/结果"的序列关系,构成一般的"问题—解决办法"模式。"问题—解决办法"模式有时还会出现模式中套模式的现象(刘辰诞,1999:132)。例如:

I was on sentry duty. I saw the enemy approaching. I tried to open fire. The gun's bolt jammed. Staying calm, I applied a drop of oil. That did the trick. I opened fire. I beat off the attack.

整个篇章的宏观结构是问题—解决办法模式篇章：

情景：I was on sentry duty.

问题：I saw the enemy approaching.

反应：I tried to open fire…

评价/结果：I beat off the attack.

此模式还可以嵌入一个完整的小模式，出现模式中套模式的现象。

嵌入情景 Situation：I tried to open fire.

嵌入问题 Problem：The gun's bolt jammed.

嵌入反应 Response：Staying calm, I applied a drop of oil.

嵌入评价 Evaluation：That did the trick.

嵌入结果 Result：I opened fire.

这种模式不仅出现在科学论文、实验报告、中英文美容广告和英语叙事语篇中，还可出现在文学篇章中（秦秀白，1997：12）。其序列会有变异或在顺序上有所调整，或缺少四个构成成分中的某一个（如情景或评价成分）。该模式的四个组成部分分别既可以由一个句子充当，又可以由两个或更多的句子组成。

11.4　语篇的叙事结构分析

现在让我们用功能语法理论分析《献》的叙事结构，找出那些突出的模式或特征，揭示作者想要表达的语篇意义。

发表于1930年的《献》是关于以没落和衰败的南方种植园主为代表的旧制度与北方新兴资产阶级力量之间的冲突的主题（语场）。

美国南北战争结束后，美国社会经历了巨大的变化。南方各州的奴隶制种植园主们在失去财富与地位、痛苦与混乱的现实中，一方面顽固抵制，另一方面不得不加强自身的工业发展。北方工业的扩展更为迅速，铁路不断向西延伸，技术进步和各种发明给美国社会结构带来了革命性的变革。社会变革必然给美国人的生活方式、政治、经济带来变化。出生于密西西比州一个没落的南方种植园家族的威廉·福克纳正是受这种文化语境的影响写下《献》这么一个语篇，展现了北方与南方、过去与现在、没落与繁荣、贵族与平民等的冲突，生动刻画了爱米丽这一悲剧形象。整个语篇实际上就是一个大的"问题—解决办法"模式。而这个大模式包含了五个小模式，其中一个小模式还包含了一个更小的模式，即模式套模式。

大"问题—解决办法"模式是：

情景：密西西比州北部的约克纳帕塌法县杰佛生镇格里尔逊家族。

问题：爱米丽的父亲在她年轻时"赶走了所有的求爱者"，后来她好不容易与"北方佬"工头荷马·巴伦谈了一场恋爱，却因缺乏与男人打交道的经验而终被他抛弃。

解决办法：为了达到拥有荷马·巴伦的目的，爱米丽买砒霜将他"解决"。

评价/结果：爱米丽死后，镇上的人们撬开她的闺房才发现荷马·巴伦被保存了40年之久的尸体。人们惊愕、气愤、同情、怜悯！

下面对五个小模式按原文出现的顺序逐个分析。

11.4.1 爱米丽对纳税问题的解决办法

（1） When the next generation, with its more modern ideas became mayors and aldermen, this arrangement created some little dissatisfaction. （2） On the first of the year they mailed her a tax notice. （3） February came, and there was no reply. （4） They wrote her a formal letter, asking her to call at the sheriff's office at her convenience. （5） A week later the mayor wrote her himself, offering to call or to send his car for her, （6） and (he) received in reply a note on paper of an archaic shape, in a thin, flowing calligraphy in faded ink; to the effect that she no longer went out at all. （7） The tax notice was also enclosed, without comment.

（8） They called a special meeting of the Board of Aldermen. （9） A deputation waited upon her, knocked at the door through which no visitor had passed since she ceased giving china-painting lessons eight or ten years earlier.

…

She just stood in the door and listened quietly until the spokesman came to a stumbling halt. …

Her voice was dry and cold. （10） " I have no taxes in Jefferson. （11） Colonel Sartoris explained it to me. （12） Perhaps one of you can gain access to the city records and satisfy yourselves."

…

（13） "(You) see Colonel Sartoris." (Colonel Sartoris had been dead almost ten years.) （14） " I have no taxes in Jefferson. Tobe！" The Negro appeared. （15） "(You) show these gentlemen out."

情景：第（1）句，以时间状语作主位划定语篇的时间界线。

问题：第（2）、（4）、（5）、（8）、（9）句充当"问题"，同样一个问题以不同的形式反复4次出现。其中三个小句直接由"They","A deputation"当主位和主语;另外两个都是由时间状语当主位,紧接其后的分别是"They"和"the mayor"。可见,找爱米丽"问题"的是镇上的市长、议会代表和官员们。

反应/解决办法:第(3)、(6)、(7)及(10)~(14)共8个小句。对应"问题"第一、二、三次出现的"解决办法"的3个小句(3)、(6)、(7),其主位分别是两个非生命物体及他人充当,而爱米丽却隐藏在后面,表明她一开始对"问题"采取被动和不理不睬的态度。当"问题"第三次出现时,两个典型的反复出现的表"解决"的小句是(10)、(13)。(10)是一个否定的关系过程的主位,表明"I"不拥有税款。(13)是祈使语气,省略主位/主语"You",述位中的"Colonel Satoris"已死十年了,表明爱米丽向来访者索取服务。本来造访者要她纳税,而她却反客为主,要来访者去见已死去十多年的上校。显然,她采取的"解决办法"极不正常。

评价/结果:第(15)句。祈使语气,指使受话人(仆人)将来访者赶出家门。

11.4.2 爱米丽对自家的臭味问题的解决办法

(1) <u>A neighbor, a woman</u>, complained to the mayor, Judge Stevens, eighty years old.

"But what will you have me do about it, madam?" he said.

(2) "<u>Why, (We)</u> send her word to stop it," the woman said.

...

(3) <u>The next day</u> he received two more complaints, one from a man who came in different deprecation. (4) "<u>We</u> really must do something about it, Judge. ..." That night the Board of Aldermen met three graybeards and one younger man, a member of the rising generation. (5) "<u>(We)</u> send her word to have her place cleaned up. (6) <u>(We)</u> give her a certain time to do it, and if she don't ..."

"Dammit. Sir," Judge Steven said, "Will you accuse a lady to her face of smelling bad?"

(7) <u>So the next night, after midnight</u>, four men crossed Miss Emily's lawn and slunk about the house like Burglars, sniffing along the base of the brickwork and at the cellar openings while one of them performed a regular sowing motion with his hand out of a sack slung from his shoulder. (8) <u>They</u> broke open the cellar door and sprinkled lime there, and in all the outbuildings. ... (9) <u>They</u> crept quietly across the lawn and into the shadow of the locusts that lined the street. (10) <u>After a week</u>

or two the smell went away.

问题：第（1）、（3）句。句（1）由"A neighbor"作主位/主语；句（3）由时间状语作主位，紧接其后的是"he"（the mayor）作主语。显然，找爱米丽"问题"的是男女镇民。

反应/解决办法：由第（2）、（4）、（5）～（9）共7个小句组成。其中句（2）、（5）、（6）是祈使句，省略主位/主语都是"We"（镇民）。句（4）、（8）、（9）的主位/主语是"We"和"They"（同指镇民）。句（7）虽由表时间的环境成分作主位，但其后的主语是"four men"（镇民）。可见，镇上的人们成了引人注目的焦点，对于爱米丽家发出的臭味这个问题上，他们起初想通过"行政"手段迫使她解决自己的问题，但慑于其贵族气焰，最后不得不他们自己动手把她的问题解决了，而她反倒隐藏在他们的后面。正如自己脸上发出臭味由别人来清洗一样，爱米丽同样违背了"自己问题自己解决"的常规。

评价/结果：第（10）句。表明爱米丽家中的臭味问题得到了最终解决。

11.4.3　爱米丽对买砒霜问题的解决办法

"I want some poison," she said.

"Yes, Miss Emily. What kind? For rats and such? I'd recom—"

"I want the best you have. I don't care what kind."

The druggist named several. "They'll kill anything up to an elephant. But what you want is—"

…

"I want arsenic."

The druggist looked down at her. （1）She looked back at him, erect, her face like a strained flag. "Why, of course," the druggist said. （2）"If that's what you want, (you must tell what you are going to use it for). （3）But the law requires you to tell what you are going to use it for."

（4）Miss Emily just stared at him, her head tilted back in order to look him eye for eye, until he looked away and went and got the arsenic and wrapped it up. （5）The Negro delivery boy brought her the package；（6）the druggist didn't come back…

问题：第（2）、（3）句。两句均是言语过程，"讲话者"（药剂师）依法要求"受话者"（爱米丽）说明买毒药的目的。

反应/解决办法：第（1）、（4）句。两句的主位/主语是"Miss Emily"，但都是表感觉的、静态的心理过程主位，而不是表"做"的动态物质过程或言语过程主位。显然，爱米丽既不屑于动嘴回答问题，更不愿动手解决问题，只想自恃贵族身份，高高在上，在心理上压倒对方。可见，其解决问题的方法也不合常规。

评价/结果：第（5）、（6）句。爱米丽的"问题"解决了，但药剂师却被吓跑了。

11.4.4 爱米丽对恋爱问题的解决办法

（1）because Homer himself had remarked—he liked men, （2）and it was known that he drank with the younger men in the Elks' Club—that he was not a marrying man. （3）Later we said "Poor Emily" behind the jalousies as they passed on Sunday afternoon in the glittering buggy,…

（4）Then some of the ladies began to say that it was a disgrace to the town and a bad example to the young people. …（5）but at last the ladies forced the Baptist minister—Miss Emily's people were Episcopal—to call upon her. （6）He would never divulge what happened during that interview, but he refused to go back again. （7）The next Sunday they again drove about the streets, （8）and the following day the minister's wife wrote to Miss Emily's relations in Alabama.

（9）So she had blood-kin under her roof again and we sat back to watch developments. （10）At first nothing happened. …

（11）So we were not surprised when Homer Barron—the streets had been finished sometime since—was gone. …（12）Sure enough, after another week they (the cousins) departed. （13）And, as we had expected all along, within three days Homer Barron was back in town. （14）A neighbor saw the Negro man admit him at the kitchen door at dusk one evening.

（15）And that was the last we saw of Homer Barron…

这个模式包含了两个更小的模式。

情景 1：第（3）句，爱米丽与荷马·巴伦公然坐马车在街上兜风。

问题 1：第（4）句，"the ladies"作主位/主语，找爱米丽"问题"的是女镇民。

反应/解决办法 1：第（5）句，作主位/主语的"the ladies"想方设法阻挠她与"北方佬"谈恋爱。

评价/结果 1：第（6）、（7）句，问题未获解决。

问题 2：第（8）句，时间状语作主位的后面是主语"the minister's wife"。女镇民不甘心，继续找爱米丽的"茬儿"。

反应/解决办法 2：第（9）句，爱米丽的远亲亲自来阻挠她谈恋爱。

评价/结果 2：第（10）—（12）句，"问题"似乎暂时获得"解决"了，荷马·巴伦走了，远亲也"功成告退"了。

以上两个模式中各小句主述位信息表明，爱米丽一直隐藏在那些镇民的背后，她对"问题"不理不睬，我行我素，毕竟，这些都是"外部问题"。

现在来看较大的模式：

情景：第（13）句，荷马·巴伦离开后又回来了。

问题：第（1）、（2）句，恋爱中问题出在荷马·巴伦身上，他声明不会娶爱米丽。

反应/解决办法：第（14）句，这是一个心理过程的小句，主语/主位和"感觉者"都是"A neighbor"，现象则是"the Negro man"，爱米丽则不见踪影。这样，使她与她毒死荷马的动作分离开来，甚至没有毒死人这一动作过程，使人觉得荷马·巴伦的死与她没有任何关系。

评价/结果：第（15）句，这是表示时间这个环境意义的关系过程，表明荷马在镇上存在的最后时间，即暗示了他被"解决"了的时间。

11.4.5　爱米丽对免费邮政服务问题的解决办法

（1）Then the newer generation became the backbone and the spirit of the town…（2）When the town got free postal delivery,（3）Miss Emily alone refused to let them fasten the metal numbers above her door and attach a mailbox to it.（4）She would not listen to them.

…（5）Each December we sent her a tax notice, which would be returned by the post office a week later, unclaimed.

情景：第（1）句。

问题：第（2）句，问题出现了。

反应/解决办法：第（3）、（4）句。句（3）是物质过程，句（4）是行为过程，表否定，主位/主语是爱米丽，表明她采取行动拒绝钉门牌号与邮箱。对这种免费邮政服务正常人通常是求之不得。可见，爱米丽的行为有悖常规。

评价/结果：第（5）句，她人为地将自己与外界隔绝开来。

11.5　结语

综上所述，结语如下：

（1）基于系统功能理论的文体分析方法，既注重语篇产生的历史文化背景，又注重语篇的宏观和微观结构，达到林中有树、树中有林的效果。

（2）宏观结构下的《献》是一个大"问题—解决办法"模式，包含了五个小模式，模式套模式。五个小模式体现了语篇女主角一生中遇到的五个

"问题"及其"解决办法"。而她对这五个问题的解决办法直接影响了她对人生中最大"问题"的"解决"。

（3）从微观上看，各模式内表"问题"的小句大多数呈主位和主语重合，找爱米丽"问题"的均是男女镇民、法官及全体镇政府参议员。表明她不能与他们和睦相处。

（4）从表示"解决办法"的各小句的语篇功能看，爱米丽对她所遇到的"问题"采取的"解决办法"均不合乎常规：要么蛮不讲理、颠倒生死；要么装聋作哑；要么耍贵族小姐脾气。直至最后对自己的婚姻"大问题"更是采取了变态的"解决办法"：为了永远的占有而置之于死地。

"当人们要表达一定意义时，便要在系统网络中进行有目的的选择。换言之，当人们选定某个项目时，意味着某种要表达的语义已被选择"（胡壮麟，1989：52）。至此，作者在语篇中对语言系统做出的这些突出的模式或特征的选择，实现了他要表达的意义。

第 12 章 爱米丽的"人际关系"及其悲剧命运

12.1 引言

《献给爱米丽的玫瑰》是福克纳最著名的短篇小说之一，国内不少学者对它发表了颇有见地的评论（邵锦娣，1995：55-57、黄雪娥，1997：97-100、刘爱英，1998：33-36等），但大多数人主要是从文学批评的角度出发，通常只注重语篇产生的社会、文化、心理等环境因素和语篇的意义，而忽视对语言形式做细致的分析（张德禄，1999：4）。而运用韩礼德的系统功能语言学对《献》进行语篇欣赏和文体分析的研究尚不多见（黄雪娥，2002：39-44）。本章拟从人际功能入手，对《献》的女主人公爱米丽与其周围人之间的人际关系进行分析，试图从一个新的角度探讨导致爱米丽悲剧命运的原因，以检验系统功能语言学在文学批评中的可操作性和应用性。

12.2 人际功能述评

根据韩礼德的系统功能语法，人际功能指的是语言除具有表达讲话者的亲身经历和内心活动的功能外，还具有表达讲话者的身份、地位、态度、动机和他对事物的推断等功能。人际功能涉及的两个最基本的言语角色是："给予"（Giving）和"求取"（Demanding）。交际角色和交流物这两个变项组成了四种最主要的言语功能："提供"（Offer）、"命令"（Command）、"陈述"（Statement）、"提问"（Question）。"提供"和"命令"涉及"物品与服务"（Goods & Services），这两个言语功能称为"提议"（Proposal），而"陈述"和"提问"涉及的是信息，它们是"命题"（Proposition）。这四个言语功能通过语法上的语气来体现：直陈语气（Indicative）和祈使语气（Imperative）。

人际功能的重要组成部分是"语气"（Mood）和"情态"（Modality）。小句的语气包括主语和限定成分两个部分，限定成分指时态助动词和情态助动词。剩余部分（Residue）包括谓语、补语和状语（Adjunct），其中情态副词（Modal Adjunct）具有人际功能，是语气成分的一部分。情态指讲话者对他讲话所涉及的概率或频率以及义务或意愿做出的判断。广义的情态包括意态（Modulation）。人际功能概述框架参见本书第 3 章表 3.1；有关人际功能的详细内容，参见韩礼德（Halliday，1994/2000）、汤普森（Thompson，1996）、胡壮麟、朱永生、张德禄（1989）、黄国文（2001）。

12.3　《献给爱米丽的玫瑰》的人际功能分析

《献》的故事分五部分。第一部分从爱米丽的去世倒叙开始，讲述她在世时年轻一代的镇长官员上门追税的风波。第二部分叙述她曾不顾邻舍反对、拒绝清除从她家地窖中冒出的臭味事件和她父亲的死。第三部分是爱米丽与荷马·巴伦的恋情以及买毒药的事。第四部分关于爱米丽的老年生活及她的去世。第五部分始于两个堂姊妹及镇上的人们来为爱米丽举行葬礼，以最后在她房子里发现荷马·巴伦的腐尸终止。

从表面上看，这五个部分杂乱无章地纠集在一起，而且叙述顺序上也是颠倒错乱的。因此，在讨论爱米丽与周围其他人之人际关系之前，有必要区分《献》的作者与叙述者。作者是福克纳，叙述者却不是福克纳。《献》在叙述者类型上交叉利用讲述者人物（Teller-character）和反映者人物（Reflector-character），使叙述者模糊不清，错综复杂（王敏琴，2002：68）。

第一部分的"the men""the women""our whole town"均指镇上的男男女女，"they"指新一代的镇长官员们。

第二部分的叙述者"we""they""people"还是指我们镇上的人：抱怨爱米丽家臭味、参加她父亲葬礼的"我们"；去给她家除臭的"他们"；以及同情她的"人们"。

第三部分"we""they"的所作即是第四部分中"we"的所为，均指我们镇上的人。

第五部分的"we"是镇上的人们，"they"是镇民及镇上老一代的人们。

弄清楚《献》语篇中各种不同人称代词的叙述者后，才能更好地探讨爱米丽与他们的人际关系。

12.3.1　爱米丽与新一代镇长官员们的关系

当年轻一代的镇长官员上任后，对沙多里斯在任时给予爱米丽的税款豁免特权表示不满，以各种方式通知她重新纳税，但却遭到一纸蔑视的回绝。无奈，他们只得登门拜访她。（实线表示主语，虚线表限定成分或谓体，波浪线表情态副词。）

Her voice was dry and cold. (1) " I have no taxes in Jefferson. (2)

Colonel Sartoris explained it to me. (3) Perhaps one of you can gain access to the city records and satisfy yourselves."

"But we have. (4) We are the city authorities, Miss Emily. (5) Didn't you get a notice from the sheriff, signed by him?"

(6) " I received a paper, yes," Miss Emily said, (7) "Perhaps he considers himself the sheriff... (8) I have no taxes in Jefferson."

(9) "But there is nothing on the books to show that, you see. (10) We must go by the—"

(11) "See Colonel Sartoris. (12) I have no taxes in Jefferson."

(13) "But, Miss Emily—"

(14) "See Colonel Sartoris." (Colonel Sartoris had been dead almost ten years.) (15) " I have no taxes in Jefferson. Tobe!" The Negro appeared. (16) "Show these gentlemen out."

让我们来分析爱米丽与镇长官员们的言语对话。属于镇长官员们的言语部分是句(4)、(5)、(9)、(10)、(13)。完整的讲话只有句(4)、(5)、(9)，未讲完的2句是(10)、(13)。句(5)属是非疑问语气，表提问信息，句(4)、(9)是陈述语气。属于爱米丽的言语部分共11句，单从数量上就比镇长官员们多一半。"I have no taxes in Jefferson."重复3次，陈述语气，强调"I"不拥有税款。句(11)、(14)属祈使语气，重复2次，表示爱米丽命令来访者为她提供服务：去见死去10多年的沙多里斯上校。另一祈使句(16)表明她向黑人男仆索取服务：赶走镇官员们。句(3)中有一个情态副词"Perhaps"和情态助动词"can"，表明爱米丽本人也不太肯定镇档案里是否有关于她不需纳税的记录。另一个情态副词"perhaps"在句(7)，表明爱米丽不愿接受或承认新任郡长存在的现实。

以上言语功能不仅反映了爱米丽的盛气凌人、蛮不讲理、反客为主的态度，而且反映了她与镇官员们之间的命令与被命令的关系。她命令那些前来追税的官员们就像是命令其黑人男仆一样去做这做那，结果追税任务只好以失败而告终。

12.3.2 爱米丽与她父亲的关系

(1) We had long thought of them as a tableau, Miss Emily a slender figure in white in the background, her father a spraddled silhouette in the foreground, his back to her and clutching a horse whip, the two of them framed by the back-flung front door.

…

（2）Miss Emily met them at the door, dressed as usual and with no trace of grief on her face.（3）She told them that her father was not dead.（4）She did that for three days, with the ministers calling on her, and the doctors, Trying to persuade her to let them dispose of the body.（5）Just as they were about to resort to law and force, She broke down, and they buried her father quickly.

……

（6）We remembered all the young men her father had driven away, and we know that with nothing left.（7）She would have to cling to that which had robbed her, as people will.

这是叙述性语篇，作者用陈述语气叙述爱米丽与父亲之间的故事，将故事客观地呈现给读者，而不掺入他个人的看法或意见。然而，我们看一看句（1）的剩余部分则发现，叙述爱米丽的形容词是"slender""white"，而叙述父亲的则是"dark""wide apart"，形成柔弱与强大的鲜明对比，呈现出爱米丽与生前父亲的关系仿如"小羊羔"与"牧羊人"之间的关系。句（2）～（7）叙述了爱米丽与死后的父亲的关系。句（5）有一个表示时间的情态副词"just"和充当限定成分的情态助词"were about to"，它们均表示将来时间。值得注意的是句（7），充当限定成分的是中量值情态助动词"would"，充当谓体的是强量值的"have to"，表明爱米丽始终认为父亲是她的精神支柱并将永远与她同在，她甘愿充当父亲的牺牲品，即便他无情地夺走了她的一切。

12.3.3 爱米丽与荷马·巴伦的关系

语篇关于爱米丽与荷马·巴伦关系的文字不多，原文有四处重复描述他们俩星期天坐马车在大街上兜风的情景（第三、四部分）。但爱米丽与荷马·巴伦的恋爱关系是影响她生死存亡的重要因素。

（1）Presently we began to see him and Miss Emily on Sunday afternoons driving the yellow-wheeled buggy and the matched team of bays from the livery stable.

……

（2）She carried her head high enough——（3）even when we believed that she was fallen.（4）It was as if she demanded more than ever the recognition of her dignity as the last Grierson…

（5）because Homer himself had remarked——he liked men, and it was known that he drank with the younger men in the Elks' Club——that he was not a marrying man.

（6）Later we said, "Poor Emily" behind the jalousies as they passed on Sunday afternoon in the glittering buggy, Miss Emily with her head high and Homer

Barron with his hat cocked and a cigar in his teeth, reins and whip in a yellow glove.

整个语篇都是叙述部分，没有多少表情态的成分，只有句（3）出现了一个语气副词"even"。全部小句都采用了陈述语气。讲述者人物"we"（也是叙述者）所充当的交际角色是信息的发布者，既没有向受话人发命令，也没有向受话人提问，只是客观地、全知视角地向读者提供信息。句（1）—（4）叙述了爱米丽不顾"we"（镇上的人们）的反对、指责，不顾自己作为格里尔逊家族最后一代贵族小姐的身份，公然与"北方佬"荷马·巴伦在大街上坐马车兜风，以视其对爱情的痴情。句（5）陈述的是与爱米丽的绝然不同的荷马·巴伦，他表面上与爱米丽拍拖，暗地里却无心娶她，痴情与绝情形成鲜明的对比。正是爱米丽与荷马·巴伦的这种恋爱关系直接导致了爱米丽的悲剧结局。

12.3.4　爱米丽与药剂师的关系

爱米丽到药店逼药剂师违法出卖砒霜给她，以便达到她不可告人的目的。

…（1）"I want some poison," she said.

"Yes, Miss Emily. What kind? For rats and such?"（2）"I'd recon—"

（3）"I want the best you have.（4）I don't care what kind."

（5）The druggist named several.（6）"They'll kill anything up to an elephant.（7）But what you want is —"

"Arsenic," Miss Emily said. "Is that a good one?"

"Is… arsenic? yes, ma'ma.（8）But what you want—"

（9）"I want arsenic."

（10）The druggist looked at her.（11）She looked back at him, erect, her face a strained flag. "Why, of course," the druggist said,（12）"If that's what you want.（13）But the law requires you to tell what you are going to use it for."

（14）Miss Emily just stared at him, her head tilted back in order to look him eye for eye, until he looked away and went and got the arsenic and wrapped it up.（15）The Negro delivery boy brought her the package;（16）the druggist didn't come back.

这是关于爱米丽与药剂师关系的情景语境，既有言语部分，又有叙述部分。全部小句采用陈述语气，既没有祈使语气，也没有疑问语气。句（1）发话者爱米丽要求受话者药剂师提供物品和服务；句（2）未等受话人把话说完，句（3）发话者继续索取物品和服务；句（7）、（8）受话人的话第2、3次被打断；句（9）发话者第3次索取物品和服务。句（1）、（3）、（9）3个提议小句是由"主语+限定成分"构成陈述特征，但却起到了命令的言语功能：命令受话人提供物品和服务。句（12）、（13），受话人终于把话说完，是陈述语气，却不是给予信息，而是向发话者爱米丽求取信息。句（14）发话人爱米丽拒不用语言回答问题，而是用非言语的身体反应来应对药剂师，直至对方就范。

上面语气分析表明，发话者爱米丽为了达到交际目的（买毒药），向受话人发号施令，步步逼进，咄咄逼人，受话人招架不住，只好无条件地服从。

12.3.5 爱米丽与其亲戚的关系

（1）She had some kin in Alabama；（2）but years ago her father had fallen out with them over the estate of old lady Wyatt, the crazy woman, （3）and there was no communication between the two families. （4）They had not even been represented at the funeral.

…

（5）So she had blood-kin under her roof again and we sat back to watch developments.

…

（6）Sure enough, after another week they (the two female cousins) departed.

…

（7）The two female cousins came at once. （8）They held the funeral on the second day…

八个小句是整个语篇中所有关于爱米丽与亲戚的关系的叙述，采用陈述语气，没有多少表示情态的成分。句（4）中的"even"是语气副词，与"not"联用，强调"They"没有出席父亲的葬礼。句（5）～（7）陈述信息：两位堂姐妹的到访要么干预她的婚事，要么为她办丧事，都不是什么好事，不得已而为之。这些小句的言语功能表明，爱米丽与其亲戚关系冷漠，没有多少亲情。

12.3.6 爱米丽与镇民们的关系

（1）When her father died, It got about that the house was all that was left to her; （2）and in a way, people were glad. （3）At last they could pity Miss Emily.

…

（4）At first we were glad that Miss Emily would have an interest, because the ladies all said, "Of course a Grierson would not think seriously of a Northerner, a day laborer."

（5）But there were still others, older people who said that even grief could not cause a real lady to forget noblese oblige—

……

（6）So the next day we all said, "She will kill herself;"（7）and we said it would be the best thing.

……

（8）Then some ladies began to say that it was a disgrace to the town and a bad example to the young people……

句（1）～（3）叙述者"people""they"通过反映者人物来陈述有关爱米丽的信息。句（3）中的情态副词"at last"强调时间，情态助词"could"充当限定成分，表达叙述者的意见：父亲死后，人们有点高兴，终于能够同情爱米丽。句（4）的情态副词"at first"也表示时间，时态助动词"would"充当限定成分，表时态。句（5）中的语气副词"even"表示强调，情态助动词"could"用作情态操作词，表猜测。句（6）的"will"是中量值情态助动词，表达叙述者的猜测及被叙述人的意愿。句（7）的"would"是限定性情态动词。

（4）～（8）5个小句，叙述者"we""ladies""others""older people""some ladies"交替使用，来观察和评论爱米丽的婚恋，对爱米丽的婚恋说长道短。对爱嚼舌的女人来说，爱米丽作为上流社会的"纪念碑"，下嫁给一个"北方佬"简直有失身份。在老一辈人的眼里，爱米丽不守妇道。他们都认为对于这样一个"堕落的女人""全镇的羞辱""青年人的坏榜样"来说，服老鼠药自尽是再好不过的结局。交替出现的叙述者表明爱米丽成了镇上各类人闲聊的话题和笑柄。她从来都没有成为镇上的人们真诚关注的对象。爱米丽与镇民们的关系，即"她所处的社会环境为她的悲剧人生提供了场所"（刘爱英，1998：36）。

12.4 结语

人际功能分析不仅帮助我们理清《献》中错综复杂的叙述者关系，而且还能帮助我们探测爱米丽与其周围人们之人际关系。

本章的人际功能分析表明，爱米丽与其他人均不能融洽相处。她与父亲的关系就如被驯的小动物与驯兽师之间的冷酷关系；与镇官员们是水火不相融的关系；与情人则是貌合神离的关系；与药剂师是命令与被命令的关系；与其亲戚是冷若冰霜的关系；与镇上的乡亲们则是复杂而紧张、格格不入的关系。（唯一与其关系融洽的人就是那位为她操持家务、终生为伴、默默无闻的黑奴，但他只是她的奴隶，并不算真正意义上的自由人，只能算作一件财产。）爱米丽与所有这些人的恶劣人际关系最终导致了她走向灭亡。假如爱米丽有一位慈祥的父亲，假如她能邂逅并嫁给一个对爱情忠贞的男人，假如镇上的人都能把她当做一个普通人，给她关怀，给她善意的帮助，悲剧就不会发生。

以上分析印证了人际功能的言语功能特点，即"人际功能是人们用语言与其他人交往，用语言来建立和保持人际关系，用语言来影响别人的行为，同时也用语言来表达对世界的看法"（黄国文，2001：79）。

第13章 《献给爱米丽的玫瑰》中"态度"的表达与意识形态的体现

13.1 引言

《献给爱米丽的玫瑰》是福克纳著名短篇小说。大多数人从精神分析批评、社会历史批评、叙事学和女性主义文学批评视角对其进行研究（方钦，2008：167-168）。亦有少数人（黄雪娥，2002：39-44；2003：88-92）从韩礼德的系统功能语言学角度对其进行文本分析。目前从评价研究视角对其研究的论文尚不多见。

评价研究是在1991—1994年间对澳大利亚新南威尔士洲的中学和场所语文水平研究的基础上发展起来的。该研究由马丁指导。评价研究是功能语言学在对人际意义的研究中发展起来的新词汇语法框架，它关注语篇中可以协商的各种态度。"评价研究是关于评价的——即语篇中所协商的各种态度、所涉及到的情感的强度，以及表明价值和联盟读者的各种方式"（Martin & Rose，2003：22）。评价研究把评价性资源按语义分为三个方面：态度（Attitude）、介入（Engagement）和级差（Graduation）。

"由于评价研究顾名思义考察与价值观密切相关的语言表达，因此对评价的研究有助于揭示语篇的意识形态，这是不言而喻的。"（胡壮麟等，2005：316）以Roger Fowler等为代表的批评语言学家认为"意识形态"是指人们"理解世界、整理、归纳经验时所持的总的观点和看法"（李杰，2005：53）。"意识形态"在系统功能语言学的语境中指的是在一个特定社会中思考和行为的方式，是社会的常识，或者说是人们习惯性的信念和价值，这些东西深深地植根于话语之中，因此它是一个中性的术语。由于评价和价值观等和意识形态密切相关，对各个语类中的评价资源的研究能使我们更好地分析和理解语篇中的意识形态。

在评价研究这个大框架里，该理论更为关注的是表达态度中的情感（Affect）、鉴赏（Appreciation）和判断（Judgement）的语言，以及一系列把语篇的命题和主张人际化的资源。评价研究的焦点是"评价"。语言在该系统中是"手段"，透过对语言的分析，评价语言使用者对人、事、物的立场、观点和态度。因此，对评价的研究有助于揭示语篇的意识形态，而探究评价研究中的态度资源则是一条展示语篇意识形态的捷径。本章拟运用评价研究，对威廉·福克纳的著名短篇小说《献》进行态度资源分析，目的是揭示语篇是如何通过态度资源表层语言形式的表达来体现深层的意识形态意义的。

13.2 《献给爱米丽的玫瑰》中的态度资源分析

《献》故事分五部分。第一部分从爱米丽的去世倒叙开始，讲述她在世时年轻一代的镇长官员上门追税的风波。第二部分叙述她曾不顾邻舍反对、拒绝清除从她家地窖中冒出的臭味事件和她父亲的死。第三部分是爱米丽与荷马·巴伦的恋情以及买毒药的事。第四部分关于爱米丽的老年生活及她的去世。第五部分始于两个堂姊妹及镇上的人们来为爱米丽举行葬礼，并以最后在她房子里发现荷马·巴伦的腐尸终止。

《献》全文共 3718 字，三种态度资源均出现在语篇中，分布情况见表 13.1（详细分析见附录 1）。

表 13.1 Attitudinal values in the story

Attitudes	Affect	Judgement	Appreciation
Counts	13	50	41

13.2.1 情感资源分析

情感属于心理学中的反应范畴，是指说话者/作者对人、事、物的情感反应（Martin & White 2008：43）。小说整个语篇表现情感资源共 13 处（表情感词汇用黑体标示）：

(1) When Miss Emily Grierson died, our whole town went to her funeral: the men through a sort of **respectful** affection for a fallen monument…

(2) That was when people had begun to feel really **sorry** for her.

(3) So when she got to be thirty and was still single, **we were not pleased** exactly, but vindicated …

(4) When her father died, it got about that the house was all that was left to her; and in a way, people were **glad**. At last they could **pity** Miss Emily.

(5) Now she too would know the old **thrill** and the old **despair** of **a penny more or less**.

(6) Just as they were about to resort to law and force, she **broke down**, and they buried her father quickly.

(7) At first we were **glad** that Miss Emily would have an interest, because the ladies all said, "Of course a Grierson would not think seriously of a Northerner, a day laborer."

(8) But there were still others, older people who said that even **grief** could not cause a real lady to forget noblesse oblige.

(9) They just said "**Poor Emily**. Her Kinsfolk should come to her."

(10) And as soon as the old people said, "**Poor Emily**," the whispering began.

(11) This behind their hands rustling of craned silk and satin behind jalousies closed upon the sun of Sunday afternoon as the thin, swift clop-clop-clop of the matched team passed: "**Poor Emily**."

(12) That was over a year after they had begun to say "**Poor Emily**," and while the two female cousins were visiting her.

(13) Later we said, "**Poor Emily**" behind the jalousies as they passed on Sunday afternoon in the glittering buggy, Miss Emily with her head high and Homer Barron with his hat cocked and a cigar in his teeth, reins and whip in a yellow glove.

从上文可知,首先,13处的情感资源全部属于非作者情感(Non-authorial Affect),而不属于作者情感(Authorial Affect)。很显然,写作者或说话者不愿对小说中的态度评价负责,而是摘引外部资源,表明写作者或说话者不愿显性地表明其对女主人公的情感态度。其次,句(5)、(6)、(8)感受主体是Emily,触发物是Mr. Grierson, her father;其余10句,感受主体均是townspeople,触发物是Emily。再者,出现频率最多的是Poor Emily,似乎镇民对爱米丽的不幸充满了同情。情感资源在该小说中数量最少,表明语篇作者不想或不愿意通过情感反应来刻画女主人公,而是通过态度系统的其他语言资源来描述女主人公的行为。

13.2.2 判断资源分析

判断属于伦理学范畴。判断系统指一系列有制度规定的规范对人类行为的肯定和否定评价的意义。作判断时,我们把一个行为判断为:道德的或不道德的、合法的或不合法的、社会可接受的或不可接受的,以及正常的或不正常的等(Martin & White, 2008: 52)。《献》全文判断资源分布见表13.2(详细分析见附录1和附录2)。

表 13.2　The distribution of Judgement values

	Positive	Negative	Social Sanction	Social Esteem
Explicit	1	16	5	12
Implicit	0	33	11	22
Total Number	50		50	

（1）判断的目标（Target）指向。从附录2中可知，小说作者判断的目标指向女主人公爱米丽。全文50处的判断评价中，28处单独指向爱米丽，6处指向她的亲戚及她所代表的那个时代，16处指向与她相关的人包括她的黑人男仆、镇民等。显然，作者要评价判断（赞赏、批评、谴责）的对象就是爱米丽本人。

（2）肯定与否定判断。判断分社会尊严（Social Esteem）和社会许可（Social Sanction）。社会尊严有肯定（Admire）和否定（Criticise）之分。对社会尊严的判断牵涉到一些评价会使被评判的人在他所在的社会中的尊严得到提高或降低，但却和法律上或道德上的含义无关。因此，对社会尊严的否定会被看成是没作用的、不合适的或不受鼓励的，但不会被看做是罪过或罪行。社会尊严还可以分为三小类：常规（Normality）：某人是否不同寻常，某人的行为是否循规蹈矩；才干（Capacity）：某人是否能干；韧性（Tenacity）：某人是否可靠。

社会许可也可分为肯定（Praise）和否定（Condemn）两种趋势。对社会许可的判定牵涉到由文化显性或隐性地编码的某些规则或规定。那些规则可能是道德的或合法的，所以对社会许可的判定与合法性和道德性有关。从宗教角度看，对社会许可的违反会被看成是罪过，在西方基督教的传统中，会被看成是道德上的犯罪；从法律上看，会被看成是罪行，因此，违反社会许可就可能受到法律或宗教的惩罚。社会许可可分为两小类：真实性（Veracity）：某人是否真实可靠；合适性（Propriety）：某人是否行为正当（胡壮麟等，2005：323）。

从附录2和表13.2看出，小说的所有判断资源无论是显性还是隐性都是否定判断，而且判断的目标全指向爱米丽及其代表的南方旧势力。可见，作者将爱米丽及其代表的南方旧势力评价为无知、没能力、不合适、不可接受和怪异，如：

• "Colonel Sartoris **invented** an involved tale to the effect that Miss Emily's father had loaned money to the town, which the town, as a matter of business, preferred this way of repaying."　　　　　　　　　　　　　　　　　　［-Veracity］

第 13 章
《献给爱米丽的玫瑰》中 "态度" 的表达与意识形态的体现

- "See Colonel Sartoris." (Colonel Sartoris had been dead almost ten years) "I have no taxes in Jefferson."　　　　　[– Normality & – Veracity]
- "Miss Emily met them at the door, **dressed as usual and with no trace of grief on her face**" (When her father died).　　　　　[– Normality]
- "People in our town, remembering how old lady Wyatt, her great aunt, **had gone completely crazy at last.**"　　　　　[– Capacity & – Normality]

值得一提的是爱米丽的那位年老的黑人男仆，语篇共出现 10 次，他忙碌地为爱米丽操持家务却从未说过一句话，嗓子似乎都生了锈，他与他的女主人一样古怪：

- A few of the ladies had the temerity to call, but were not received, and the only sign of life about the place was the Negro man, — a young man then—**going in and out with a market basket.**　　　　　[t-Normality]
- And that was the last we saw of Homer Barron. And of Miss Emily for some time. The Negro man **went in and out with the market basket, but the front door remained closed.**　　　　　[t-Normality]
- Daily, monthly, yearly we watched the Negro **grow grayer and more stooped, going in and out with a market basket.**　　　　　[t-Normality]
- **The Negro met the first of the ladies at the front door and let them in**, with their hushed, sibilant voices and their quick, curious glances, **and then he disappeared.**　　　　　[t-Normality]
- **He talked to no one, probably not even to her, for his voice had grown harsh and rusty, as if from disuse.**　　　　　[– Normality]

（3）社会尊严和社会许可。上文已经提到，对社会尊严的判断牵涉到一些评价会使被评判的人在他所在的社会中的尊严得到提高或降低，但却和法律上或道德上的含义无关。对社会许可的判定与合法性和道德性有关。由表 13.2 可知，该语篇共有 34 处是社会尊严判断，16 处是社会许可判断。通过阅读原文，作者是围绕五大事件来叙述整个小说的。爱米丽压倒前来说服她纳税的官员们而拒不纳税；她不顾邻居反对，违反社区健康规则拒绝清除从她家地窖中冒出的恶臭味；她无视舆论，执意和来自北方的荷马·巴伦恋爱，甚至公然仰着脖与他坐马车在大街上兜风；她违法从商店购买毒药却拒不说明用途（其实是用来毒死荷马·巴伦）；她住宅的大门上不让钉门牌号与邮箱，拒绝邮递服务。五件大事件更多说的是爱米丽不守当时的社会法则和道德规范，本属于社会许可判断范畴。然而，作者选择的语言形式却是社会尊严，而不是社会许可判断，即爱米丽的行为只是不正常、不合适，不为社会接受，这只会使她在她所处的社会中的尊严被降低，但却不违反道德和法律。

(4) 显性判断和隐性判断。判断可分为显性判断（Explicit/Inscribed Judgement）和隐性判断（Implicit/Evoked/Provoked Judgement 或者 Token of Judgement）。在显性判断里评价是用词汇手段明确表达的，如 "skillfully, corruptly, lazily" 等。在隐性判断里，对价值的判断是由表面上是中性的、事实性的（factual）表意手段来表达，而没有采用显性词汇，但它们其实在特定的文化中根据读者的文化和意识形态能引起判断上的反应（White, 1999: 24 - 25）。例如：

(1) The government did not lay the foundations for long term growth.[①]

在此例中，作者没有使用明显的词汇评价政府，只是运用了"事实性的"中性词汇进行描述，但却潜在地引起（Evoke）读者评价政府是无能的。

对于显性判断与隐性判断的选择，说话者或写作者并不是任意的，而是有意而为之（White, 2002: 42）。

《献》共 33 处隐性否定判断，16 处显性否定判断（见表 13.2），而且，在这些隐性判断里，对价值的判断是由表面上是中性的、"事实性的"的表意手段来表达，而没有采用显性词汇，如：

- "On the first of the year they mailed her a tax notice. February came, and **there was no reply**".　　　　　　　　　　　[t-Normality & t-Tenacity]
- Like when she **bought the rat poison**, **the arsenic**.　　　[t-Veracity]
- Miss Emily just **stared at him** (the druggist), her head **tilted back in order to look him eye for eye**, **until he looked away and went and got the arsenic and wrapped it up**.　　　　　　　[t-Propriety & t-Tenacity]

作者可谓用心良苦，把爱米丽的违法乱纪行为全部进行了隐性处理。

13.2.3　鉴赏资源分析

鉴赏包含了美学范畴及"社会价值"这一非美学范畴。可以把鉴赏看成是被制度化的一系列人类对产品、过程和实体的积极或消极的价值观。因此，判断是评价人类的行为，鉴赏则是评价制造的或自然的物品以及更抽象的结构。当人被看成是实体而不是能做出行为的参与者时，对人可以是鉴赏而不是判断（White, 1999: 26）。鉴赏的类型包括：① products；② processes；③ entities: texts, abstract construct, plans, policies, manufactured & natural objects；④ humans viewed as entities rather than participants；⑤ physical objects；⑥ material circumstances；⑦ state of affairs。例如：

(2) a **beautiful** sunset.

---

① 例句 (1) ～ (5) 均是 White 所用例句。

（3）a **beautiful** woman.

（4）a **key** figure.

（5）an **ugly** scar.

鉴赏可分为三个小类：①反应（Reaction）：指的是情感反应，反应又分影响（Impact）和质量（Quality）；②构成（Composition）：指产品和过程是否符合各种结构的常规，构成又可分平衡（Balance）和复杂性（Complexity），平衡指文本/过程是否相称，复杂性指文本/过程是否因复杂而影响到无法理解；③价值（Valuation）：指根据社会常规来评价物体、产品和过程是否具有社会意义或价值。

从附录1和附录2得知，《献》全文共有鉴赏资源41处，具体分布见表13.3。

表13.3 Appreciation Values

Appreciations	Explicit Positive Appreciation	Explicit Negative Appreciation	Implicit Negative Appreciation	Reaction	Composition	Value
Counts	2	27	12	28	12	1

根据表13.3，《献》的鉴赏资源分析如下：

首先，小说全文的鉴赏资源几乎都是否定的，只有2处是肯定的（2/39）。这表明小说主人公所处的社团对其的评价态度亦是否定的。第二，小说的态度系统的三个子系统判断、鉴赏、情感的评价资源比例是50：41：13，表明作者是通过对女主人公的行为及其相关的事物的描述来达到对其的判断评价的，而不是直接抒发作者对主人公的感情。第三，附录2显示，鉴赏的目标（Target）不是直接针对爱米丽，而大多数是针对她的房子、闺房、客厅、家具，她的外表，以及一切与她相关的外部环境。尤其是小说的第五部分（故事的高潮部分，爱米丽死后镇民们破门而入，发现荷马·巴伦的腐尸）几乎都是鉴赏而不是判断资源，评价的目标全部是爱米丽的婚房、结婚用品和荷马·巴伦的腐烂尸体等这些外部的客观事物和环境，而不是参与者爱米丽——评价的真正目标。作者的目的很明显是想把读者的注意力转移到那些外部的客观事物和环境，而不是杀人凶手爱米丽。这样做潜在地降低了爱米丽杀人的罪孽，从而引起读者对她理解和同情。第四，虽然绝大多数的判断资源是隐性的，但是绝大多数鉴赏资源却是显性的。我们知道，判断是评价人类的行为，鉴赏则是评价制造的或自然的物品以及更抽象的结构。也就是说，参与者爱米丽被隐性判断，而与她相关的客观事物或外部环境则被显性评价。这样作者把读者的注意力从爱米丽身上转移到了她所处的周边环境中，以此来掩盖女主人公违法乱纪的行为。最后，鉴赏中的三个分类（反应、构成和价值）里，反应出现的频率最高（28 处）。反应是朝向人际的，描写语篇在读者/听者/观看者情绪上的影响。因此，《献》的作者借助鉴赏中大部分显性否定反应资源创造了女主人公所处的、撞击读者情感的恐怖环境。

以上分析揭示：①这篇小说中的态度系统几乎都是否定的，表明小说主人公所处的社团对其的评价态度亦是否定的。②态度系统中情感资源在该小说中数量最少，判断和鉴赏资源数量接近相等。③判断子系统中隐性否定的社会尊严判断数量远远超过社会许可，表明小说作者与其说是在谴责主人公不道德、不合法，不如说是在批评其行为不为社会所接受，不恰当。④绝大多数的鉴赏资源都是显性否定，而鉴赏资源中的显性否定反应和构成远远超过价值，表明与其把读者视线转移到评价对象——女主人公的行为举止上，不如把读者引向其所处的客观世界、社会环境，以此使读者对女主人公的情感天秤由憎恨转向同情。对评价资源的选择是由作者及其所处社会的意识形态、立场所决定的。

13.3 态度资源与意识形态

在语言中，意识形态无处不在。语篇的主观性决定任何语篇都必须体现意识形态（即意识形态在语篇中的普遍性）。语篇是在语言的外壳下起操纵作用的社会化的意识形态。语言只是语篇的形式，意识形态才是语篇的内容。任何一种语义内容都有无数种语言形式可选择，选择是由意识形态决定的，是在不同的语境下，不同目的作用的结果。内容决定形式，意识形态决定语言再现形式的选择（即意识形态对语篇的决定性）（陈中竺，1995：22-23）。这便是功能语言学的基本观点——语言功能决定语言形式。批评语言学坚持以语言学为主体，以系统功能语法等语言学理论为工具，力图揭示隐藏在语篇里的意识形态意义。

Gee（2000：2）认为当我们说话或写作时，我们总是对"世界"采取特定的看法。任何一位作者在创作故事时，他自己首先对"世界"拥有某种认识，然后通过其作品向读者阐释其观点。作者对世界的理解和认识肯定是由其意识形态背景所决定的，反过来，其潜在的意识形态背景又影响他对世界的判断和价值观。《献》的作者威廉·福克纳也不例外。

13.3.1 判断资源与意识形态

19 世纪末、20 世纪初到第二次世界大战结束，是现代美国文学发展的鼎盛时期。各种文学流派的兴起与发展、高峰与低谷，反映了美国现代社会各个时期的政治、经济、文化特征与时代思潮。特别是从第一次世界大战开始到第二次世界大战结束，美国文学在建立了自己的民族文学的基础上，取得了新的发展，产生了众多的流派、作品、作家，从不同的方面和角度反映出美国这个高度发达的资本主义社会里的各种矛盾以及精神世界所面临的种种问题。在这一时期，由于美国政治、经济的发展变化，欧洲各种现代文学思潮的相继传入，现代美国文学呈现出最辉煌的时期，不同的文学流派伴随着美国社会文化的发展应运而生。威廉·福克纳便是这个时期的美国最有影响力的南方文学作家之一。

威廉·福克纳（Willam Faulkner, 1897—1962）生于密西西比州一个在美国内战中失去财富和地位的、没落的南方种植园家中。作为生活在美国内战前后这一特殊时期的美国南方作家，毫无疑问会受到当时南方社会意识、传统文化、价值观念的影响。正如李文俊所说："作者生长的那块土地上的文化传统、价值观念都时时左右着他作品的内容、主题和立场。"（1980：46）作为南方人，福克纳对南方具有复杂的情感。一方面，他热爱这块土地，这里的人民、传统和文化，这一切是他文学创作的源泉。另一方面，他从他的家史中看出了南方旧制度因循守旧、墨守成规、最后走向灭亡的必然趋势。他对于南方种植园主的蓄奴制、种族歧视毫不留情地进行揭露和鞭挞。虽然南方传统秩序在福克纳看来是一种道义上的秩序，可它同时也背上了一种由蓄奴制的罪恶所造成的巨大历史负担。南方文明的逐渐失落，使福克纳感到无所适从，内心深处一直处在痛苦的彷徨之中。故土的落败和传统价值观念的沦丧，在福克纳那里浓缩成一份爱恨交织的感情，一种精神两难的痛苦境地。他自己曾说过："我既爱它又恨它。那里的东西我一点也不喜欢，但我生在那里，那里是我的故乡，所以我仍然要保护它，即使我恨它"（转引自肖明翰，1997：96）。他虚构了背景城市约克纳帕塔法，创作了约克纳帕塔法系列小说。《献》所表现的人物形象被视为福克纳的约克纳帕塔法体系人物形象的一个缩影，几乎涵盖了福克纳南方情结根源的方方面面。

《献》第一次发表于1930年。故事发生在美国内战后，种植园经济的解体与蓄奴制的崩溃已成定局，工业资本主义及城市化建设已是大势所趋，不可逆转，昔日的庄园主世家在精神上和物质上彻底垮台了。他们怀着复杂的心态注视着社会的变迁和发展。在福克纳创作的约克纳帕塔法世系中，以沙多里斯等为代表的南方庄园主世家，一方面极力维护蓄奴制和种植园经济，另一方面则在战后的社会里表现出强烈的失落感。他们留恋往昔的荣耀、尊严和地位，试图固守旧秩序，抑制社会变革。爱米丽的所作所为正是这些没落贵族不甘雌伏的心态的写照。

爱米丽出生于美国南方的"约克纳帕塔法"县杰佛生镇格里尔逊的贵族家庭。她是格里尔逊先生的独生女，自幼丧母。父亲在世时，他为了维护格里尔逊世家门第的高贵和尊严，赶走了所有向她求爱的青年男子，剥夺了女儿获得幸福的权利。父亲死后,身无分文、年近30岁仍未婚嫁的她对爱情的渴望被长期压抑着,她行为变得怪异起来。当荷马·巴伦出现时,她不顾一切地爱上了他,但遭到全镇人的非议,人们指责她"堕落",是"全镇的耻辱""青年人的坏榜样"。然而,荷马·巴伦并不想成家。就在他打算抛弃她时,为婚礼作好了一切准备的爱米丽从药店搞到砒霜把荷马·巴伦毒死,并与腐尸同床共枕了40年。爱米丽是南方旧秩序的卫道士,她留恋往昔的荣耀、尊严和地位,固守旧秩序,拒绝社会变革;她混淆生与死、现实与幻觉,性格高傲、任性、孤僻、怪异、刚愎自用。福克纳对她进行无情的批判和讽刺。因此,这篇小说中的态度系统几乎都是否定的,表明小说主人公所处的社团对其评价态度亦是否定的。

尽管爱米丽做出了抗拒缴税、违法购老鼠药和肆意杀人等违法乱纪的事情,却未受到法律制裁。按理来说,小说中的显性否定社会许可判断资源的数量应该大大超过社会尊严判断资源的数量。反常的是,从上文的判断资源的分析结果可知,判断子系统中隐性否定的社会尊严判断数量远远超过社会许可(33/16),对于显性判断与隐性判断的选择,说话者或写作者并不是任意的,而是有意而为之,表明小说作者与其说是在谴责主人公不道德、不合法,不如说是在批评其行为不为社会所接受,不恰当。爱米丽一生都未缴税并毒死情人,可她不仅未受到法律制裁,反而被作者进行了隐性处理;文中从未出现"毒""杀"的字眼,只是在小说的末尾才提到荷马·巴伦的腐尸。

13.3.2 鉴赏资源与意识形态

对评价资源的选择是由作者及其所处社会的意识形态、立场所决定的。反之亦然,评价资源的选择(即语言形式的选择)也体现了作者的意识形态和立场。

"爱米丽是南方父权社会和清教妇道传统观念的牺牲品"(肖明翰,1996:111)。对她的不幸遭遇,作者怀着既怜爱又怨恨的复杂心情寄于深刻的同情。因为,爱米丽与福克纳有着不少相同之处:作为故事背景的杰佛生就是福克纳的故乡牛津。福克纳出身南方世家,家族三代人在密西西比州北部地区的政治、经济、文化生活中相当有影响力。福克纳出生时,家族的实力正在衰退,但他和格里尔逊家族的末代爱米丽一样,从未失去贵族意识,始终期盼恢复贵族的生活方式。与爱米丽小姐一样,年青的福克纳不必依赖职业谋生。他和爱米丽都有着绘画的天赋,个性都极为内向,捍卫自己的隐私,拒绝公众干预自己的私生活(邵锦娣,1995:55)。因此,小说的无名氏叙述者熟谙本地历史和风土人情,对爱米丽其人其事亦了如指掌。福克纳说(Harris & Fitzgerald,1988:152):"我为爱米丽的悲剧感到惋惜。她的悲剧在于她是那样父权当道家庭的独生女。起初当她能够找到心仪的丈夫、开创新生活时，就会有那么一个人——她的父亲——说道：'不行，你得和我呆在一起照顾我。'……我同情爱米丽，一个被自私暴虐的父亲弄得精神扭曲的女人……"为此，在《献》中，福克纳有意地用了大量的篇幅来描写爱米丽的老宅，她的婚房、客厅、家具，她的外表，以及一切与她相关的外部环境。尤其是小说的第五部分，几乎都是鉴赏而不是判断资源，评价的目标全部是爱米丽的婚房、结婚用品和荷马·巴伦的腐烂尸体等这些外部的客观事物和环境，而不是动作参与者爱米丽——评价的真正目标。作者的目的很明显是想把读者的注意力转移到那些外部的客观事物和环境，而不是杀人凶手爱米丽。这样做潜在地降低了爱米丽杀人的罪孽，从而引起读者对她理解和同情。这就是为何文中的判断和鉴赏资源数量接近相等（50/41）、绝大多数的鉴赏资源都是显性否定，而鉴赏资源中的显性否定反应和构成远远超过价值（39/1），表明作者有意把读者视线从评价对象——女主人公的行为举止转移到其所处的客观世界、社会环境上，以此使读者对女主人公的情感天秤由憎恨转向同情。

13.4 结语

每个语篇都有意识形态。虽然政治语篇与意识形态的关系最为密切，但在文学语篇中意识形态同样表现明显。本章通过对威廉·福克纳的著名短篇小说《献》态度资源的分析，揭示语篇的意识形态意义。尽管出于多种原因，作家或发话人会采用许多手段来掩盖他们的责任，从而使他们的观点客观化，因而语篇中的意识形态具有隐蔽性而不易察觉，但是通过评价资源的研究，我们就能够把作者或发话人隐藏在语篇的意识形态挖掘出来。

第 14 章 从介入的角度分析《献给爱米丽的玫瑰》的叙述声音

14.1 引言

《献给爱米丽的玫瑰》是美国作家威廉·福克纳的第一篇以杰佛生镇为背景的、也是最著名的短篇小说。《献》开始被翻译成中文是在 1979 年，随后出现了多种译本。随着译本的大量出现，各种关于《献》的研究论文也相继出版，1980 年以后的 20 多年的时间里总共有 100 多篇论文发表，在福克纳小说研究中仅次于《喧哗与骚动》，位居第二（方钦，2008：167）。

在研究《献》的论文中很大一部分的着眼点都在《献》的叙事特征上。从叙事学角度对《献》的叙述声音进行的研究也不在少数。如王敏琴（2002：66）分析《献》的人称代词所指模糊和"无名的声音"，程锡麟（2005：67-70）研究其叙述者和叙述声音问题，赖骞宇、刘济红（2007：37-43）则探索其叙述者特征及其功能问题，胡沥丹（2010：48）提出小说的叙述者"我们"到底是谁。然而，从评价研究的介入视角对《献》的叙述声音进行的评论却不多见。本章欲从评价研究的介入视角对《献》的叙述声音进行解读，以探究小说的叙述声音来源，旨在说明在小说文本中叙述声音介入的强弱程度是反映语言使用者的态度和立场的重要参数。

14.2 叙述声音研究

"没有叙述者的小说是不存在的，因为小说不可能自我讲述"（赖骞宇、刘济红，2007：35）。"叙述者是任何小说、任何叙述作品中必不可少的一个执行特殊使命的人物"（赵毅衡，1994：1）。在文学作品中，叙述者和作者、隐含作者具有各自不同的身份，作者可以看作是叙事文本中声音的"统筹者"，隐含作者是隐蔽在幕后的"传言者"，而叙述者则是有意识的"发言者"。作者决定着叙述者的人选，支配着叙述过程；隐含作者控制着文本的叙述，其思想情感贯穿于整个作品；叙述者既可以是故事中的人物，也可以是与故事毫无关系的旁观者，直接或间接地发出声音。小说话语里的多种声音主要由叙述者这一评价主体发出。声音的来源可以来自作者、隐含作者和叙述者（唐伟清，2008：103）。

14.2.1 叙事学视角

不同的叙事学家对叙述声音进行了不同的阐述。申丹（1998：186）认为："若要区分视角，首先必须分清叙述声音与叙事眼光。'叙述声音'即叙述者的声音；'叙事眼光'指充当叙事视角的眼光，它既可以是叙述者的眼光也可以是人物的眼光。热奈特在区分叙述声音与叙事眼光时，基本上将后者局限于'视觉'、'听觉'等感知范畴。但我们知道，一个人的眼光不仅涉及他/她的感知，而且也涉及他/她对事物的特定看法、立场观点或感情态度。"

罗钢（1994：216-232）将叙述声音和叙事聚焦（其实这里的"聚焦"就是申丹所指的"视角"）区分开来，他认为聚焦与叙述的关系，就是"看"与"说"的关系，"看"并不等于"说"，观察角度并不等于表现方式，它仅意味着表现所依据的视界。在叙事作品中，聚焦者和叙述者可能是同一个人，但也常常分开。根据叙述者介入的程度，查特曼将叙述声音划分为三种类型：缺席的叙述者、隐蔽的叙述者、公开的叙述者。缺席的叙述者是指在叙事作品中几乎难以发现叙述者的身影，也难以觉察出叙述声音。在这种类型中，最极端的情形是将人物语言和语言化思想直接记录下来，甚至连"他说""他想"这样简单的陈述也一概省略，几乎不留一点叙述的痕迹。隐蔽的叙述者介于缺席的叙述者与公开的叙述者之间。在这种情形下，我们听见一个声音在叙述事件、人物、环境，但却不知道这个声音来自哪里，它似乎仍然隐藏在黑暗而深邃的地方。与缺席的叙述不同，它能够以间接的方式来表现一个人的思想言行，这就暗含了叙述者介入的可能性。公开的叙述者是指我们能够在文本中听到清晰的叙述声音。不过它尽管清晰，仍有强弱之分，公开叙述的最微弱的声音存在于描写之中，它相对来说是不引人注目的。

苏珊·兰瑟（2002：17-24）把叙述声音分为三种模式：作者型叙述声音（Authorial Voice）、个人叙述声音（Personal Voice）和集体型叙述声音（Communal Voice）。作者型叙述声音指的是一种"异故事的"（Heterodiegetic）、集体的并潜在自我指称意义的叙事状态，它取代了传统的"第三人称叙述"的提法。个人叙述声音表示那些有意讲述自己的故事的叙述者，它是"同故事的（Homodiegetic）"或"第一人称"的叙述，也就是那些说话人虚构故事的参与者的叙述。集体型叙述声音指这样一种叙述行为，在其叙述过程中某个具有一定规模的群体被赋予叙事权威；这种叙事权威通过多方位、交互赋权的叙述声音，也通过某个获得群体明显授权的个人声音在文本中以文字的形式固定下来。苏珊·兰瑟把集体型叙述声音区分为三种：某叙述者代某群体发言的"单言"（Singular）形式、复数主语"我们"叙述的"共言"（Simultaneous）形式和群体中的个人轮流发言的"轮言"（Sequential）形式。

14.2.2 系统功能语言学视角

叙述声音除了有上述的叙事功能以外，从系统功能语言学的角度看，它还存在着人际功能。也就是说，叙述声音可以传达语言使用者对世界经验的看法和态度，喜爱与厌恶、赞赏与批判等。叙述声音有强有弱，叙述声音的不同隐含着语言使用者对小说世界介入的程度不同。叙述声音包含着叙述者对人生的理解，这种理解来自他对客观世界的立场和观点。从这种意义上说，在小说文本中构成的各种声音是叙述者对客观经验的各种看法的反映。小说叙述者只有通过叙述声音相对准确地展现对世界经验的看法，才能得到读者的认可。正是这个原因，叙述声音可以看作是一种媒介，一种展示语言使用者态度立场的方法（唐伟清，2008：103）。

在人类文明社会中，任何表达人们思想意识活动的中介都离不开语言这一载体，叙述声音也不例外。它在小说文本中是通过话语来实现的。根据系统功能语言学的人际意义观点，语言具有表达讲话者的身份、态度和评价等功能。人际意义的评价系统起着识解立场和观点的作用。就小说而言，探讨语言使用者的介入可以从研究叙事话语评价资源在小说语篇中的建构入手，因为叙述声音的建构依赖于叙事话语的表达。叙事话语的表达涉及到语言使用者做出何种评价及叙述声音在何种评价上是单声的或多声的。叙述声音是解决叙述者怎样动态地通过语篇而被"定位"，以此说明叙述者对所述事件或命题的态度、立场和观点。

在评价系统的框架下，语言使用者利用叙述声音大小的介入手段调节其所传递的话语信息所承担的责任。根据怀特（White, 1998: 88; 1999: 39 - 49; 2002: 99 - 122）的介入系统理论，介入可以由"多声"（Heterogloss）和"单声"（Monogloss）来实现。单声的评价活动是通过单个人的声音实施的。"单声性是对命题的直截了当的陈述，不提及信息来源和其他可能的观点"（张跃伟，2005: 536 - 539）。多声的评价活动是通过语篇外部声音（Extra-vocalization）和语篇内部声音（Intra-vocalization）来实施的，这样做，语言使用者可以推卸或摆脱责任，同时能让所说的话显得十分客观。篇外声音也即摘引（Attribution）指的是语篇中的声音所表现的命题来自语篇外部的声音，是许多声音中的一种，引发了对话。篇外声音由直接引语（Insert）和间接引语（Assimilate）来实现。与此相对的是篇内声音，指的是来自写作者或说话者自己的篇内声音。篇内声音分为对话的扩展（Open）和对话的压缩（Close）。

压缩分为两个子范畴：否认（Disclaim）和声明（Proclaim）。具体参见本书第6章的图6.2——怀特的介入系统框架。

由此可见，叙述声音可以视为评价叙述者介入的一种手段。声音的强弱形成级差：微弱——弱——强——最强。这些强弱的声音可以表明叙述者的介入程度，从而表明叙述者客观和主观的态度。"叙述者可以介入，也可以退出叙事，叙述声音的强弱与叙述者介入的程度成正比，叙述者介入的程度越深，叙述声音越强，叙述者介入的声音越浅，叙述声音越微弱，则越具客观性"（罗钢，1994：217 - 218）。

14.3 《献给爱米丽的玫瑰》中叙述声音的"介入"

本章采用怀特的介入系统网络（参见本书第6章的图6.2）对《献》的叙述声音进行分析，以探讨小说文本中叙述声音介入的强弱程度是如何反映语言使用者的态度和立场的。

14.3.1 篇内声音

篇内声音指的是作者或说话者自己的声音，直接将不同观点融为作者自己话语的一部分，增强文本的声音，将作者的声音主观化。《献》整篇小说表篇内声音的介入资源如下。

表14.1 篇内声音介入资源分析

类别		介入资源	例句
1	扩展	传闻（Hearsay）	(1) When her father died, **it got about** that the house was all that was left to her; and in a way, people were glad.
			(2) **The body had apparently** once lain in the attitude of an embrace, but now the long sleep that outlasts love, that conquers even the grimace of love, had cuckolded him.
2	扩展	求证（Appearance）	(3) **It was as if** she demanded more than ever the recognition of her dignity as the last Grierson; as if it had wanted that touch of earthiness to reaffirm her imperviousness.
			(4) ...and **it was known** that he drank with the younger men in the Elks' club—that he was not a marrying man.

续上表

类别		介入资源	例句
3	收缩	否认：否定 (Disclaim： Deny)	(5) He **would never** divulge what happened during that interview, but he refused to go back again.
			(6) Now and then we would see her in one of the downstairs windows—she had evidently shut up the top floor of the house—like the carven torso of an idol in a niche, looking or not looking at us, we could **never tell** which.
			(7) He talked to **no one**, probably **not even** to her, for his voice had grown harsh and rusty, as if from disuse.

从表 14.1 分析可知，《献》全文只有七句表示篇内声音，其中句（1）、（2）、（3）和（4）是对话的扩展，句（5）、（6）、（7）是对话的压缩。扩展指的是话语中的介入或多或少地引发了对话中的其他声音或立场；而压缩则意味着话语中的介入挑战、反击或者限制了其他声音和立场。四句扩展中有二句是求证（Appearance），二句是传闻（Hearsay）。求证是通过前景化和清晰化所有命题依赖的实证过程来开启与不同观点协商的意义潜势，常用 It seems…，Apparently…等表达；传闻通过使用 reportedly, I hear that …等语言手段表明愿意以相似的方式考虑或介绍不同的观点（White, 1999：44 - 45）。对话压缩句（5）、（6）、（7）三句都属于"否认"中的"否定"。"否认"指语篇中的声音和某种相反的声音相互对立。

14.3.2 篇外声音

篇外声音也即摘引（Attribution）指的是语篇中的声音所表现的命题来自语篇外部的声音，是许多声音中的一种，引发了对话。《献》的篇外声音分析如下。

（1）We **did not say** she was crazy then. ［extra-vocalise：endorsed：assimilate］

（2）We **believed** she had to do that. ［extra-vocalise：endorsed：assimilate］

（3）We **remembered** all the young men her father had driven away,［extra-vocalise：endorsed：assimilate］and we（4）**knew** that with nothing left, she would have to cling to that which had robbed her, as people will.

［extra-vocalise：endorsed：assimilate］

（5）At first we **were glad** that Miss Emily would have an interest,［extra-vocalise：disendorsed：assimilate］because the ladies all（6）**said**, "Of course a

Grierson would not think seriously of a Northerner, a day laborer."

[extra-vocalise: disondersed: insert]

(7) But there were still others, older people, who **said** that even grief could not cause a real lady to forget noblesse oblige—without calling it noblesse oblige.

[extra-vocalise: disondersed: assimilate]

(8) They just **said**, "Poor Emily. Her Kinsfolk should come to her."

[extra-vocalise: disondersed: insert]

(9) And as soon as the old people **said**, "Poor Emily," the whispering began.

[extra-vocalise: disondersed: insert]

(10) "Do you suppose it's really so?" they **said** to one another. "Of course it is. What else could…"　　[extra-vocalise: disondersed: insert]

(11) This behind their hands rustling of craned silk and satin behind jalousies closed upon the sun of Sunday afternoon as the thin, swift clop – clop – clop of the matched team **passed**: "Poor Emily."　　[extra-vocalise: disondersed: insert]

(12) She carried her head high enough—even when we **believed** that she was fallen.　　[extra-vocalise: disondersed: assimilate]

(13) That was over a year after they **had begun to say** "Poor Emily", and while the two female cousins were visiting her.

[extra-vocalise: disondersed: insert]

(14) So the next day we all **said**, "She will kill herself"; and we **said** it would be the best thing.　　[extra-vocalise: disondersed: insert]

(15) When she had first begun to be seen with Homer Barron, we had **said**, "She will marry him."　　[extra-vocalise: neutral: insert]

(16) Then we **said**, "She will persuade him yet," because Homer himself had remarked—he liked men, and it was known that he drank with the younger men in the Elks' club—that he was not a marrying man.　　[extra-vocalise: neutral: insert]

(17) Later we **said**, "Poor Emily" behind the jalousies as they passed on Sunday afternoon in the glittering buggy, Miss Emily with her head high and Homer Barron with his hat cocked and a cigar in his teeth, reins and whip in a yellow glove.

[extra-vocalise: disondersed: insert]

(18) Then some of the ladies began to **say** that it was a disgrace to the town and a bad example to the young people.　　[extra-vocalise: disondersed: assimilate]

(19) Then we **were sure** that they were to be married.

[extra-vocalise: neutral: assimilate]

(20) We **learned** that Miss Emily had been to the jeweler's and ordered a man's

toilet set in silver, with the letters H. B. on each piece.

〔extra-vocalise：neutral：assimilate〕

（21）Two days later we **learned** that she had bought a complete outfit of men's clothing, including a nightshirt,〔extra-vocalise：neutral：assimilate〕and we（22）**said**, "They are married."   〔extra-vocalise：neutral：insert〕

（23）We **were glad** because the two female cousins were even more Grierson than Miss Emily had ever been.   〔extra-vocalise：disendorsed：assimilate〕

（24）So we **were not surprised** when Homer Barron—the streets had been finished some time since—was gone.   〔extra-vocalise：disendorsed：assimilate〕

（25）We **were a little disappointed** that there was not a public blowing-off, 〔extra-vocalise：disendorsed：assimilate〕but we（26）**believed** that he had gone on to prepare for Miss Emily's coming, or to give her a chance to get rid of the cousins.

〔extra-vocalise：neutral：assimilate〕

（27）And, as we **had expected** all along, within three days Homer Barron was back in town.   〔extra-vocalise：endorsed：assimilate〕

（28）Then we **knew** this was to be expected too; as if that quality of her father which had thwarted her woman's life so many times had been too virulent and too furious to die.   〔extra-vocalise：endorsed：assimilate〕

（29）When we next **saw** Miss Emily, she had grown fat and her hair was turning gray.   〔extra-vocalise：neutral：assimilate〕

（30）We **did not even know** she was sick; we had long since given up trying to get any information from the Negro.   〔extra-vocalise：endorsed：assimilate〕

（31）Already we **knew** that there was one room in that region above stairs which no one had seen in forty years, and which would have to be forced.

〔extra-vocalise：disendorsed：assimilate〕

（32）They held the funeral on the second day, ... with the crayon face of her father musing profoundly above the bier and the ladies sibilant and macabre; and the very old men—some in their brushed Confederate uniforms—on the porch and the lawn, **talking of**   〔extra-vocalise：disendorsed：assimilate〕

（33）Miss Emily as if she had been a contemporary of theirs, **believing** that they had danced with her and courted her perhaps ...

〔extra-vocalise：disendorsed：assimilate〕

（34）Then we **noticed** that in the second pillow was the indentation of a head.

〔extra-vocalise：neutral：assimilate〕

从表14.2可知，《献》全文共有34处篇外声音的介入资源，比只有7处的篇内声音要多得多。这些叙述声音全都是议论爱米丽的恋爱绯闻。

首先，篇外声音的来源有24处是"we"，只有9处是"the ladies""older people""they (the old people)""the very old men"等，他们便是发出叙述声音的叙述者。那么，小说的叙述者"我们"到底是谁？从小说的具体意义上看，叙述者"我们"属于小镇上的居民。"我们"可能是"年纪更大的一代"(older people)，包括沙多里斯上校、斯蒂芬斯法官、口中一直念叨"可怜的爱米丽"的老人们，以及在爱米丽小姐丧礼上穿着南方同盟军制服的"老年男子"。在讲到沙多里斯上校为爱米丽免税的一段里，有这样的评论："Only a man of Colonel Sartoris' generation and thought could have invented it.""我们"可能是镇上的妇女，文中第一部分提到："Only a man of Colonel Sartoris' generation and thought could have invented it, and only a woman could have believed it."小说的第四部分提及：

"Then some of the ladies began to say that it was a disgrace to the town and a bad example to the young people. The men did not want to interfere, but at last the ladies forced the Baptist minister—Miss Emily's people were Episcopal—to call upon her."

"我们"可能是爱米丽小姐的同代人。"我们"从爱米丽年轻的时候开始一直观察到她74岁去世。从小说的回忆性口吻来看，"我们"追溯了爱米丽小姐的一生，并且很多细节也未曾漏掉。从小说的深层意义上看，叙述者"我们"是第一人称集体型叙述，"我们"更多实现的是一个观察者和叙述者的功能。

其次，34处的篇外声音中，只有11处是直接引语。11处的直接引语中有5处是老人们的叨念"poor Emily"，听起来似乎是同情爱米丽而实质上只是一种毫无意义的无病呻吟的声音。其他几处如"Do you suppose it's really so?""She will kill herself.""She will marry him.""She will persuade him yet."其叙述声音具有两种语气，一是公开表达的对于爱米丽的怜惜；二更多的是隐含在字里行间的对于他们家族的傲慢、父亲的专横、女儿的依赖与顺从的嘲讽，有点看笑话、甚至是幸灾乐祸的意味。直接引语就是叙述者尽量让位于小说人物，由人物直接展示自己的所思所言。在叙述形式中，直接引语具有客观地保持着人物意识活动本来的语言形态的特点，从而减少或避免了叙述者的介入，让人几乎感觉不到叙述中介的存在。就叙述者而言，由于很少或者甚至没有自己的"发言"，只有故事人物的"声音"，因而，使自己与叙述保持较远的距离，其态度似乎也显得十分客观。尽管如此，写作者的态度通过介入的分析还是可知的。例如，当镇上居民对爱米丽冷嘲热讽、幸灾乐祸时，作者对这些议论是持否定态度的（见表14.2）。

最后，34 处的篇外声音中，有 23 处是间接引语，远超出直接引语。间接引语是篇外声音的另一种形式。与直接引语的区别在于，间接引语不是让人物直接说话或自我内心表白，而是由叙述者来转述。这种声音不是太响，比不上单声的声音洪亮。因此，叙述者的介入也不明显。从上面的具体分析中得知，当出现对爱米丽的不幸而幸灾乐祸的声音时［见句（23），（24），（25）］、当爱米丽与北方佬 Homer Baron 谈恋爱、小镇人出现了议论她有失贵族身份的声音之时［见句（7），（12），（18）］，作者并不是和镇上的人们态度一致，对于这些议论是持否定态度的。当小说最后部分小镇居民议论爱米丽为结婚准备各种结婚用品时的议论声音时［见句（19），（20），（21），（22），（25），（29），（34）］，作者则持中立态度。间接引语是通过叙述者在句中将人物的意识活动转述给读者的。由于叙述以间接投射的方式来表现人物的一言一行，这就隐含了叙述者的介入，因而不可避免地有叙述者声音存在。间接投射虽然尽量保持人物话语的原意，但是叙述者在转述时往往融入了个人的理解，人物原话也有所精简和调整。在投射的过程中人物、时间或地点都有可能发生变化，从而拉远了读者与人物的距离。由于在间接引语中，叙述者的介入不明显，叙述声音不是太响亮，因此，叙述更显客观性。

《献》的篇外声音分析可列表如下：

表 14.2　篇外声音介入资源分析（注："＋"表作者支持；"－"表作者反对；"/"表中立）

类别	介入资源	支持/中立/反对	频率
同化	we	＋	7
同化	we	/	6
同化	we	－	6
同化	others, older people	－	1
同化	some of the ladies	－	1
同化	the very old men	－	2
嵌入	we	－	4
嵌入	we	/	1
嵌入	they (the old people)	－	5
嵌入	the ladies	－	1

14.3.3　《献给爱米丽的玫瑰》介入资源的级差

马丁和罗斯（Martin & Rose, 2003：37-43）认为，态度的一个特点就是可以分级，即加强或减弱程度，它不局限于任何一个次领域，而是跨越整个评价系统。大多评价的价值都根据强度分级，在高与低的连续体上。在这个意义上，分级可以看作是对横跨整个评价系统的人际意义的润色。级差系统包括语势（Force）和聚焦（Focus）两个子系统。语势调节可分级的态度范畴的力度（Volume），分强势（Raise）和弱势（Lower）。聚焦是把不能分级的态度范畴分级。聚焦分明显（Sharpen）和模糊（Soften）。根据怀特（White, 1999: 52-53）的分类，语势的高低值分类列表如下。

表14.3 语势的高低值分类（White, 1999: 52）

Sub-systems	Low intensity	High intensity
Probability	**Perhaps** he is a modernist.	He is **definitely** a modernist.
Appearance	He **seems** to be a modernist.	It is **obvious** he is a modernist.
Proclaim	I **would say** he is a modernist.	I **declare** he is a modernist.
Extra-vocalise	She **says** he is a modernist.	She **insists** he is a modernist.

叙述声音可以视为评价叙述者介入的一种手段。声音的强弱形成级差。根据14.3.1节和14.3.2节对《献》的介入资源的分析，小说的篇内声音和篇外声音的弱势强度介入分布如下（见表14.4）。

表14.4 介入资源的高低值强度级差分析（基于第14.3.1和14.3.2节）

		Low intensity	High intensity
Intra-vocalisation	Hearsay	it got about that…	
	Appearance	it was as if… it was known…	the body had apparently
	Disclaim	he would never… we could never…	no one, not even to her
Extra-vocalisation	15 times	said/say/talk	
	4 times	know/knew	
	6 times	believed/remembered/learned	
	2 times	were glad	
	2 times	see/noticed	
	1 time	were not surprised	
	1 time	were a little disappointed	
	2 times	passed/expected	
	1 time		were sure

由 14.3.1 和 14.3.2 节的分析得知，篇内声音资源是 7 处，篇外声音是 34 处。表 14.4 显示，7 处篇内声音中有 5 处都采用了低值强度（Low Intensity）的介入，只有 2 处采用高值强度（High Intensity）介入。34 处篇外声音中，则有 33 处是低值强度，只有 1 处是高值强度介入。由此可见，无论是篇内声音还是篇外声音，《献》的作者使用了更多的是低值强度的介入手段（38 处），较少使用高值强度的介入手段（3 处）。这说明文本作者采用低调值来表达他对女主角的态度。也就是说，小说作者使用了一种温和的、隐性的手法来展示他本人的态度、立场，而不是使用大胆的、显性的手法。

14.4 叙述声音与意识形态功能

"在文学作品中，作品的整个意义和与意义相关的情景都是作者创造出来的，由此，文学作品的情景语境要根据语篇来推断。这样，在文学作品的解码过程中，解码者一般应采用自下而上的过程"（张德禄，1999：44），即通过具体的语言形式来解释语义，然后再通过语篇的意义来推断情景语境，直至语篇的意识形态。本章正是通过介入的视角分析《献》的叙述声音这一具体语言形式，可探索隐藏其中的深刻语篇内涵——意识形态目的。

语篇叙述者的意识形态功能主要是指实现作者的写作意图，或者说意识形态目的。从本章的分析可知，《献》中叙述者功能的实现不是直接的、单一的，而是间接的、多层性的。那么，《献》中叙述者要传达的最主要的态度和立场等意识形态功能是什么？

首先，语篇中"我们"的第一人称叙述者俨然镇上居民代言人，传达着镇民的意识形态观念。镇上居民正经历着新旧时代的变革，一方面他们不得不抛去南方旧传统选择顺应北方新价值观念和生活方式；另一方面，南方旧传统思想观念已在他们的头脑中根深蒂固。作为镇上一员的爱米丽却依然固守着南方贵族的旧秩序而岿然不动，拒不接受社会的变革，俨然是南方传统的纪念碑。因此，镇民们既尊敬她，又对她桀骜不驯、专横傲慢的出格行为评头论足和冷嘲热讽。本章所分析的这两种语气的叙述声音正是传达出了这一层的意识形态功能。

其次，这并不是叙述者要实现的最主要的意识形态功能。通过对《献》的篇内声音和篇外声音的分析以及对声音介入的强弱程度的分析，我们知道，对于女主角爱米丽拒不纳税、违反社区健康规则拒绝清除从她家地窖中冒出的恶臭味、执意和来自北方的荷马·巴伦恋爱、违法购买毒药毒死荷马·巴伦等违反当时的社会法则和道德规范的行为，作者福克纳极少直接表达自己的声音（篇内声音资源 7 处），而是大量地通过摘引语篇外部的声音（篇外声音资源

34处)、采用低值强度的介入手段(38处),较少使用高值强度的介入手段(3处)间接地表达自己对女主角的态度和立场。对于这种语言表现形式的选择,说话者或写作者并不是任意的,而是有意而为之。那就是"作者贯注在作品中对爱米丽小姐的深切同情,这才是作者也是叙述者苦心隐藏和表现的意识形态目的"(赖骞宇、刘济红,2007:41)。作为作者的代言人,《献》中的叙述者独辟蹊径,采用间接的、隐性的、低调的方法巧妙地实现作者的这一意识形态目的。

叙述声音主要通过聚焦镇上居民来叙述爱米丽的方式,达到一种评价反转的效果,从而成功地实现了叙述者意识形态功能的多个层面。叙述者"我"通过聚焦镇民来叙述爱米丽时,一方面,读者获取了大量有关爱米丽的叙述信息,这些信息中包含着大量镇民对爱米丽偏狭的评价;另一方面,读者也获取了大量镇民的叙述信息,其中包含着叙述者对镇民的评价。在这双重评价中,叙述者以否定之否定的方式扭转了镇民原来对爱米丽的偏见。读者不得不对镇民提供的关于爱米丽的叙述信息和评价表示疑问。当读者得到的叙述信息和由此产生的疑问都达到一定程度时,即到小说结尾时,叙述者就能成功地实现作者的意识形态目的。到了小说的结尾的时候,叙述声音收敛起那略带嘲讽的语气,骤然变得客观、冷漠,同时又饱含同情。这时,读者可能在心中涌动起前所未有的真正的同情。这才是作者要实现的真正的意识形态目的。

由此可见,从评价研究的介入视角对《献》的叙述声音进行表层语言形式分析所体现出来的作者的态度和立场,与本书第13章运用评价研究对《献》的态度资源分析所体现出来的作者的意识形态目的是相吻合的、一致的,两者有异曲同工之妙。

14.5　结语

通过对《献》的叙述声音介入的考察和分析,我们可以清楚地看到,对于该小说中的"人称代词模糊""无名的声音""谁是叙述者"等纷繁复杂的问题,系统功能语言学评价研究中的介入视角的分析可以解答这些困惑。此外,通过对语言资源的评价,我们可以清楚地看到,语言使用者的态度和立场等意识形态目的是通过不同的声音来实现的。我们看清了叙述者的介入程度时,便能辨别出叙述者对所述事件的态度,因此,它是研究立场和观点的有效手段。文学是语言的艺术,通过语言的评价资源研究叙述者声音——这是衡量叙述者态度的参数,透过语言的表面形式研究其内在意义,能使我们对作品有更深刻的理解。

第 15 章 《献给爱米丽的玫瑰》的评价资源与情景语境

15.1 引言

韩礼德认为,语篇分析有两个不同层次的目标。较低的层次是弄明白语篇本身所表达的意义,通过语言分析来说明语篇是怎样表达意义和为什么会表达那样的意义。这种分析可揭示语篇的多义性、歧义性或隐喻性。这个层次的分析如果基于一定的语法体系,那应该是不难达到目标的。比这个目标更高的层次是对语篇进行评估;它不但需要对语篇本身进行分析,而且还要考虑语篇的文化语境和情景语境,同时还要探讨语篇与语境之间的各种关系(转引黄国文,2006:20)。语境是研究语言使用和功能的一个重要的语言学范畴。多年来不同的学者从不同的角度和层面对语境和语言之间的关系进行了大量的研究。但迄今为止,将语境的概念与理论运用到福克纳的著名短篇小说《献给爱米丽的玫瑰》的研究尚不多见。我们曾从评价研究的态度系统的角度对《献》的具体语言形式进行了分析。本章将采用功能语言学家马丁关于语境的层次及功能与语言关系的观点,将《献》评价资源分析统计的结果(微观结构)放在情景语境的层面上(宏观结构)进行考察和分析,探究语言形式的选择是如何由作者及其所处社会的意识形态、立场所决定的。

15.2 马丁的语境观

从系统功能语言学的角度看,语境不再仅仅是一个涉及语言使用环境的笼统概念,而是一个从符号学角度来解释语言使用的抽象的力量范畴,用于描述意义潜势(Meaning Potential)和语言体现形式之间的相互关系(Halliday, 1978; Halliday & Hasan, 1989; Martin, 1992)。系统功能语言学对语境的界定和描述主要由三个层次组成:层次(Stratification)、多功能(Multi-functionality)以及潜势(Potentiality)。根据系统功能的语境思想,语境可分为三个层次:文化语境(Context of Culture)、情景语境(Context of Situation)和上下文语境(Context of Co-text)(Halliday & Hasan, 1989; 胡壮麟, 1994; 黄国文，2001；徐珺，2003，2004）。上下文语境处于最底层，它以语篇的形式体现上面两个层次（文化语境和情景语境）中的语境变量的特征和配置。上下文语境属于以具体语言形式体现意义潜势的语言环境，直接关系到一段话语是否是一个完整连贯的语义单位。文化语境指的是语篇在特定的社会文化中所能表达的所有意义（包括实际目的、交际步骤、交际形式、交际内容等等）。语言是一种社会现象，是社会活动的反映。每个言语社团都有自己的历史、文化、风俗习惯、思维模式、道德观念、价值观念。这些反映特定言语社团特点的方式和因素构成了语篇分析者所说的"文化语境"。语言是用来交际的工具；而人们使用语言进行交际总是在一定的场合中，就一定的题材，为一定的目的，与一定的对象进行交际。由于交际的情景不同，语言在交际使用过程中就产生不同的变体，其中包括语域变体（Register Variable）。语域包括语场（Field）、语旨（Tenor）和语式（Mode）。语场指的是谈话的主题内容或正在发生的事情，所进行的社会活动的性质，语言所谈及和描述的有关方面。语旨是指一项语言活动中各参与者之间的关系，即说话者与受话者之间的关系。语式指的是语言的传递的方式，即语言在特定的交际情景中所起的作用，语篇的符号组织方式，在情景中的地位和功能，包括交际渠道和修饰方式。从多功能的角度来看，语境的配置特别是情景语境的配置同语言的三大元功能（Metafunctions）对应：语场（Field）对应概念功能（Ideational Function），语旨（Tenor）对应人际功能（Interpersonal Function），语式（Mode）对应语篇功能（Textual Function）。而从潜势的层面来看，语境又可视为无数意义潜势变化的集合。这种三个层面的分析方法既加大了语境定义的深度（三个层次），又拓宽了语境特征的广度（多功能），同时还将延续和变化的概率性引入了语境的概念中。语言和语境之间的层次和功能对应关系，如图15.1所示。

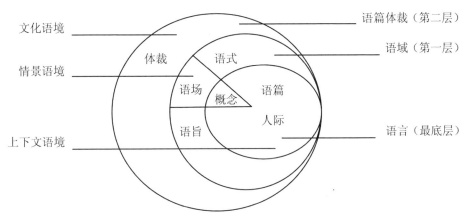

图15.1 系统功能式中的语境与语言（Martin, 1999: 39; 2002: 28）

从图中我们可以看到，每一个语境层次均有一个语言系统中的层面与之对应：文化语境对应于语篇体裁、情景语境对应于语域、上下文语境对应于语言表达形式。而这三个语言系统中的层面之间又呈现出以下的关系：语篇体裁是一个高度抽象的概念，指交往过程中有目的、有步骤的结构（Martin，1992：493-510；黄国文，2001：128）。这一结构由下一层语域中的语境配置体现（Halliday & Hasan，1989：3-7），而语域又进一步由具体使用中的语言，即语篇体现。由此，在研究语境和语言之间的关系时，研究者可以采取两种方法：或是自上而下考察语境如何影响或决定语言的表达方式；或自下而上分析具体语言形式如何构成特定的语境（尚媛媛，2002：28-29）。

本章采取自下而上的方法：先分析具体语言形式，后把具体语言形式放在宏观的情景语境的平面上进行考察，探究语言形式的选择是由什么来决定的，因此，本章的具体语言形式是评价资源，而不是尚媛媛（2002：30）所说的两种途径："一是语言形式手段或称衔接结（Cohesive Ties），如照应（Reference）、省略（Ellipsis）、重复（Repetition）等；二是语言三大元功能的整合作用。这三大元功能通过三个语义系统表现出来（即及物性、语气、主位系统），而这三个语义系统又分别由不同的语义结构来实现，如不同类型的过程体现及物性系统、语气和剩余成分体现语气系统、主位和述位结构体现主位系统。"

15.3　《献给爱米丽的玫瑰》的评价资源结果统计

本书第13章"《献给爱米丽的玫瑰》中'态度'的表达与意识形态的体现"及第14章"从介入的角度分析《献给爱米丽的玫瑰》的叙述声音"的两章已经对《献》中评价的态度资源和介入资源进行了分析。

分析结果表明：①这篇小说中的态度系统几乎都是否定的，表明小说主人公所处的社团对其的评价态度亦是否定的。②态度系统中情感资源在该小说中数量最少（13处），判断和鉴赏资源数量接近相等（50：41）。③判断子系统中隐性否定的社会尊严判断数量远远超过社会许可（33：16），表明小说作者与其说是在谴责主人公不道德、不合法，不如说是在批评其行为不为社会接受，不恰当。④绝大多数的鉴赏资源都是显性否定（27处），而鉴赏资源中的显性否定反应和构成远远超过价值（28：12：1），表明与其把读者视线转移到评价对象——女主人公的行为举止上，不如把读者引向其所处的客观世界、社会环境，以此使读者对女主人公的情感天秤由憎恨转向同情。⑤评价系统中的介入视角分析显示该小说作者凭借篇外声音引发了语篇中的其他声音或立场；并且高频率使用了低值强度的介入资源，表明作者采用了隐性、低调的方法表达对女主人公的态度。对评价资源的选择是由作者及其所处社会的意识形态、立场所决定的。

如果把这些评价资源的选择（具体语言形式的选择）放在非语言环境的情景语境的平面上考察，那么，我们不禁会问：为何态度系统几乎都是否定的？为什么小说中态度系统的情感资源数量最少？为何判断和鉴赏资源数量接近相等？为何隐性否定的社会尊严判断数量远远超过社会许可？又为何绝大多数的鉴赏资源都是显性否定的？要回答这些问题，我们就要分析《献》的情景语境。

15.4 《献给爱米丽的玫瑰》的评价资源与情景语境的关系

在系统功能语言学中，情景语境是文化语境的体现。这一语境层次中三个语境变量（语场、语旨和语式）的配置决定了语言使用中的各类变体。

15.4.1 语场

"语场指的是正在发生什么事，所进行的社会活动性质，语言所谈及或描述的是什么"（黄国文，2001：128）。《献》作为文学语篇，我们的讨论聚焦在其社会背景和小说的主题上。

1865年，美国南北战争结束，美国社会经历了巨大的变化。南方各州的奴隶种植园主们在失去财富与地位、痛苦与混乱的现实中，一方面顽固抵制，另一面不得不加强自身的工业发展。北方工业的扩展更为迅速，铁路不断向西延伸，技术进步和各种发明给美国社会结构、各部门带来了革命性的变革。社会的大变革必然给美国人的生活方式、政治、经济带来变化。旧的价值观念和信仰逐步在以大城市为中心的文化冲击下失去了原先的统治地位，并为新的价值观念所取代。新旧两种价值观念的摩擦与冲突必定引起深刻的社会矛盾的不断的激化。严峻的社会现实使现代美国小说逐步接受了真实反映生活的信条，而成为现实主义文学，成为现代美国社会的真实写照（章斌，2009：1）。

第一，父权体制。福克纳生活的时代正是新教思想占据统治地位的时代，加尔文主义主宰着整个美国南方社会的政治、经济和文化，支持奴隶制和种族主义。加尔文主义是16世纪欧洲宗教改革运动的产物，它僵硬地信奉原罪和命运生前决定的教义，压制人的欲望，谴责任何形式的娱乐和享受。美国早期移民中有大量信奉加尔文主义的清教徒，因此，加尔文主义从一开始在美国就有极大的影响。后来，这种宗教思想随着移民浪潮从北部的新英格兰被带入南方，致使以庄园经济为基础的南方变得比清教徒的新英格兰更为清教化。南方在内战中的失败更是极大地刺激了新教在南方的迅猛发展，南方浸礼教尤为突出。加尔文主义的核心是确立上帝的绝对权威,主张《圣经》是信仰的唯一依据,僵硬地信奉源于《圣经》的"原教旨主义"之说。由于"原罪",人是堕落的,人的命运是生前决定的,万能的上帝最为神圣,已经处置安排了人类的境况,有人富裕,有人地位显赫,有人地位卑微,上帝是正统观念的维护者和实践者(史志康,1998:16)。在加尔文主义看来,基督教的基本信条就是"父亲乃家族之首脑"。而在南方,正如在希伯来部落一样,人们信奉的上帝就是《旧约》中那个严厉的、不断惩罚的"部落的神"(Cash,1941:135),他是"父权社会和家庭的楷模"(Kerr,1976:175),这就意味着统治家庭的是一个下命令和给予惩罚的严父,像国王一样统治、经营着他们的王国(汪筱玲,2007:87)。

在小说《献》中,爱米丽的父亲正是父权制度的产物和典型代表,他剥夺了亲生女儿的青春、激情、爱情和幸福,不管生前还是死后,他都操纵着女儿的命运、摧毁她的生活。当他活着时,他们的父女关系是这样描写的:"长久以来,我们把这家人一直看作一幅画中的人物:身段苗条、穿着白衣的爱米丽小姐立在背后,她父亲叉开双脚的侧影在前面,背对爱米丽,手执一根马鞭,一扇向后开的前门恰好钳住了他们俩的身影"(Faulkner,1981:236)。一幅封建家长制的专横统治画面活生生地浮现在我们眼前。

第二,清教主义的妇道观。加尔文主义在维护父权制度的同时,还从另一个方面强调着妇道观念。美国南方妇女遭受的压迫和摧残是多方面的。首先,基督教文化就从宗教的角度把妇女完全置于男人的附属地位,《圣经》中有大量的妇女必须服从男人的故事和说教。如《旧约》中就说上帝用男人的一根肋骨创造出女人并要她服从男人。《新约》中也说:"你们作为妻子,当顺服自己的丈夫,如同顺服主。因为丈夫是妻子的头,如同基督是教会的头……教会怎样顺服基督妻子也要怎样凡事顺服丈夫。"不仅如此,《圣经》的故事还告诉人们,正是因为夏娃经不起魔鬼的诱惑,人类才失去了伊甸园,坠入了无穷的苦难之中。妇女因此而成为千古罪孽,世世代代备受责难。"从此,妇女被看作是地狱之门,万恶之源。她应该一想到自己是女人就感到羞愧,她应该为把各种诅咒带给了这个世界而不断忏悔"(肖明翰,1994:188)。在这样一个宗教保守势力横行的社会里,旧南方妇女也像生活在"三从四德"妇道观下的旧中国妇女一样,身心遭到无情的摧残,过着非人的悲惨生活。另一方面,19世纪美国南方所崇尚的妇道要求女性具有四大美德:虔诚、贞洁、顺从和持家。任何挑衅妇道美德的人,都被谴责为上帝和文明的敌人。南方某社团日常祝酒词清楚昭示了这种妇道备受崇尚的程度:"让我们为生活在我们南方的这些可爱的妇人们干杯。她们像清澈透明的水一样纯洁清白,像晶莹的冰块一样冷峻。我们发誓甘愿为她们的纯洁和贞操抛头额洒热血"(Kerr,1976:

156)。这表面上看似对女性的热爱、景仰,将她们置于"只可远观不可亵玩"的地位,其实是希望她们变得无血无肉,没有激情,没有欲望,只成为男人泄欲和传宗接代的工具。显而易见,女性的贞洁远比她们的生命和作为人的价值重要得多。这种情况下,自然而然地,妇女的本性受到压制,她们正常的性需求遭到打击。其结果是许多妇女的人格被扭曲了。在这种妇道观的影响和束缚下,爱米丽的人性遭到压抑,正常的欲望也遭到了谴责,而这仅仅是为了保持植根于人们的思想中的所谓的冰清玉洁的"圣女"形象。然而,在这种种非人性的清规戒律的束缚下,女性的自我意识不可避免地与清教妇道观发生激烈的冲突和对抗,但最终的结果总是女性受到肉体和精神的双重摧残和迫害。

第三,贵族文化。美国南方的早期移民来自英国,他们依据对当时英国社会生活的了解构筑了等级分明的南方社会结构。南北双方在奴隶制问题的争端导致了内战的爆发,南方社会坚决不能容忍废除奴隶制度,因为这将颠覆南方一直以来的等级制度,威胁到南方贵族的统治地位和根本利益。美国学者迪安·罗伯茨指出:"阶级是爱米丽成为老处女的原因。她父亲虽然没有锁住她的肉体,但却把她禁锢在了旧南方僵化的淑女观里,将她高高捧起,使杰佛生的小伙子们够不到"(Roberts,1994:158)。从某种意义上说,等级分明的南方社会结构和贵族文化是造成爱米丽悲剧命运的原因之一。

爱米丽被认为是南方贵族形象的代表,人们似乎永远把她放在一个特殊的社会地位上,把她视为旧南方的"纪念碑"。爱米丽活着的时候,是镇里的传统、责任和关注点,即使她在家中独处时也仿佛是历经沧桑的"壁里一座无头的雕像,在看着我们,还是没看我们,我们永远说不清楚"(Faulkner,1981:242)。她的去世如同一座丰碑轰然崩塌,宣告了一个时代的终结,宣告了旧南方贵族制度的崩溃。

爱米丽不得不在父亲的阴影下长大,年轻时就受到父亲的严格控制,所以对本阶级的传统秩序循规蹈矩。父亲死后,身无分文、年近30岁仍未婚嫁的她对爱情的渴望被长期压抑着,使她的行为变得怪异起来。于是她成了全镇人好奇和闲聊的对象。从此,她深居简出,以避开喧嚣的尘世。当老一代贵族镇长沙多里斯上校下台后,新接任的镇长、参议员对沙多里斯在任时给予爱米丽的税款豁免特权表示不满,通知她重新纳税时,却遭到了爱米丽的拒绝。

15.4.2 语旨

语旨指的是谁是交际者,他们的基本情况、特点、地位、角色等,以及参与者之间的角色关系;语旨有时也可指语言在特定的语境中的使用目的。本章所讨论的是小说作者所处的社会意识形态背景。

《献》是描述发生在南方的悲剧故事。美国内战过后,北方工业势力及其价值观深刻地改变着南方传统和文化道德观念。南方文明的逐渐失落使福克纳感到无所适从，内心深处一直处于痛苦的彷徨之中。故土的落败和传统价值观念的沦丧，在福克纳那里浓缩成一份爱恨交织的感情，一种进退两难的痛苦境地。

福克纳不仅通过塑造爱米丽表达了对南方的旧传统、旧秩序的讽刺，而且通过塑造爱米丽表达了自己对家乡的深深的同情。爱米丽曾是一座纪念碑，而这座纪念碑却倒塌了；她父亲断送了她终身的幸福；她是南方的贵族，高贵、孤傲，却爱上了皮肤黝黑、性格粗鲁的北方佬。当镇上人开始看见爱米丽和荷马·巴伦在一起坐马车兜风时，他们认为爱米丽绝不会嫁给荷马·巴伦，但当看到爱米丽真的要嫁给北方佬时，他们宁愿让她死掉，也不愿让她辱没南方的传统。对她的不幸遭遇，作者怀着既怜爱又怨恨的复杂心情寄于深刻的同情。因为爱米丽与福克纳有着不少相同之处：作为故事背景的杰佛生就是福克纳的故乡坎布里奇。福克纳出身南方世家，家族三代人在密西西比州北部地区的政治、经济、文化生活中有相当的影响力。福克纳出生时，家族的实力正在衰退，但他和格里尔逊家族的末代爱米丽一样，从未失去贵族意识，始终期盼恢复贵族的生活方式。与爱米丽小姐一样，年青的福克纳不必求职谋生。他和爱米丽都有着绘画的天赋，个性都极为内向，捍卫自己的隐私，拒绝公众干预自己的私生活（邵锦娣，1995：55）。因此，小说的无名氏叙述者熟谙本地历史和风土人情，对爱米丽其人其事亦了如指掌。为此，在《献》中，福克纳有意地用了大量的篇幅来描写爱米丽的老宅，她的婚房、客厅、家具，以及她的外表等一切与她相关的外部环境。尤其是小说的第五部分，几乎都是鉴赏而不是判断资源，评价的目标全部是爱米丽的婚房、结婚用品和荷马·巴伦的腐烂尸体等这些外部的客观事物和环境，而不是动作参与者爱米丽——评价的真正目标。作者的目的很明显是想把读者的注意力转移到那些外部的客观事物和环境，而不是杀人凶手爱米丽。这样做潜在地降低了爱米丽杀人的罪孽，从而引起读者对她理解和同情。这就是为何文中的判断和鉴赏资源数量接近相等（50/41）、绝大多数的鉴赏资源都是显性否定，而鉴赏资源中的显性否定反应和构成远远超过价值（39/1）的原因，表明作者有意把读者视线从评价对象——女主人公的行为举止转移到其所处的客观世界、社会环境上，以此使读者对女主人公的情感天秤由憎恨转向同情。

15.4.3 语式

语式指的是语言传递的方式，即语言在特定的交际情景中所起的作用，语篇的符号组织形式，在情景中的地位和功能，包括交际渠道和修饰方式（比如使用何种方式来表达意义和传递信息等）。

《献》是一部短篇小说,其最独特的叙述方式就是作者采用了多个叙述者(声音/参与者),并且叙述者交替进行叙述。根据本书第 14 章《从介入的角度分析〈献给爱米丽的玫瑰〉的叙述声音》中的表 14.2 的分析,我们将小说的叙述者列表如下(见表 15.1)。

表 15.1 关于爱米丽恋爱事件的各种不同的叙述者/叙述声音

叙述者/叙述声音	we	the ladies	they	the old people	the very old men
出现次数	24	2	4	2	2

从上表可知,叙述者 "we" 出现 24 次,"the ladies" 出现了 2 次,"they" 出现 4 次,"the old people" 出现了 2 次,"the very old men" 出现了 2 次。《献》第一部分从爱米丽的去世倒叙开始,讲述她在世时年轻一代的镇长官员上门追税的风波。小说没有出现叙述者自称,从被叙述事件的发展情况来看,属于全知全能的第三人称叙述者。第二部分叙述她曾不顾邻舍反对、拒绝清除从她家地窖中冒出的臭味事件和她父亲的死。自第二部分始,作者对叙述者形式进行了创新,由全知全能形式转换到有所限制的第一人称叙述者形式。"we" 这一群体性指称词不经意间出现在了小说的注释性语句中。第三部分是爱米丽与荷马·巴伦的恋情以及买毒药的事。父亲去世后,爱米丽自己大病一场,接着她认识了北方佬工头荷马·巴伦并与之交往出游,"we" 躲在窗帘后面七嘴八舌地议论开了。叙述声音仍包含两种语气,但更多的是略带嘲讽,有点看笑话甚至幸灾乐祸的意味,仿佛叙事者也是被拒之门外的一个追求者(王敏琴,2002:70)。第四部分关于爱米丽的老年生活及她的去世。"we" 这一集体型人称代词在这部分的叙述中大量出现,"we" 时刻关注爱米丽的爱情生活的变迁,并时时述说 "we" 对爱米丽的举止的态度。第五部分始于两个堂姊妹及镇上的人们来为爱米丽举行葬礼,并以最后在她房子里发现荷马·巴伦的腐尸终止。这部分完全落实到了第一人称叙述,叙述者以 "we" 正在亲历着事件的口吻,叙述了爱米丽的葬礼和在葬礼结束后闯入被封闭了 40 年的爱米丽的闺房的过程。叙述声音骤然变得单一、微弱,甚至听不见了,仿佛被所见的事实吓得目瞪口呆而无法表达,只是机械地、茫然地审视着眼前的一切:在一间 40 年无人见过的房间里灰尘弥漫,处处散发着刺鼻的坟墓般的腐臭,已经褪色的玫瑰色的窗帘,玫瑰色的灯罩,精心摆放的水晶装饰以及男人的衣物鞋袜等无不表明这是一间新房,躺在床上的骷髅还在咧嘴开怀大笑,呈拥抱的姿势,在另一个枕头上则留下爱米丽的一根长发。叙述者似乎已被爱米丽对爱的渴望所震撼,为她想要拥有爱的方式所震慑,因而收敛起那略带嘲讽的语气,用白描的手法,客观地呈现一切。然而唯其客观,唯其不带感情,反

而更加加重了那沉痛的声音，使故事开头那略带嘲讽语气的叙述者对于爱米丽，这个"陨落的纪念碑的崇敬之情"化为事实。

对于发生在爱米丽身上的事情，作者通过多个叙述者向读者叙述，而作者本人则躲在故事的背后观察着发生的全过程。这就是态度系统中情感资源在该小说中数量最少的原因；语篇采用高频率低值强度的介入资源，表明作者运用了隐性、低调的方法表达对女主人公的态度。对评价资源的选择是由作者及其所处社会的意识形态、立场所决定的。

15.5 结语

语篇分析不仅要揭示语篇本身所表达的意义，而且还要考虑到语篇的情景语境，探究语篇与语境层次中三个语境变量之间的关系。本章的讨论表明，对一个语篇进行分析，我们不但要考虑它的具体语言形式（词汇语法层），还要看它的情景语境。从宏观方面看，语篇的意义在于它的社会功能和使用目的。由于我们分析的语篇是使用中的语言，因此不能只分析具体语言形式本身，还要看语言是怎样在特定的情景语境中起作用的，是怎样体现特定的意义和功能的。语言的表现形式，既可以是口头形式，也可以是书面的；既可以是语言的衔接手段、三大语义系统（即及物性、语气、主位系统），也可以是语言评价资源的形式。语篇与语境的关系，一如形式与内容的关系，它们相互依存，相辅相成，语篇产生于语境，又是语境的组成部分。特定的形式表达特定的意义，形式是意义的体现。语篇作者有意或无意地使用某种语言形式，他所做出的选择在很大程度上决定了选择所带来的效果，因为选择本身就是意义。

第 16 章　级差系统视域下的
《献给爱米丽的玫瑰》

16.1　引言

评价研究是在 1991—1994 年间马丁和怀特等人对澳大利亚新南威尔士洲的"写得得体"（Write It Right）科研的基础上发展起来的，一般认为这是对韩礼德系统功能语言学三大元功能中的人际功能的拓展。

评价研究讨论语篇或说话人表达、协商、自然化的特定主体间的关系以及一系列意识形态的语言资源。简而言之，评价研究就是一整套运用语言表达态度的资源。在这个大范围里，该理论更为关注的是表达态度中的情感（Affect）、鉴赏（Appreciation）和判断（Judgement）的语言，以及一系列把语篇的命题和主张人际化的资源。评价研究把评价性资源按语义分为三个方面：态度（Attitude）、介入（Engagement）和级差（Graduation）。

评价研究自问世以来即得到了学界的广泛关注。迄今为止，国内学者对评价研究的认识已经从最初的引入和评介阶段（杨信彰，2003：11－14）发展到将该理论运用到各种语言领域进行检验和探索。实用研究所涉及的范围也在扩大，包括翻译理论与实践、各种不同语类以及法律语言学的语篇分析（胡壮麟等，2005）。据统计，评价研究中关于态度系统的文章最多，其次是介入，关于介入的文章大都是对介入资源的分析和归纳。关于级差的文章最少，也非严格意义上的理论探索（刘世铸，2010：34）。付晓丽和付天军（2009：115－119）分析了《呼啸山庄》中所体现的级差系统中的语势和聚焦这两个范畴资源。钱浩（2008：135－137）从级差的角度考察了语篇的态度意义，提出了比较态度价值大小的三个参数——语义、句法和语境参数。李艳梅和张艳秋（2011：103－104）应用级差系统中的语势和聚焦对《傲慢与偏见》中 Elizabeth 和 Darcy 之间的三段对话进行分析，从而揭示两位主人公相互态度的重要转变。

级差系统是功能语言学评价研究体系中的三大系统之一，它是对横跨整个评价系统的人际意义的润色，用于表达态度和介入的渐变程度。本章通过对小说《献给爱米丽的玫瑰》中所体现的级差系统中语势和聚焦这两个次范畴资源的分析，我们发现，级差资源的分布非常广泛，其中语势资源的运用较多。此外，级差资源的配置在实际运用中是多种手法相互作用的结果。上述发现与该小说的哥特式恐怖主题相呼应。

16.2 级差系统概述

态度的一个特征是具有等级性，也就是态度有强弱之分。级差（Graduation）就是用来表述态度强弱等级的系统。级差在贯穿于整个态度次系统的同时也与介入系统一同作用，来表示话语对话性或主体间性程度的不同。级差系统具体的运作包括两个维度：一是根据强弱程度或是数量，二是根据范畴的原型性特征或是精确性程度。在评价研究当中，前者用语势（Force）表示，后者用聚焦（Focus）来表达（刘世生、刘立华，2010：15-16）。

语势（Force）子系统指的是对态度或介入程度的强弱、数量的描述，是指可分级的态度范畴的力度，包括表达比较、数量、方式和情态的词语等可分级的资源。因此，语势又可分成两个类别：一是对性质或品质的程度强弱的描述，例如，增强词、放大词、加强语气词等副词：slightly, a bit, somewhat, quite, rather, really, very, extremely 等。二是对数量大小多少的修饰，例如，许多的快乐等。前者可以用强化（Intensification）来说明，后者可以用量化（Quantification）来表示。马丁和怀特（Martin & White, 2008：140-141）认为，强化主要应用于对品质和动词过程的调节，而量化则是对事物的量的描述。

聚焦是指根据范畴界限的原型性和精密性分级的语言资源，是对不能分级的态度范畴进行分级。例如：woman 这个概念本来不可分级，但在聚焦资源的范围内，可以有 true woman 这样的表达。聚焦可以分成清晰（Sharpening）和模糊（Softening）两个维度，用来加强或减弱对态度或介入的表达。例如：true friend, pure evil, a clean break, a genuine mistake, a complete disaster, par excerllence 等清晰化的词语说明所描述的现象被评价为原型。模糊化是通过使用 kind of, sort of, as good as, of sorts, effectively, -ish 等，把所描述的现象置于这个范畴的外部边缘（Martin & White, 2008：137）。

评价系统的三个子系统态度、介入和级差之间的关系，参见图16.1。

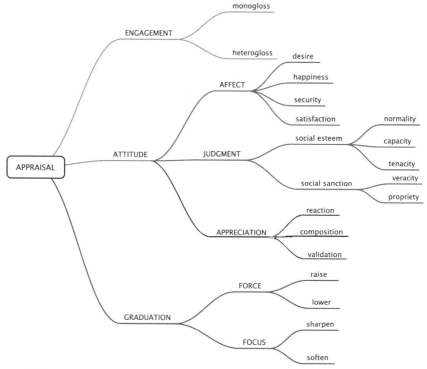

图 16.1　Appraisal Systems（White，1998，1999；Martin，2000，2002；Martin & Rose，2003）

16.3　语料来源

本章以《献》为语料，以级差系统为理论框架从语势和聚焦两方面进行分析。《献》全文共 3718 字，语势和聚焦资源均出现在语篇中，它们的分布情况见图 16.2。

16.4　级差资源分析

在《献》小说中，语势共出现 136 次，其中强化出现 102 次，量化出现 34 次；聚焦才出现 12 次，其中清晰出现 7 次，模糊出现 5 次。

16.4.1　语势资源分析

整个语势（Force）子系统包括两个次范畴——强化（Intensification）和量化（Quantification），我们从这两个角度对《献》进行定性分析。

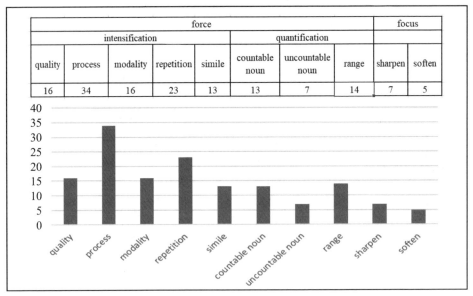

图 16.2　Gradable Analysis of *A Rose for Emily*

16.4.1.1　强化分析

（1）强化的内容。评价研究认为强度的程度评价主要体现在三个方面：对品质的加强，对过程的加强，以及对表示可能性、倾向性等情态和意态的词汇的强化。

首先是对品质的强化。《献》中的语言描写在品质方面强化的有 16 次。如下所示，下划线部分的词汇是对人品和物质的强化（本章所涉及的级差资源例句均是抽取该小说中的少数语句样品进行分析）。

（1）It was a big, squarish frame house…, set on what had once been our **most** select street.

（2）When the next generation, with its **most** modern ideas, became mayors and aldermen, this arrangement created some little dissatisfaction.

（3）**Only** a man of Colonel Sartoris' generation and thought could have invented it, and **only** a woman could have believed it.

（4）None of the young men were **quite** good enough for Miss Emily and **such**.

（5）"Do you suppose it's really **so**?"

（6）…and the **very** old men—some in their brushed Confederate uniforms—on the porch and the lawn, talking of Miss Emily as if she had been a contemporary of theirs…

划线部分的词汇全部都是表品质的强化。

其次，对过程的强化。强化还可以体现在过程方面。小说中表过程的强化有 34 次，远超过品质、情态、重复和明喻等语势资源，这符合文学语篇的特点，因为文学语篇都是叙事的，大多数是过程的叙述。摘选例句分析如下：

（7）She **just** stood in the door and listened **quietly** until the spokesman came to a stumbling halt.

（8）So SHE vanquished them, **horse and foot**.

（9）They crept **quietly** across the lawn and into the shadow of the locusts that lined the street.

（10）But there were still others, older people, who said that **even** grief could not cause a real lady to forget noblesse oblige….

（11）Miss Emily **just** stared at him, her head tilted back in order to look him eye for eye…

（12）The body had **apparently** once lain in the attitude of an embrace…

句（7）～（12）中下划线的词汇全都表示对过程的强化，六句话叙述了围绕女主人公身上发生的五件事情。句（7）和（8）讲述的是爱米丽在世时年轻一代的镇长官员上门追税，爱米丽毫不客气地把他们赶走，just、quietly、horse and foot 对过程起到强化作用，表明爱米丽坚决地、不客气地将追税人赶走，拒绝纳税。句（9）讲述爱米丽的房子发出臭味她却拒绝清理，结果镇上的人只好乘夜偷偷摸摸地在她房子周围撒石灰粉以清除臭味，一个 quietly 加强了偷偷摸摸的动作过程，很是生动。句（10）中的 even 显示：爱米丽执意和来自北方的荷马·巴伦恋爱，甚至公然仰着脖子与他坐马车在大街上兜风，镇民们认为"一个格里尔逊家的人都不应该看上一个北方佬、一个出苦力的"，就算是因为父亲过世悲伤过度，"一个真正的大家闺秀都不应该忘了高贵的身份"，从而七嘴八舌，对他们的恋情横加指责。句（11）中，爱米丽从商店购买毒药却拒不说明用途，药剂师不愿意卖给她，而爱米丽却以贵族的气势将药剂师压倒，逼迫他最终把毒药卖给她，just 强化了 stare at 动作的过程。句（12）讲述的是小说最后部分，当两个堂姊妹及镇上的人们来为爱米丽举行葬礼时在她房子里发现荷马·巴伦呈拥抱状的腐尸，爱米丽和荷马·巴伦腐烂的尸体同床共枕已经 40 年了。apparently 副词强化了腐朽尸体的可怕性。

最后，对情态的强化。马丁在评价研究中提及了动词情态，但并没有深入描绘。我们借用韩礼德系统功能语法中的相关论述来分析《献》。小说全文表情态的资源共有 16 处，摘选例句分析如下：

（13）That was two years after her father's death and a short time after her sweetheart—the one we believed **would** marry her—had deserted her.

（14）… even with insanity in the family she **wouldn't** have turned down all of her chances if they had really materialized.

(15) At first we were glad that Miss Emily **would** have an interest, because the ladies all said, "Of course a Grierson **would not** think seriously of a Northerner, a day laborer."

(16) So THE NEXT day we all said, "She **will** kill herself"; and we said it **would** be the best thing. When she had first begun to be seen with Homer Barron, we had said, "She will marry him." Then we said, "She **will** persuade him yet,"…

(13)~(16)句中下划线的 would, will 以及小说中的其他情态词汇大都属于中值情态词汇，表意愿、猜测以及判断，这还得提到该小说的叙述者问题。在《献》中作者福克纳采用了独特的叙事视角，把小说分成五个部分。第一部分没有出现叙述者自称，从被叙述事件的发展情况来看，属于全知全能的第三人称叙述者；第二部分至第五部分，大都使用了第一人称叙述者形式"我们"，偶尔使用了"他们""人们"（赖骞宇、刘济红，2007：37-39）。无论叙述者"我们""他们"还是"人们"，从小说的具体意义上看，都是指我们镇上的人，"我们"可能是"年纪更大的一代"（older people），包括沙多里斯上校、斯蒂芬斯法官、口中一直念叨"可怜的爱米丽"的老人们，以及在爱米丽小姐丧礼上穿着南方同盟军制服的"老年男子"；"我们"还可能是爱米丽小姐的同代人。从小说的深层意义上看，叙述者"我们"是第一人称集体型叙述，"我们"更多实现的是一个观察者和叙述者的功能。叙述者作为叙述信息的中间环节，实现的是一种中介的功能。"这种集体叙述者'我们'是没有确定身份的，它更多是作为一种眼光体现一种叙述功能，这种群言式的公共态度突出了爱米丽小姐的特立独行，把'我们'与'她'明确分隔开来：一个是注视的主体，另一个是被注视的他者"（胡沥丹，2010：89）。叙述者"我们""他们"和"人们"通过近聚焦或远聚焦来观察、描述、判断爱米丽。因此，对于发生在爱米丽身上的每一件事情，作为观察者的镇上的人们只能判断、推测。"我们"只能预测荷马·巴伦会娶爱米丽、她该不会拒绝所有的追求者、爱米丽可能会对一位北方佬感兴趣。对于爱米丽与荷马·巴伦的恋爱韵事，人们只能推测爱米丽可能会嫁给他，当他拒绝娶她时，她可能会自杀，这一切都建立在推测的基础上，而成为现实的可能性却不大。

(2) 强化的方式

英语表现强化资源的手段有很多种，本章只讨论词汇的重复和寓意这两种方式。

第一，词汇的重复（Repetition）。强化可以通过简单的词汇重复来实现。

首先，小说中10次提及爱米丽的那位年老的黑人男仆，其中3次使用了重复的词汇。

（17）A few of the ladies had the temerity to call, but were not received, and the only sign of life about the place was the Negro man—a young man then —**going in and out with a market basket**.

（18）And that was the last we saw of Homer Barron. And of Miss Emily for some time. The Negro man **went in and out with the market basket**, but the front door remained closed.

（19）Daily, monthly, yearly we watched the Negro grow grayer and more stooped, **going in and out with a market basket.**

黑人男仆 Tobe 是唯一陪伴在爱米丽身边的人,他从她的老屋进进出出,忙碌地为爱米丽操持家务却从未说过一句话,嗓子似乎都生了锈,爱米丽一去世他便消失了。小说3次重复的词汇"market basket"强化了男仆对爱米丽的忠诚和勤劳的品格。

其次,"poor Emily"在小说中重复出现了5次。

（20）They just said "**Poor Emily**. Her Kinsfolk should come to her."

（21）And as soon as the old people said, "**Poor Emily**," the whispering began.

（22）This behind their hands rustling of craned silk and satin behind jalousies closed upon the sun of Sunday afternoon as the thin, swift clop-clop-clop of the matched team passed: "**Poor Emily**."

（23）That was over a year after they had begun to say "**Poor Emily**," and while the two female cousins were visiting her.

（24）Later we said, "**Poor Emily**" behind the jalousies as they passed on Sunday afternoon in the glittering buggy…

不断重复出现的"Poor Emily",似乎强化了镇民对爱米丽的不幸充满了同情,实质上,他们的同情只停留在口头的形式上。

最后,小说中重复的另一个词汇是see,出现了15次之多,例如:

（25）Now and then we would **see** her at a window for a moment, as the men did that night when they sprinkled the lime…

（26）Now and then we would **see** her in one of the downstairs windows—like the carven torso of an idol in a niche.

（27）Presently we began to **see** him and Miss Emily on Sunday afternoons

（28）… after her sweetheart went away, people hardly **saw** her at all.

（29）When she had first begun to be **seen** with Homer Barron.

小说中的这些"看"、观察、注视的主体都是镇上的人们,而被看、注视的都是爱米丽。作者反复使用"看"这个词的另一层意义则是：爱米丽出生于杰佛生镇的一个没落的贵族家庭，"活着时，爱米丽小姐就是一个传统，一种责任和负担。是这个城镇世世代代所必须承担的一种义务"，而在她去世后，"全镇人都去送葬，男人们是出于敬慕之情，因为一座纪念碑倒塌了"。可见，作为没落贵族、名门之后，爱米丽在杰佛生镇民们的心目中永远都是美国南方的一座纪念碑、是南方人的偶像，镇民们对她永远都是仰视的。重复的"看"无疑对这一层意义起到了强化的作用。

另外，小说中还反复出现了"said"这个词汇，例如：

（30）... the ladies all **said**, "Of course a Grierson would not think seriously of a Northerner, a day laborer." But there were still others, older people, who **said** that even grief could not cause a real lady to forget noblesse oblige—without calling it noblesse oblige. They just **said**, "Poor Emily. Her kinsfolk should come to her." ... And as soon as the old people **said**, "Poor Emily," the whispering began. " Do you suppose it's really so?" they **said** to one another. ...So THE NEXT day we all **said**, "She will kill herself;" and we **said** it would be the best thing. When she had first begun to be seen with Homer Barron, we had **said**, "She will marry him." Then we said, "She will persuade him yet," ...Then some of the ladies began to **say** that it was a disgrace to the town and a bad example to the young people.

所有这些反复使用的"said"强化了小说的主题。叙述者"we""ladies""others""older people""some ladies"交替使用，来观察和评论爱米丽的婚恋，对爱米丽的婚恋说长道短。对爱嚼舌的女人来说，爱米丽作为上流社会的"纪念碑"，下嫁给一个"北方佬"简直有失身份。在老一辈人的眼里，爱米丽不守妇道。他们都认为对于这样一个"堕落的女人""全镇的羞辱""青年人的坏榜样"来说，服老鼠药自尽是再好不过的结局。交替出现的叙述者表明爱米丽成了镇上各类人闲聊的话题。而对于爱米丽的这些评论都是否定态度的。

第二，明喻。寓意包括隐喻和明喻，偶尔也被用于对过程的强化（Martin & White, 2005：147）。不仅如此，寓意作为有效的语言资源还可用于品质的强化中。明喻是寓意中的一种，也是强化的一个重要手段。《献》中隐喻出现的实例较少，但明喻就有13次，摘选分析如下：

（31）She looked bloated, **like** a body long submerged in motionless water, ...

（32）Her eyes, lost in the fatty ridges of her face, looked **like** two small pieces of coal pressed into a lump of dough. ...

（33）……Miss Emily sat in it, the light behind her, and her upright torso motionless **as** that of an idol.

(34) She looked back at him, erect, her face **like** a strained flag.

"like"和"as"表明喻的信号词均是对爱米丽的外表的描述,而且语气并不是肯定的。

16.4.1.2 量化分析

量化是指为可数性事物提供了数字方面的不精确估计,也包括根据诸如大小、轻重、分配或者就近性中的远近等因素对不可数实体进行粗略的计量。

(1)对可数名词的量化。《献》可数名词的量化共出现13处,例如:

(35) **A few of** the ladies had the temerity to call, but were not received, and the only sign of life about the place was the Negro man—a young man then—going in and out with a market basket.

(36) The day after his death **all** the ladies prepared to call at the house and offer condolence and aid, as is our custom.

(37) ... the ladies **all** said, "Of course a Grierson would not think seriously of a Northerner, a day laborer."

(38) So THE NEXT day we **all** said, "She will kill herself"; and we said it would be the best thing.

(39) Then **some** of the ladies began to say that it was a disgrace to the town and a bad example to the young people.

从例句(35)至(39)中 a few of the ladies, all the ladies, the ladies all, we all, some of the ladies 可看出,小说中使用了不少表量化的可数名词,特别是重复出现的 all 一词表示数目的强化,显然是一种夸张和强调。爱米丽出身于南方贵族家庭,虽然已经没落,但是全镇人还是把她视为上流社会的偶像,因此,有关爱米丽的大小事情、一举一动、生老病死都会引起镇上的所有人的关注,都是他们茶余饭后的话题。正因为全镇人的过分"关注""关心",才把爱米丽逼到这种悲惨的境地。

(2)对不可数概念的量化。在实际语言运用中,不可数的事物也可被大致估计。《献》出现了七次不可数量化词,摘取例句如下:

(40) When the next generation, with its more modern ideas, ... this arrangement created **some little** dissatisfaction.

(41) ...believed that the Griersons held themselves **a little** too high for what they really were.

(42) We were **a little** disappointed that there was not a public blowing-of, ...

例句(40)—(42)划线部分的短语 some little, a little 是表示不可数的量化词,描述了镇上人的心态。当具有现代思想的新一代年轻人当上镇议员时,这种安排引起镇上人们的不愉快,从中可窥测人们的心态:他们还是想保住旧南方的东西。虽然格里尔逊家族是南方贵族，但是就连镇上的人也觉得他们自视过高，不了解自己所处的地位，以致"爱米丽年近三十，尚未婚嫁"。当镇上的路铺好、荷马销声匿迹时，镇上人们为他和爱米丽没有公开大吵一架而感到有点失望，其幸灾乐祸的心理可见一斑。

（3）对范围的量化。马丁和怀特（Martin & White，2005：151）认为对于时空广度的不精确估计方面的分级属于量化的范畴，具体表现在两个方面：就近性（Proximity），例如 recent arrival，nearby mountains；或者分配（Distribution），例如 long-lasting hostility，narrowly-based support。

《献》表示范围的量化有14处，例如：

（43）… to the effect that she **no longer** went out at **all**.

（44）Give her **a certain** time to do it in, and if she don't…"

（45）…as the men did that night when they sprinkled the lime, but for **almost** six months she did not appear on the streets.

（46）… a huge meadow which no winter ever quite touches, divided from them now by the narrow bottle-neck of the most **recent** decade of years.

如例句（43）～（46）中的 no longer…at all，certain，almost，recent 表程度的量化，具体是指时间上的距离。小说中14处表范围的量化大部分都是对于时间上的不精确估计的分级。这一点并不难理解。《献》运用了时序颠倒的手法，全文分为五个部分，每一部分都迂回穿插了不同年代的时间概念。作者在小说中仅仅点出了一个具体的时间：1894年，沙多里斯上校豁免爱米丽的税务，其他的时间关系在小说里只是淡淡地提了几笔，或用"沙多里斯上校死了快10年了"，或用"直到她74岁去世为止"，或用"他父亲死后二年"，"一年之后，也是人们说'可怜的爱米丽'之后一年多"等等。这样的表述使读者对发生在一定时间内的事件怀着极大的兴趣去进行仔细的推敲和琢磨，寻出其叙述的主要线索，重新建立起时间的次序，找到它的来龙去脉，从而推断出爱米丽从30岁直至去世为止的这段时间关系。

16.4.2 聚焦分析

16.4.2.1 清晰（Sharpening）

清晰是对不可分级范畴的一种处理方式，是语义程度的升级。小说中表示清晰的共有七处。

（47）They were admitted by the old Negro into a dim hall from which a stairway mounted into still **more** shadow.

（48）… who said that even grief could not cause a **real** lady to forget noblesse oblige …

(49) Two days later we learned that she had bought a **complete** outfit of men's clothing …

(50) We were glad because the two female cousins were even **more** Grierson than Miss Emily had ever been.

(51) Up to the day of her death at seventy-four it was still that **vigorous** iron-gray, like the hair of an (52) **active** man.

(53) … but now the **long** sleep that outlasts love, that conquers even the grimace of love, had cuckolded him.

例句（47）～（53）中的 more (shadow), a real (lady), a complete (outfit), more (Grierson), vigorous (iron-gray), long (sleep) 都是表示聚焦的清晰化。文中用了比较级的标记性词汇 more 来修饰 shadow 和 Grierson 这一非常规的表达。传统语法中，只有形容词和副词才有比较级的形式，名词这个语法范畴不能用来进行等级的比较。但在句（47）、（50）中，两个名词却被确定了等级性，并且进行了比较。句（48）中的 a real lady "妇女"这个概念本来不可分级，但在聚焦的清晰化资源的范畴里，使用了 a real lady 这样的表达，则是把"妇女"看成一个整体，不去考虑其内部的品质的好坏，而是侧重其作为某一范畴的本质。"就是悲伤也不会叫一个真正的高贵的妇女忘记贵人举止"，19 世纪美国南方所崇尚的妇道观要求女性具有四大美德：虔诚、贞洁、顺从和持家。在《献》中，杰佛生镇就是这样一个浸淫于清教传统的小镇。爱米丽被视为传统和过去岁月的象征。她是"纪念碑"而受人尊敬和关爱。没有人把她看作一个人、一个真正的女人；没有人觉得也许她也想要过一个普通女人想过的生活。相反，镇里人破灭了她一切能过上正常生活的希望和机会。爱米丽不但被父亲专横地控制着，由于出身贵族也面临着来自各方的社会压力。

16.4.2.2 模糊（Softening）

与清晰相反，模糊是语义程度的降级。《献》中共有五处，模糊是小说里级差次系统中最少的资源。

(54) … the men through **a sort of** respectful affection for a fallen monument…

(55) … **a sort of** hereditary obligation upon the town…

(56) … with a vague resemblance to those angels in colored church windows—**sort of** tragic and serene…

(57) Now she too would know the old thrill and the old despair of a penny **more or less**.

(58) From that time on her front door remained closed, save for a period of six or seven years, when she was **about** forty, …

《献》是典型的哥特式恐怖故事。爱米丽是没落贵族的后代，她把自己禁锢在祖传的老宅里，她与时代格格不入，然而竟以"显赫的门第"作为挡箭牌终身免除纳税义务。她买砒霜毒死自己的情人，并与其腐烂的尸体共枕四十年而无人知晓。作品虽然晦涩曲折、迂回辗转，再加上时序颠倒，使人有时难解其中之味，然而，只要读者反复推敲，细细回味，便可见其精巧的构思，便有恍然大悟的感觉。小说主人公个性鲜明，立场坚定绝不含糊；其中的一般叙事描写也言简意赅，毫无拖沓之感。因此，小说中模糊资源最少也就不难理解了。

16.5 结语

分析结果显示，比较语势和聚焦两个系统，前者在语篇的构建和意义展现方面占据更为重要的地位，它所包含的内容和体现方式也相对复杂。在加强和量化这两个次级资源范畴里，加强系统中体现出的词汇的赋值意义更具有普遍意义。《献》中的语势资源，尤其是加强资源体现得更为突出，语言资源的选择与小说的主题相呼应。这更进一步说明了选择对于语篇构建和理解的重要意义，验证了韩礼德提出的"选择就是意义"的系统功能语言学思想。

第 17 章 《献给爱米丽的玫瑰》的借言分析

17.1 引言

根据马丁和罗斯的观点（Martin & Rose，2003：44），介入系统借助巴赫金"多声"（Heteroglossia）和"互文性"（Intertextuality）观点，表明语篇和作者的声音来源的语言资源，它关注的是评价者参与话语的方式和程度，是评价主体与客体，主体与主体间相互参照、唤起或协商彼此的社会地位的语言资源，具有主体间性（Intersubjectivity）的特征。在"对话"（Dialogics）、"多声"（Heteroglossia）的大框架下介入资源可分为"借言"（Heterogloss）（或者叫"多声"）和"自言"（Monogloss）（或者叫"单声"）。自言指评价活动是通过作者单个人的声音实施的，不提及信息来源和其他可能的观点，而借言可以使作者以多种方式把其他声音投射到语篇中而展开事物的陈述。语言使用者是否"介入"责任，主要通过投射（Projection）、情态（Modality）和让步（Concession）等手段来评判。而马丁和罗斯在讨论态度意义时，把投射、情态和让步看作是态度资源的一种。据知，目前国内评价理论的研究中态度子系统多，介入子系统和极差子系统研究少（布占廷、孙雪凡，2021：154），本章基于马丁和罗斯的介入系统框架（参见本书第 6 章中的图 6.1），分析了《献给爱米丽的玫瑰》的投射、情态和让步连接词等借言资源的使用，旨在探讨文本中叙述者在与听众互动的过程中所采用的这三种语篇资源各司其职的作用，其中投射的运用可以让叙述在客观性与可亲近性之间保持平衡，情态的使用适当地开放协商让听众参与到叙述中，而让步连接词等衔接资源则通过监控听众的语气而让叙述者与语篇之外的听众建立起人际关系。

17.2 《献给爱米丽的玫瑰》的借言分析

本章首先分别对投射资源、情态资源、让步资源理论进行简述，然后再对《献》所对应的投射、情态、让步连接词三种借言资源进行逐一分析。

17.2.1 《献给爱米丽的玫瑰》中的投射资源

17.2.1.1 投射资源概述

在系统功能语言学中,投射(Projection)指的是引用或转述他人的话语或思想。韩礼德(Halliday,1994/2000)把投射的方式分为三种:原话引用(直接引语)、间接转述(间接引语)和自由间接引语;投射的内容分为话语(Locution)、思想(Idea)和事实(Fact);投射的言语功能分为命题(Proposition)和提议(Proposal)。原话引用是原封不动地把别人说过的话再说一遍,保留了原话的所有语气特征、呼语、语调、接续语等,投射句和被投射句之间通常为并列关系。间接转述是用说话人自己的话把别人的意思说出来,被投射的是意义而不是原来的措辞,投射句与被投射句之间通常为主从关系。当投射句与被投射句构成并列关系并且是转述别人的话语时属于自由间接引语。由于韩礼德将投射的功能分为命题和提议,因此,从形式上看被投射的部分是分句。而马丁和罗斯(Martin & Rose,2003:44-48)则从被投射的成分出发,把投射的方式分为4种:小句投射(Projecting Clauses)、言语行为名词投射(Names for "Speech Acts")、句内投射(Projecting within Clauses)和部分投射(Scare Quotes)。马丁和罗斯的小句投射相当于韩礼德的原话引用、间接转述中的话语和思想部分及其自由间接引语;言语行为名词投射大致是韩礼德的间接转述中的事实部分,与韩礼德的嵌入话语和观点基本相同(裴燕萍,2007:33)。马丁和罗斯没有使用"自由引用"这个概念,它应该是言语行为名词投射和句内投射的一部分。由于分类的标准不同,韩礼德没有涉及部分投射,在系统功能语言学的研究中也很少有人涉及部分投射,而马丁和罗斯(Martin & Rose,2003:47)也只是在讨论态度意义时把部分投射看作是态度资源的一种,并没有对它作深入的研究。马丁和罗斯的投射分类如表17.1所示。

表17.1 投射资源(Martin & Rose,2003:48)

projecting clause	*Then he says*: *He and three of our friends have been promoted.* *I know where everything began, the background.*
names for "speech acts"	*I end with a few lines that my wasted vulture said to me they broadcast substantial extracts.*
projecting within clauses	*Many of those who have come forward had previously been regarded as respectable.* *Such offices as it may deem necessary.*
scare quote	*"those at the top", the "cliques" and "our men".*

17.2.1.2 《献给爱米丽的玫瑰》的投射资源分析

投射概念与多声的概念相关。多声的概念是受到了巴赫金思想的影响,它是指小说语类的独特风格,即各种各样的声音存在其中。故事的叙述者不仅乐于表达其情感、判断和鉴赏,而且他/她转述人物性格的话语、思想和感觉。《献》中的主观观点"我们镇上的人们"就是转述人物性格的情感或态度,也就是韩礼德所说的投射资源中的间接引语。叙述者的观点,包括话语或思想很容易被嵌入到间接引语中,而观众也很容易感觉到这种引语所包含的主观特质,尤其是当间接引语的资源是第三人称时:

(1) **She told** them that her father was not dead.

(2) **Homer himself had remarked**—that he was not a marrying man.

(3) But there were still **others, older people, who said that** even grief could not cause a real lady to forget noblesse oblige—without calling it noblesse oblige.

上文三句都是间接引语,转述人物性格的话语;除了"我们镇上的人们",这三句话是采用第三人称的唯一资源,表明叙述者——故事中无名的声音小心翼翼地不闯入其他人物性格的内心世界,在观众面前展现自己绝对的客观性。故事中其余的间接引语都是采用了集体人称代词"我们"。

(4) **We did not say** she was crazy then. **We believed** she had to do that. **We remembered** all the young men her father had driven away, and **we knew that**….

(5) **we said** it would be the best thing—Then we were sure that they were to be married. **We learned that**—Two days later **we learned that** she had bought—So we were not surprised when Homer Barron—the streets had been finished some time since—was gone. **We were a little disappointed that** there was not a public blowing-off, but **we believed that**— And, as **we had expected all along**, —Then **we knew that** this was to be expected too.

从句(4)和句(5)中的间接引语,我们可以看出叙述者似乎完全值得观众信赖。然而,无论人称代词"我们"多么具有说服力,但由于"我们"的来源如此地多样化,以至无法确定责任,"我们"的态度事实上是我的、你的、他的、她的和他们的混合体,所以,来自"我们"的信息反倒变成最不可靠的资源。通过间接转述,发生在爱米丽身上的所有事情被松散地纠结在一起,以此把爱米丽小姐刻画为更加顽固、不受外部世界影响的人物形象。

相反,韩礼德投射资源中的直接引语是原封不动地直接把别人的话重复一遍,其可信度更高。在《献》中,直接引语大部分用于描述一些生动的场面,例如爱米丽与镇议员们的直接冲突等。选自小说第三、第四部分的例(6)和例(7)生动地描写了爱米丽与荷马坐马车在大街上兜风及两人间的神秘关系。

(6) At first we were glad that Miss Emily would have an interest, because **the**

ladies all said, "Of course a Grierson would not think seriously of a **Northerner, a day laborer**." But there were still others, older people, who said that even grief could not cause a real lady to forget noblesse oblige—without calling it noblesse oblige. **They just said**, "**Poor Emily. Her kinsfolk should come to her.**" And as soon as the old people said, "Poor Emily," the whispering began. … This behind their hands; rustling of craned silk and satin behind jalousies closed upon the sun of Sunday afternoon ….

(7) So THE NEXT day **we all said**, "**She will kill herself**"; and we said it would be the best thing. When she had first begun to be seen with Homer Barron, **we had said**, "**She will marry him.**" Then we said, "**She will persuade him yet**," …**Later we said**, "**Poor Emily**" behind the jalousies …Then we were sure that they were to be married…. **and we said**, "**They are married.**"

例（6）和例（7）中划线部分都是直接引语，他们的共同特点就是，被直接引用的话语在小说的后面都被证实是真实的。例如，集体代词"我们"推论爱米丽小姐将会自杀之前，小说已经先描述了爱米丽在药店买药的情景，因此，"我们"有充分的理由得此结论。另一个引起人们好奇的现象也进一步帮助证实了代词"我们"的模糊性；更明确地说，在例（6）中（小说的第三部分），叙述者把自己扮演成局外人，隐退在后面观察镇上的人们是如何对待爱米丽与荷马的恋爱关系，以及偷听人们对爱米丽的评头论足，口中念念有词地说"可怜的爱米丽"。而在小说的第四部分（例7），叙述者好像忘记了自己的原来观点，而加入到了人们的"窃窃私语"中了，因为代词"我们"包含的意义如此广泛以至叙述者可以因叙述的需要随时切换自己的身份。

根据马丁和罗斯（Martin & Rose, 2003: 44 - 48）的投射观点，除了小句投射外，还有言语行为名词投射、句内投射和部分投射。也许该小说缺乏聚焦点，即叙述者不断地切换其身份，而观众无法聚焦在固定的你、我、她/他中。故事中的言语行为名词投射几乎没有出现，而将责任归因于其他人而非叙述者本人的部分投射也没有在小说中发现。句内投射却在文本中出现了一例。

(8) But there were still others, older people, who **said that** even grief could not cause a real lady to forget noblesse oblige—without calling it noblesse oblige.

由 who 引导的小句是一个复合小句，划线部分是句内投射，将责任转移到了"that"后面的"others"和"older people"；叙述者本人不仅躲避了主观责任，而且从其他的声源诸如"可怜的爱米丽"中获益——在小说的第四部分作者才表达出对此声音的不同意见。

17.2.2 《献给爱米丽的玫瑰》中的情态资源

17.2.2.1 情态资源简述

1970年，韩礼德首次根据与说话者相关与否把情态词的不同功能综合成两个基本大类：情态（Modality）和意态（Modulation）。这种分类的基础是韩礼德关于语言功能的假设，即语言表达经验、协调关系和形成语篇（Halliday，1976），并分别由语法系统中概念、人际和语篇三个子系统实现。

1985年出版及1994年重新修订的系统功能语法经典著作《功能语法导论》中，韩礼德对情态重新进行了分类，并对情态的要素作了系统描述。归纳起来，系统功能语法中的情态分为四个子系统：类别（Type）、取向（Orientation）、量值（Value）和归一性（Polarity）。

在类别上，广义的情态分为情态（Modality）和意态（Modulation），前者是陈述类（Indicative Type），在信息交换中发挥作用；后者是祈使类（Imperative Type），在事物交换中发挥作用（Thompson, 1996: 57）。情态是说话者对命题真实性的评价，是其在语言事件中的一种参与方式，因而属于人际系统，狭义的情态包括可能性（Probability）和经常性（Usuality）；意态与意愿、允许、强迫等意义有关，属于概念系统，包括责任性（Obligation）和倾向性（Inclination）。情态和意态的区分可见表17.2。

表17.2 情态和意态的区分（胡壮麟等，2005: 147）

交换物	言语功能		中介类型	典型体现	例子
信息	命题	陈述	情态	概率 (possible/ probably/ certain)	限定性情态动词 情态动词 （以上两者）	They must have known. They certainly know. They certainly must have known.
		提问		频率 (sometimes/ usually/ always)	限定性情态动词 情态动词 （以上两者）	It must happen. It always happens. It must always happen.
物品与服务	提议	命令	意态	义务 (allowed/ supposed/ required)	限定性情态动词 被动谓语动词	You must be patient. You're required to be patient.
		提供		意愿 (willing/ anxious/ determined)	限定性情态动词 谓语形容词	I must win. I'm determined to win.

情态的取向系统与说话者的责任有关,即"说话者对表示的态度承担多少明确的责任"(Thompson, 1996: 60)。说话者既可以选择主观或客观的方式,同时也可以选择隐性或显性的方式来表达观点。因而,情态和意态取向系统各含有四个选项,即隐性主观、显性主观、隐性客观、显性客观(Halliday, 1994/2000: 356)。

归一性和量值相关,归一性表现为"是"与"否"两级,量值是两级间的度阶。因此,情态的值是可以"量化"的。情态的量值有三个区分度,即高值(High)、中值(Median)和低值(Low)。情态系统网络见图17.1。

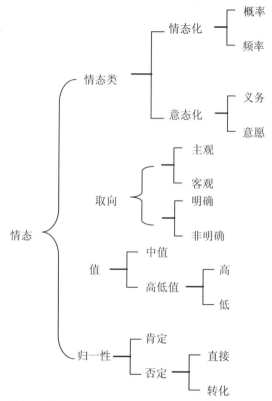

图 17.1 情态系统网络(Halliday & Matthiessen, 2004/2008: 150; 胡壮麟等, 2005: 150)

17.2.2.2 《献给爱米丽的玫瑰》的情态分析

我们知道,归一性表现为"是"与"否"两级,其中间的选择则是表示概率和频率的情态化的词语。在协商中,不仅语篇中的肯定的观点都被清晰地表达出来,而且也能听到否定的声音,例如,在"so we were not surprised when

Homer Barron was gone."例句中，传递给观众的信息是，荷马的突然消失令人非常惊讶，但叙述者却又马上予以否定，显然，叙述者并不担心否定的声音被听见，然而，如果读者仔细观察，不难发现，前者的陈述比后者更加合理。这种否定的机制被称为"劝告式写作特点"（Martin & Rose，2003：49）。为了达到劝告的效果，这种写作特点在《献》中大量的使用。

（9）**Not that Miss Emily would have accepted charity**.

（10）… so they were **not surprised** when the smell developed.

（11）**None of the young men** were quite good enough for Miss Emily and such.

（12）… even grief could **not cause** a real lady to forget noblesse oblige.

例句（9）至（12）均是结构完整的表示否定的句子，而处于肯定和否定两端的各种各样的情态却留下协商的空间。例如，当镇议员造访爱米丽要求其交税时，她却说："perhaps he considers himself the sheriff"，表示可能协商的词语放在了句首，表达了比"perhaps""probably"更加可能性的协商口吻。在叙述篇章中，叙述者用副词表示可能性的地方出现三次。

（13）… **perhaps** that was why what would have been merely plumpness in another was obesity in her.

（14）From that time on her front door remained closed, save for a period of six or seven years, when she was **about** forty, during which she gave lessons in china-painting.

（15）The very old men … believing that they had danced with her and courted her **perhaps**.

全文只有这三个表示可能性的句子，人们从中可得知，叙述者对于情态的协商的使用是格外的谨慎。因为一旦协商的空间向听众打开，叙述者很不容易建立起来的权威和信誉将毁于一旦。

当被协商的信息涉及经常性而不是可能性时，这种情态就是频率；如果被交换的是货物和服务而不是信息，那么，它就是义务或意愿。在频率、义务和意愿这三种情态中，意愿在故事中只出现了一次，即当爱米丽第二次声明她在杰佛生镇不存在税务问题时，镇议员们决定要通过法律程序来解决这个问题以挑战她的声明时，使用了"we must go by the…"。然而，这次他们又挑战失败，因为爱米丽小姐在他们还没有说完话时就立刻命令他们离开。

17.2.3 《献给爱米丽的玫瑰》中的让步资源

17.2.3.1 让步资源简述

韩礼德（Halliday，1985）把让步（Concession）归为条件关系的一个分支，意思是如果前提是 P，那么它与期待中的结果 Q 相反；表示让步关系的连接词被置于语篇功能内进行考察，它们在语篇中起衔接作用，建立语篇命题间的抽象关系，but, although, nevertheless, yet, however, in fact, actually, instead 等归入转折关系（Relations of Adversity）（Halliday & Hasan, 1976）。但韩礼德（Halliday, 1994/2000: 338）提到，一些衔接资源也具有人际意义，虽然他对这点没有深入地探究，但至少说明系统功能语言学的三个元功能，即概念功能、人际功能和语篇功能的成分是可以互相交错的，一个成分可以同时实现语篇和人际功能。Winter（见 Huddleston et al. 1968）亦指出，连接词，例如 but 可以告诉读者接下来发生的不是预料中会发生的事情，在这种情况下，作为逻辑连接词的 but 也具有人际意义。马丁（Martin, 1992: 193-202）在把让步连接词置于语篇功能内进行研究的同时，对它具有的人际意义进行了更深入的探究，认为让步结构中结果并没有跟随原因出现，取消了赋予或决定事件之间因果关系的可能性或责任，是"反情态的"。怀特（White, 1998, 2001）继承和发展了马丁的观点，将让步连接词归入介入系统，认为它们是评价系统介入意义的语义资源，让步隐含着不同立场和声音的存在。

17.2.3.2 《献给爱米丽的玫瑰》的让步连接词的分析

马丁和罗斯（Martin & Rose, 2003: 51-53）认为，让步连接词（Concessive Conjunctions）也是具有重要的人际意义，因此将让步连接词纳入介入系统的对话环境，作为介入意义的语义资源。让步连接词通常置于句首，例如，but, however, although, even if, even by 等。除此之外，用于调节预期的还有置于小句中间的接续词（Continuatives），例如，already, finally, still and only, just, even 等。根据韩礼德和麦蒂森（Halliday & Matthiessen, 2004/2008: 83）的观点，让步连接词（Conjunctions）表示信息转换或变更的语篇成分，连接词标志两个小句的逻辑——语义关系，而接续词（Conjunctive Adjuncts）则"建构小句"。听众的大部分声音是通过让步连接词和接续词来实现的。

从《献》中选取的二个包含"even"例子，分别表达二种不同的功能。第一个"even"［例（16）］属于接续词，更多地表明而不是被暗示所处的情景；第二个"even"［例（17）］是连接词，调整二个小句间的逻辑—语义关系。

(16) They have not **even** been represented at the funeral.

(17) She carried her head high enough—**even when** we believed that she was fallen.

反映在"more than expected"中的预期不仅来自"我们"，而且包含了听众的预期，因为让步资源在监控听众的预期上起到了重要作用。在下文的例子中，听众被告知，爱米丽一开始与北方佬荷马·巴伦约会时，镇上的人们尤其是老一辈的人们就开始担心她的行为举止，并建议爱米丽的亲戚去干预。正当人们担心格里尔逊家族是否有亲戚时，听众结果被告知爱米丽其实"在阿拉巴马还是有些亲戚的"。然而，当人人都推断爱米丽在阿拉巴马的亲戚将会来拜访她时，叙述者却用了一个连接词"but"突然阻断了听众的期望，并解释了阻断听众期望的真正原因。

（18）She had some kin in Alabama; **but** years ago her father had fallen out with them over the estate of old lady Wyatt...

作为预测、调整、监控听众的期望的连接手段，让步在叙事语篇中被广泛地使用。表17.3所展示的是《献》中所体现的连接词和接续词的一小部分。

人们可以注意到，表17.3的左栏所列例句无一例外都是与连接词"but"相关，右栏展现的是各种接续词。连接词标示小句间的逻辑—语义关系的"内在主位"（Halliday & Matthiessen, 2004/2008: 83）成分，对于听众来说连接词是一个大挑战。因此，各种让步连接词的高频率使用有可能引起听众的注意力，从而导致与听众结盟的副效应。相反，接续词的冲击力比较小，能够挑战小句间的期望。除了上文提到的"even"，读者能够感觉到很多的接续词诸如"already""at least"和"still"等能够协商期望的情态值。例如，小说第四部分描写爱米丽的头发时使用了鉴赏资源，她的头发被描写为"还是那种坚硬的铁灰色"，意味着"那坚硬的灰色"比期望的时间要长，并暗示：探究这种不同寻常的原因是值得的。

表17.3 《献》中的让步连接词和接续词

	让步连接词	接续词
Part I	—	**Only a** man of Colonel Sartoris' generation and thought could have invented it, and **only** a woman would have believed it. ... from which a stairway mounted into **still** more shadow.
Part II	I'd be the last one in the world to bother Miss Emily, **but** we've got to do something.	... her great aunt, had gone completely crazy **at last**...
Part III	**But** what you want is— **But** the law requires you to tell what you are going to use it for.	... who said that **even** grief could not cause a real lady to forget *noblesse oblige* —. They had not **even** been represented at the funeral.

续上表

	让步连接词	接续词
Part IV	The Negro man went in and out with the market basket, **but** the front door remained closed. … **but** for almost six months she did not appear on the street.	We were glad because the two female cousins were **even** more Grierson than Miss Emily had ever been.
Part V	… **but** now the long sleep that outlasts love, ….	… that conquers **even** the *grimace of love*, had *cuckolded* him.

17.3 结语

本章采用马丁和罗斯的介入系统框架的借言对《献》中的投射、情态和让步连接词等资源的使用进行了分析。评价研究的介入次系统是受到了巴赫金"多声"（heteroglossia）概念的影响，即读者的作用被看得更重要，或者说把语篇看成是与实际的或潜在的读者协商意义。意义的建构被看成是社会的而不是个人的，不是把概念意义以及与之相连的真实值放在首位。对《献》的投射资源分析表明，引用在展示人物性格的所说和所思中更具客观性，而转述更适合阐释人物的口头对白。另一个人际意义的分析途径——情态，则探究叙述者在向听众开放协商空间时如何设法规避其信誉的损失。让步资源的分析则探讨如何监控听众的期望，同时，对所选文本资料的分析还表明，接续词比连接词更能以不易察觉的方式对期望进行调整。

附录 1 Detailed Analyses of Judgement and Appreciation in the Story

Explicit/Implicit	Attitude	Target of appraisal
Part I: (1) When Miss Emily Grierson died, our whole town went to her funeral: the men through a sort of respectful affection for a fallen monument... (2) which no one save an old man-servant—a combined gardener and cook—had seen in at least ten years.	(1) t-capacity (ironic) (2) t-propriety	Emily Emily
It was a **big, squarish frame** house that **had once been white, decorated with cupolas and spires and scrolled balconies in the heavily lightsome style of the seventies** ...	t-composition	her house
But garages and cotton gins had encroached and obliterated even the **august** names of that neighborhood; ...	– capacity t-reaction	garages & cotton gins (North) names (Southerners)
Only Miss Emily's house was left, lifting its **stubborn and coquettish decay** above the cotton wagons and the gasoline pumps—an eyesore among eyesores.	– composition	her house
And now Miss Emily had gone to join the representatives of those august names where they lay in the **cedar-bemused** cemetery **among the ranked and anonymous** graves of Union and Confederate soldiers who fell at the battle of Jefferson.	t-capacity (ironic) t-composition (ironic)	Emily Graves

续上表

Explicit/Implicit	Attitude	Target of appraisal
Alive, Miss Emily <u>had been</u> (1) a <u>tradition, a duty, and a care</u>; a sort of <u>hereditary obligation upon the town</u>, dating from that day in 1894 when Colonel Sartoris … (2) <u>remitted her taxes</u>…	(1) t-capacity (ironic) (2) t-propriety	Emily Colonel Sartoris
Colonel Sartoris <u>invented</u> an **involved** tale to the effect that Miss Emily's father had loaned money to the town…	- veracity - composition	Colonel Sartoris Tale
Only a man of Colonel Sartoris' generation and thought (1) <u>could have invented it</u>, and only a woman (2) <u>could have believed it</u>.	(1) - veracity (2) t-capacity (ironic)	Sartoris' generation Woman
On the first of the year they mailed her a tax notice. February came, and <u>there was no reply</u>.	t-normality	Emily
A week later the mayor wrote her himself, offering to call or to send his car for her, and <u>received in reply a note on paper of</u> **an archaic shape, in a thin, flowing calligraphy in faded ink**, to the effect that she no longer went out at all.	t-normality t-composition	Emily her note
They were admitted by the old Negro into a (1) **dim** hall **from which a stairway mounted into still more shadow**. It (2) **smelled of dust and disuse—a close, dank smell**. … It was furnished (3) **in heavy, leather-covered** furniture. …the leather was **cracked**; …**a faint dust** rose sluggishly about their thighs, spinning with slow motes in the single sun-ray.	(1) - reaction (2) - reaction (3) - reaction	her hall her house her furniture

续上表

Explicit/Implicit	Attitude	Target of appraisal
They rose when she entered—**a small, fat woman in black, with a thin gold chain descending to her waist and vanishing into her belt**, … with a **tarnished gold** head. Her skeleton was **small and spare**; …what would have been merely plumpness in another was **obesity** in her. She looked **bloated, like a body long submerged in motionless water, and of that pallid hue**. Her eyes, lost in **the fatty ridges of her face, looked like two small pieces of coal pressed into a lump of dough**…	– reaction	Emily
Her voice was **dry and cold**. "<u>I have no taxes in Jefferson. Colonel Sartoris explained it to me.</u>"	– reaction t-veracity	her voice Emily
"I received a paper, yes," Miss Emily said. "Perhaps (1) <u>he considered himself the sheriff…I have no taxes in Jefferson.</u>" "See Colonel Sartoris." (Colonel Sartoris had been dead almost ten years.) "<u>I have no taxes in Jefferson. Tobe!</u>" (2) "Show these gentlemen out."	(1) t-veracity (2) t-normality	Emily Emily
Part II		
So she <u>vanquished them, horse and foot, just as she had vanquished their fathers</u> thirty years before about the smell.	t-capacity (ironic)	Emily
…four men crossed Miss Emily's lawn and <u>slunk about the house like burglars, sniffing along the base…. They broke open the cellar door and sprinkled line there</u>…	– normality	the townspeople

续上表

Explicit/Implicit	Attitude	Target of appraisal
…Miss Emily sat in it, the light behind her, and her (1) **upright torso motionless** as that of (2) an idol. They (3) crept quietly across the lawn and into the shadow of the locusts that lined the street.	(1) – composition (2) t-capacity (3) – normality	Emily Emily Townspeople
That was when people had begun to feel really sorry for her. …her great-aunt, (1) had gone completely crazy at last, believed that the (2) Griersons held themselves a little too high for what they really were. (3) None of the young men were quite good enough for Miss Emily and such.	(1) – capacity (2) – capacity (3) – capacity	her great aunt Griersons the young men
We had long thought of them as a (1) tableau, Miss Emily, (2) **a slender figure in white in the background**, (3) her father a **spraddled silhouette in the foreground, his back to her and clutching a horsewhip, the two of them framed by the back-flung front door.**	(1) t-capacity (ironic) (2) + reaction (3) t-reaction	the Griersons Emily her father
Miss Emily met them at the door, dressed as usual and with no trace of grief on her face. She told them that her father was not dead. She did that for three days…	– normality	Emily
We did not say she was crazy then….	– capacity	Emily
We remembered all the young men her father (1) had driven away, and we knew that with nothing left, she (2) would have to cling to that which had robbed her, as people will.	t-capacity t-normality	her father Emily
Part Ⅲ		

续上表

Explicit/Implicit	Attitude	Target of appraisal
When we saw her again, her hair was cut short, **making her look like a girl**, with a vague resemblance to those angels in colored church windows—sort of tragic and serene.	+ reaction	Emily
The construction company came with niggers…and a foreman named Homer Barron, <u>a Yankee</u>—a big, dark, ready man…to hear him cuss the niggers…	− capacity	Homer Barron
Presently we began to see <u>him and Miss Emily…driving in the yellow-wheeled buggy and the matched team of bays from the livery stable.</u>	t-normality	Barron & Emily
We were glad that Miss Emily would have an interest, "Of course a Grierson would not think seriously of <u>a Northerner, a day laborer.</u>" … even grief could not cause a real lady <u>to forget noblesse oblige.</u>	− capacity − propriety	Homer Barron Emily
She <u>carried her head high enough</u>—even when we believed that she <u>was fallen.</u>	t-capacity − propriety	Emily Emily
It was as if she (1) <u>demanded more than ever the recognition of her dignity as the last Grierson</u>, as if it (2) <u>had wanted that touch of earthiness to reaffirm her imperviousness.</u> (3) Like when she <u>bought the rat poison, the arsenic.</u>	(1) t-capacity (2) t-capacity (3) t-veracity	Emily Emily Emily
"I want some poison," she said.	t-veracity	Emily
"I want the best you have. I don't care what kind."	t-veracity	Emily
"I want arsenic."	t-veracity	Emily

续上表

Explicit/Implicit	Attitude	Target of appraisal
She <u>looked back at him, erect,</u> her face **like a strained flag.**	t-propriety t-reaction	Emily Emily's face
Miss Emily just <u>stared at him,</u> her head **tilted back** in order to look him eye for eye, <u>until he looked away and went and got the arsenic and wrapped it up.</u>	t-propriety t-reaction	Emily Emily's head
Part Ⅳ		
When we next saw Miss Emily, she had grown (1) **fat** and her hair was turning (2) **gray.** …it grew **grayer and grayer** until it attained **an even pepper-and-salt iron-gray**…Up to the day of her death at seventy-four it was still that **vigorous iron-gray, like the hair of an active man.**	(1) − reaction (2) − reaction	Emily her hair
She fitted up a studio…, (1) <u>where the daughters and granddaughters of Colonel Sartoris' contemporaries were sent to her with the same regularity and in the same spirit that they were sent to church on Sundays with a twenty-five-cent piece for the collection plate.</u> (2) Meanwhile her taxes had been remitted.	(1) t-normality (ironic) (2) t-propriety	Sartoris' generation Sartoris
When the town got free postal delivery, Miss Emily <u>alone refused to let them fasten the metal numbers above her door and attach a mailbox to it. She would not listen to them.</u>	t-normality	Emily
Daily, monthly, yearly we watched the Negro grow **grayer** and more **stooped,** <u>going in and out with the market basket.</u>	− reaction t-normality	the Negro (Emily's servant)
Each December we sent her a tax notice, which <u>would be returned by the post office a week later, unclaimed.</u>	t-normality	Emily

Detailed Analyses of Judgement and Appreciation in the Story

Explicit/Implicit	Attitude	Target of appraisal
…She had evidently shut up the top floor of the house—**like the carven torso of an idol and a niche, looking or not looking at us, we could never tell which.**	t-reaction	Emily
Thus she passed from generation to generation—(1) <u>dear</u>, (2) <u>inescapable</u>, (3) <u>impervious</u>, (4) <u>tranquil</u>, and (5) <u>perverse</u>.	(1)+(4): + tenacity (2)(3)(5): − tenacity	Emily
Fell ill in the house (1) **filled with dust and shadows**, with only a (2) **doddering** Negro man to wait on her.	(1) − reaction (2) − reaction	her house her servant
He <u>talked to no one, probably not even to her</u>, **for his voice had grown harsh and rusty, as if from disuse.**	t-normality − reaction	her servant his voice
Part V		
…(1) **with the crayon face of her father musing profoundly above the bier**, and the ladies sibilant and macabre, and the very old men—(2) **some in their brushed confederate uniforms** …(3) <u>talking of Miss Emily as if she had been a contemporary of theirs, believing that they had danced with her and courted her perhaps, confusing time wish its mathematical progression</u>…	(1) t-reaction (2) t-reaction (3) t-normality	her dead body the old men the old men
<u>The violence of breaking down the door seemed to fill this room with</u> **pervading dust.**	− propriety − reaction	the townspeople her room

续上表

Explicit/Implicit	Attitude	Target of appraisal
(1) **A thin**, **acrid** pall **as of the tomb** seemed to lie everywhere upon this room (2) **decked and furnished as for a bridal**: upon the (3) **valance** curtains **of faded rose color**, (4) upon the **rose-shaded lights**, upon the (5) **dressing table**, upon the (6) **delicate array of** crystal and the man's toilet things (7) **backed with tarnished silver**...	(1) – composition (2) – composition (3) – composition (4) – reaction (5) composition (6) reaction (7) – reaction	pall (cloth) her room the curtains the lights the table crystal man's toilet things
For a long while we just stood there, looking down at **the profound and fleshless grin**.	– reaction	Barron's body
The body had apparently once lain (1) **in the attitude of an embrace**, (2) **but now the long sleep that outlasts love; that conquers even the grimace of love, had cuckolded him.**	(1) t-composition (2) – valuation	Barron's body Barron's death
What was left of him, (1) **rotted beneath what was left of the nightshirt**, had become inextricable from the bed in which he lay; and upon him and upon the pillow beside him lay that (2) **even coating of the patient and biding dust.**	(1) – reaction (2) – reaction	Barron's dead body Barron's dead body & the pillow
...in the second pillow was (1) **the indentation of a head.** ... (2) **that faint and invisible dust dry and acrid in the nostrils**, (3) **we saw a long strand of iron-gray** hair.	(1) – composition (2) – reaction (3) t-reaction	Barron's head Barron's head Emily's hair

Note: The instances of Judgement are underlined, and values of Appreciation are indicated in bold.

附录2 Analyses of Judgement and Appreciation

Judgement				Appreciation		
Category	Device	Target		Category	Device	Target
− capacity	token	Emily	1	− composition	token	Emily's house
− propriety	token	Emily	2	− reaction	token	Southerners
− capacity	explicit	garages & cotton gins (North)	3	− composition	explicit	Emily's house
− capacity	token	Emily	4	− composition	token	graves
− capacity	token	Emily	5	− composition	explicit	tale
− propriety	token	Colonel Sartoris	6	− composition	token	Emily's note
− veracity	explicit	Colonel Sartoris	7	− reaction	explicit	her hall
− veracity	explicit	Sartoris' generation	8	− reaction	explicit	her house
− capacity	token	Woman	9	− reaction	explicit	her furniture
− normality	token	Emily	10	− reaction	explicit	Emily
− normality	token	Emily	11	− reaction	explicit	her voice
− veracity	token	Emily	12	− composition	explicit	Emily
− veracity	token	Emily	13	+ reaction	explicit	Emily
− normality	token	Emily	14	− reaction	token	her father
− capacity	token	Emily	15	+ reaction	explicit	Emily
− normality	explicit	the townspeople	16	− reaction	token	her face
− capacity	token	Emily	17	− reaction	token	her head
− normality	explicit	the townspeople	18	− reaction	explicit	Emily & her hair
− capacity	explicit	her great aunt	19	− reaction	explicit	her servant
− capacity	explicit	the Griersons	20	− reaction	token	Emily
− capacity	explicit	the young men	21	− reaction	explicit	her house
− capacity	token	the Griersons	22	− reaction	explicit	her servant

续上表

	Judgement				Appreciation		
− normality	explicit	Emily	23	− reaction	explicit	servant's voice
− capacity	explicit	Emily	24	− reaction	token	her dead body
− capacity	token	her father	25	− reaction	token	the old men
− normality	token	Emily	26	− reaction	explicit	her room
− capacity	explicit	Homer Barron	27	− composition	explicit	the pall（path）
− normality	token	Emily & Barron	28	− composition	explicit	her room
− capacity	explicit	Homer Barron	29	− composition	explicit	curtains
− propriety	explicit	Emily	30	− reaction	explicit	the lights
− capacity	token	Emily	31	− composition	explicit	the table
− propriety	explicit	Emily	32	− reaction	explicit	crystal
− capacity	token	Emily	33	− reaction	explicit	man's toilet things
− capacity	token	Emily	34	− reaction	explicit	Barron's body
− veracity	token	Emily	35	− composition	token	Barron's body
− veracity	token	Emily	36	− valuation	explicit	Barron's death
− veracity	token	Emily	37	− reaction	explicit	Barron's body
− veracity	token	Emily	38	− reaction	explicit	Barron's body
− propriety	token	Emily	39	− composition	explicit	Barron's head
− propriety	token	Emily	40	− reaction	explicit	Barron's head
− normality	token	Sartoris' generation	41	− reaction	token	Emily's hair
− propriety	token	Sartoris	42			
− normality	token	Emily	43			
− normality	token	her servant	44			
− normality	token	Emily	45			
+ tenacity	explicit	Emily	46			
− tenacity	explicit	Emily	47			
− normality	token	her servant	48			
− normality	token	the old men	49			
− propriety	explicit	the townspeople	50			

附录 3 *A Rose for Emily* by William Faulkner

I

WHEN Miss Emily Grierson died, our whole town went to her funeral: the men through a sort of respectful affection for a fallen monument, the women mostly out of curiosity to see the inside of her house, which no one save an old man-servant—a combined gardener and cook—had seen in at least ten years.

It was a big, squarish frame house that had once been white, decorated with cupolas and spires and scrolled balconies in the heavily lightsome style of the seventies, set on what had once been our most select street. But garages and cotton gins had encroached and obliterated even the august names of that neighborhood; only Miss Emily's house was left, lifting its stubborn and coquettish decay above the cotton wagons and the gasoline pumps-an eyesore among eyesores. And now Miss Emily had gone to join the representatives of those august names where they lay in the cedar-bemused cemetery among the ranked and anonymous graves of Union and Confederate soldiers who fell at the battle of Jefferson.

Alive, Miss Emily had been a tradition, a duty, and a care; a sort of hereditary obligation upon the town, dating from that day in 1894 when Colonel Sartoris, the mayor—he who fathered the edict that no Negro woman should appear on the streets without an apron—remitted her taxes, the dispensation dating from the death of her father on into perpetuity. Not that Miss Emily would have accepted charity. Colonel Sartoris invented an involved tale to the effect that Miss Emily's father had loaned money to the town, which the town, as a matter of business, preferred this way of repaying. Only a man of Colonel Sartoris' generation and thought could have invented it, and only a woman could have believed it.

When the next generation, with its more modern ideas, became mayors and aldermen, this arrangement created some little dissatisfaction. On the first of the year they mailed her a tax notice. February came, and there was no reply. They wrote her a formal letter, asking her to call at the sheriff's office at her convenience. A week later the mayor wrote her himself, offering to call or to send his car for her, and received in reply a note on paper of an archaic shape, in a thin, flowing calligraphy in faded ink, to the effect that she no longer went out at all. The tax notice was also enclosed, without comment.

They called a special meeting of the Board of Aldermen. A deputation waited upon her, knocked at the door through which no visitor had passed since she ceased giving china-painting lessons eight or ten years earlier. They were admitted by the old Negro into a dim hall from which a stairway mounted into still more shadow. It smelled of dust and disuse—a close, dank smell. The Negro led them into the parlor. It was furnished in heavy, leather-covered furniture. When the Negro opened the blinds of one window, they could see that the leather was cracked; and when they sat down, a faint dust rose sluggishly about their thighs, spinning with slow motes in the single sun-ray. On a tarnished gilt easel before the fireplace stood a crayon portrait of Miss Emily's father.

They rose when she entered—a small, fat woman in black, with a thin gold chain descending to her waist and vanishing into her belt, leaning on an ebony cane with a tarnished gold head. Her skeleton was small and spare; perhaps that was why what would have been merely plumpness in another was obesity in her. She looked bloated, like a body long submerged in motionless water, and of that pallid hue. Her eyes, lost in the fatty ridges of her face, looked like two small pieces of coal pressed into a lump of dough as they moved from one face to another while the visitors stated their errand.

She did not ask them to sit. She just stood in the door and listened quietly until the spokesman came to a stumbling halt. Then they could hear the invisible watch ticking at the end of the gold chain.

Her voice was dry and cold. "I have no taxes in Jefferson. Colonel Sartoris explained it to me. Perhaps one of you can gain access to the city records and satisfy yourselves."

"But we have. We are the city authorities, Miss Emily. Didn't you get a notice from the sheriff, signed by him?"

"I received a paper, yes," Miss Emily said. "Perhaps he considers himself the sheriff ... I have no taxes in Jefferson."

A Rose for Emily by William Faulkner

"But there is nothing on the books to show that, you see. We must go by the—"

"See Colonel Sartoris. I have no taxes in Jefferson."

"But, Miss Emily—"

"See Colonel Sartoris." (Colonel Sartoris had been dead almost ten years.) "I have no taxes in Jefferson. Tobe!" The Negro appeared. "Show these gentlemen out."

II

So SHE vanquished them, horse and foot, just as she had vanquished their fathers thirty years before about the smell.

That was two years after her father's death and a short time after her sweetheart—the one we believed would marry her—had deserted her. After her father's death she went out very little; after her sweetheart went away, people hardly saw her at all. A few of the ladies had the temerity to call, but were not received, and the only sign of life about the place was the Negro man—a young man then—going in and out with a market basket.

"Just as if a man—any man—could keep a kitchen properly," the ladies said; so they were not surprised when the smell developed. It was another link between the gross, teeming world and the high and mighty Griersons.

A neighbor, a woman, complained to the mayor, Judge Stevens, eighty years old.

"But what will you have me do about it, madam?" he said.

"Why, send her word to stop it," the woman said. "Isn't there a law?"

"I'm sure that won't be necessary," Judge Stevens said. "It's probably just a snake or a rat that nigger of hers killed in the yard. I'll speak to him about it."

The next day he received two more complaints, one from a man who came in diffident deprecation. "We really must do something about it, Judge. I'd be the last one in the world to bother Miss Emily, but we've got to do something." That night the Board of Aldermen met—three graybeards and one younger man, a member of the rising generation.

"It's simple enough," he said. "Send her word to have her place cleaned up.

Give her a certain time to do it in, and if she don't..."

"Dammit, sir," Judge Stevens said, "will you accuse a lady to her face of smelling bad?"

So the next night, after midnight, four men crossed Miss Emily's lawn and slunk about the house like burglars, sniffing along the base of the brickwork and at the cellar openings while one of them performed a regular sowing motion with his hand out of a sack slung from his shoulder. They broke open the cellar door and sprinkled lime there, and in all the outbuildings. As they recrossed the lawn, a window that had been dark was lighted and Miss Emily sat in it, the light behind her, and her upright torso motionless as that of an idol. They crept quietly across the lawn and into the shadow of the locusts that lined the street. After a week or two the smell went away.

That was when people had begun to feel really sorry for her. People in our town, remembering how old lady Wyatt, her great-aunt, had gone completely crazy at last, believed that the Griersons held themselves a little too high for what they really were. None of the young men were quite good enough for Miss Emily and such. We had long thought of them as a tableau, Miss Emily a slender figure in white in the background, her father a spraddled silhouette in the foreground, his back to her and clutching a horsewhip, the two of them framed by the back-flung front door. So when she got to be thirty and was still single, we were not pleased exactly, but vindicated; even with insanity in the family she wouldn't have turned down all of her chances if they had really materialized.

When her father died, it got about that the house was all that was left to her; and in a way, people were glad. At last they could pity Miss Emily. Being left alone, and a pauper, she had become humanized. Now she too would know the old thrill and the old despair of a penny more or less.

The day after his death all the ladies prepared to call at the house and offer condolence and aid, as is our custom. Miss Emily met them at the door, dressed as usual and with no trace of grief on her face. She told them that her father was not dead. She did that for three days, with the ministers calling on her, and the doctors, trying to persuade her to let them dispose of the body. Just as they were about to resort to law and force, she broke down, and they buried her father quickly.

We did not say she was crazy then. We believed she had to do that. We remembered all the young men her father had driven away, and we knew that with nothing left, she would have to cling to that which had robbed her, as people will.

III

SHE WAS SICK for a long time. When we saw her again, her hair was cut short, making her look like a girl, with a vague resemblance to those angels in colored church windows—sort of tragic and serene.

The town had just let the contracts for paving the sidewalks, and in the summer after her father's death they began the work. The construction company came with riggers and mules and machinery, and a foreman named Homer Barron, a Yankee— a big, dark, ready man, with a big voice and eyes lighter than his face. The little boys would follow in groups to hear him cuss the riggers, and the riggers singing in time to the rise and fall of picks. Pretty soon he knew everybody in town. Whenever you heard a lot of laughing anywhere about the square, Homer Barron would be in the center of the group. Presently we began to see him and Miss Emily on Sunday afternoons driving in the yellow-wheeled buggy and the matched team of bays from the livery stable.

At first we were glad that Miss Emily would have an interest, because the ladies all said, "Of course a Grierson would not think seriously of a Northerner, a day laborer." But there were still others, older people, who said that even grief could not cause a real lady to forget *noblesse oblige*—without calling it *noblesse oblige*. They just said, "Poor Emily. Her kinsfolk should come to her." She had some kin in Alabama; but years ago her father had fallen out with them over the estate of old lady Wyatt, the crazy woman, and there was no communication between the two families. They had not even been represented at the funeral.

And as soon as the old people said, "Poor Emily," the whispering began. "Do you suppose it's really so?" they said to one another. "Of course it is. What else could..." This behind their hands; rustling of craned silk and satin behind jalousies closed upon the sun of Sunday afternoon as the thin, swift clop-clop-clop of the matched team passed: "Poor Emily."

She carried her head high enough—even when we believed that she was fallen. It was as if she demanded more than ever the recognition of her dignity as the last Grierson; as if it had wanted that touch of earthiness to reaffirm her imperviousness. Like when she bought the rat poison, the arsenic. That was over a year after they had begun to say "Poor Emily," and while the two female cousins were visiting her.

"I want some poison," she said to the druggist. She was over thirty then, still a slight woman, though thinner than usual, with cold, haughty black eyes in a face the flesh of which was strained across the temples and about the eyesockets as you imagine a lighthouse-keeper's face ought to look. "I want some poison," she said.

"Yes, Miss Emily. What kind? For rats and such? I'd recom—"

"I want the best you have. I don't care what kind."

The druggist named several. "They'll kill anything up to an elephant. But what you want is—"

"Arsenic," Miss Emily said. "Is that a good one?"

"Is… arsenic? Yes, ma'am. But what you want—"

"I want arsenic."

The druggist looked down at her. She looked back at him, erect, her face like a strained flag. "Why, of course," the druggist said. "If that's what you want. But the law requires you to tell what you are going to use it for."

Miss Emily just stared at him, her head tilted back in order to look him eye for eye, until he looked away and went and got the arsenic and wrapped it up. The Negro delivery boy brought her the package; the druggist didn't come back. When she opened the package at home there was written on the box, under the skull and bones: "For rats."

IV

So THE NEXT day we all said, "She will kill herself"; and we said it would be the best thing. When she had first begun to be seen with Homer Barron, we had said, "She will marry him." Then we said, "She will persuade him yet," because Homer himself had remarked—he liked men, and it was known that he drank with the younger men in the Elks' Club—that he was not a marrying man. Later we said, "Poor Emily" behind the jalousies as they passed on Sunday afternoon in the glittering buggy, Miss Emily with her head high and Homer Barron with his hat cocked and a cigar in his teeth, reins and whip in a yellow glove.

Then some of the ladies began to say that it was a disgrace to the town and a bad example to the young people. The men did not want to interfere, but at last the ladies forced the Baptist minister—Miss Emily's people were Episcopal—to call upon her. He would never divulge what happened during that interview, but he refused to go back again. The next Sunday they again drove about the streets, and the following day the minister's wife wrote to Miss Emily's relations in Alabama.

So she had blood-kin under her roof again and we sat back to watch developments. At first nothing happened. Then we were sure that they were to be married. We learned that Miss Emily had been to the jeweler's and ordered a man's toilet set in silver, with the letters H. B. on each piece. Two days later we learned that she had bought a complete outfit of men's clothing, including a nightshirt, and we said, "They are married. " We were really glad. We were glad because the two female cousins were even more Grierson than Miss Emily had ever been.

So we were not surprised when Homer Barron—the streets had been finished some time since—was gone. We were a little disappointed that there was not a public blowing-off, but we believed that he had gone on to prepare for Miss Emily's coming, or to give her a chance to get rid of the cousins. (By that time it was a cabal, and we were all Miss Emily's allies to help circumvent the cousins.) Sure enough, after another week they departed. And, as we had expected all along, within three days Homer Barron was back in town. A neighbor saw the Negro man admit him at the kitchen door at dusk one evening.

And that was the last we saw of Homer Barron. And of Miss Emily for some time. The Negro man went in and out with the market basket, but the front door remained closed. Now and then we would see her at a window for a moment, as the men did that night when they sprinkled the lime, but for almost six months she did not appear on the streets. Then we knew that this was to be expected too; as if that quality of her father which had thwarted her woman's life so many times had been too virulent and too furious to die.

When we next saw Miss Emily, she had grown fat and her hair was turning gray. During the next few years it grew grayer and grayer until it attained an even pepper-and-salt iron-gray, when it ceased turning. Up to the day of her death at seventy-four it was still that vigorous iron-gray, like the hair of an active man.

From that time on her front door remained closed, save for a period of six or seven years, when she was about forty, during which she gave lessons in china-painting. She fitted up a studio in one of the downstairs rooms, where the daughters and granddaughters of Colonel Sartoris' contemporaries were sent to her with the same regularity and in the same spirit that they were sent to church on Sundays with a twenty-five-cent piece for the collection plate. Meanwhile her taxes had been remitted.

Then the newer generation became the backbone and the spirit of the town, and the painting pupils grew up and fell away and did not send their children to her with boxes of color and tedious brushes and pictures cut from the ladies' magazines. The front door closed upon the last one and remained closed for good. When the town got free postal delivery, Miss Emily alone refused to let them fasten the metal numbers above her door and attach a mailbox to it. She would not listen to them.

Daily, monthly, yearly we watched the Negro grow grayer and more stooped, going in and out with the market basket. Each December we sent her a tax notice, which would be returned by the post office a week later, unclaimed. Now and then we would see her in one of the downstairs windows—she had evidently shut up the top floor of the house—like the carven torso of an idol in a niche, looking or not looking at us, we could never tell which. Thus she passed from generation to generation—dear, inescapable, impervious, tranquil, and perverse.

And so she died. Fell ill in the house filled with dust and shadows, with only a doddering Negro man to wait on her. We did not even know she was sick; we had long since given up trying to get any information from the Negro

He talked to no one, probably not even to her, for his voice had grown harsh and rusty, as if from disuse.

She died in one of the downstairs rooms, in a heavy walnut bed with a curtain, her gray head propped on a pillow yellow and moldy with age and lack of sunlight.

V

THE NEGRO met the first of the ladies at the front door and let them in, with their hushed, sibilant voices and their quick, curious glances, and then he disappeared. He walked right through the house and out the back and was not seen again.

The two female cousins came at once. They held the funeral on the second day, with the town coming to look at Miss Emily beneath a mass of bought flowers, with the crayon face of her father musing profoundly above the bier and the ladies sibilant and macabre; and the very old men—some in their brushed Confederate uniforms—on the porch and the lawn, talking of Miss Emily as if she had been a contemporary of theirs, believing that they had danced with her and courted her perhaps, confusing time with its mathematical progression, as the old do, to whom all the past is not a diminishing road but, instead, a huge meadow which no winter ever quite touches, divided from them now by the narrow bottle-neck of the most recent decade of years.

Already we knew that there was one room in that region above stairs which no one had seen in forty years, and which would have to be forced. They waited until Miss Emily was decently in the ground before they opened it.

The violence of breaking down the door seemed to fill this room with pervading dust. A thin, acrid pall as of the tomb seemed to lie everywhere upon this room decked and furnished as for a bridal: upon the valance curtains of faded rose color, upon the rose-shaded lights, upon the dressing table, upon the delicate array of crystal and the man's toilet things backed with tarnished silver, silver so tarnished that the monogram was obscured. Among them lay a collar and tie, as if they had just been removed, which, lifted, left upon the surface a pale crescent in the dust. Upon a chair hung the suit, carefully folded; beneath it the two mute shoes and the discarded socks.

The man himself lay in the bed.

For a long while we just stood there, looking down at the profound and fleshless grin. The body had apparently once lain in the attitude of an embrace, but now the long sleep that outlasts love, that conquers even the grimace of love, had cuckolded him. What was left of him, rotted beneath what was left of the nightshirt, had become inextricable from the bed in which he lay; and upon him and upon the pillow beside him lay that even coating of the patient and biding dust.

Then we noticed that in the second pillow was the indentation of a head. One of us lifted something from it, and leaning forward, that faint and invisible dust dry and acrid in the nostrils, we saw a long strand of iron-gray hair.

– END –

参考文献

Bloor, T. & Bloor, M. (eds.). *The Functional Analysis of English: A Hallidayan Approach* [M]. Beijing: Foreign Language Teaching and Research Press, 2001.

Brooks, C. & Warren, R. P. *Understanding Poetry* [M]. New York: Henry Holt & Company, 1938.

Cash, W. J. *The Mind of the South* [M]. Vintage Book, 1941.

Danes, F. Functional Sentence Perspective and the Organization of the Text [M] // Danes, F. (ed.). *Papers in Functional Sentence Perspective*. The Hague: Mouton, 1974.

Eagleton, T. *Literary Theory* [M]. Oxford: Blackwell, 1996.

Eagleton, T. *Literary Theory* [M]. Beijing: Foreign Language Teaching and Research Press, 2004.

Eggins, S. *An Introduction to Systemic Functional Linguistics (2nd)* [M]. New York & London: Continuum, 2004.

Eliot, T. S. *Selected Essays* [M] //London: Faber, 1951.

Faulkner, W. A Rose for Emily [M] //Wan Peide, *An Anthology of 20th Century American Fiction: vol.* 1. Shanghai: East China Normal University, 1981.

Francis, G. Theme in the Daily Press [M] //*Occasional Papers in Systemic Linguistics (Vol.* 4), 1990.

Freeman, D. C. Linguistic Approaches to Literature [M] // *Linguistics and Literary Style*. New York: Holt, Rinehart & Winston, Inc, 1970.

Gee, J. P. *An Introduction to Discourse Analysis: Theory and Method* [M]. Beijing: Foreign Language Teaching and Research Press, 2000.

Gregory, M. Aspect of Varieties Differentiation [J]. *Journal of Linguistics*, 1967 (3): 177-198.

Halliday, M. A. K. *An Introduction of Functional Grammar* [M]. London: Edward Arnold, 1985.

Halliday, M. A. K. *An Introduction of Functional Grammar* [M]. London: Edward Arnold/Beijing: Foreign Language Teaching and Research Press, 1994/2000.

Halliday, M. A. K. Context of Situation [M]. //Halliday, M. A. K. & Hasan, R. *Language, Context and Text: Aspects of Language in a Social Semiotic Perspective*. Oxford: Oxford University Press, 1989.

Halliday, M. A. K. & Hasan, R. *Cohesion in English* [M]. Kress, G. R. (ed.)London: Longman, 1976.

Halliday, M. A. K. & Hasan, R. *Language, Context, and Text: Aspects of Language in a Social Semiotic Perspective* [M]. London: Oxford University Press, 1989: 3 – 7, 26.

Halliday, M. A. K. *Language as Social Semiotic: The Social Interpretation of Language Meaning* [M]. London: Edward Arnold/Beijing: Foreign Language Teaching and Research Press, 1978/2001.

Halliday, M. A. K. Linguistics Function and Literary Style: An Inquiry into the Language of William Golding's *The Inheritors* [C] //Chatman, S. (ed). *Literary Style: A Symposium*. Oxford University Press, 1971: 330 –368.

Halliday, M. A. K. & Matthiessen, C. M, I. M. *An Introduction of Functional Grammar* [M]. London: Hodder Arnold/Beijing: Foreign Language Teaching and Research Press, 2004/2008.

Halliday, M. A. K. & Matthiessen, C. M. I. M. *Construing Experience through Meaning: A Language-based Approach to Cognition* [M]. London: Cassell, 1999.

Halliday, M. A. K. *System and Function in Language* [M]. Kress, G. R. (ed.) London: Oxford University Press, 1976.

Halliday, M. A. K. The Linguistic Study of Literary Texts [M] //Chatman, S. & Levin, S. R. *Essays on the Language of Literature*. Boston: Houghton-Mifflin, 1967: 217 –223.

Halliday, M. A. K. The Notion of "Context" in Language Education [M] //Ghadessey, M. *Text and Context in Functional Linguistics*. Amsterdam & Philadelphia: John Benjamins, 1999.

Harris, L. L. & Fitzgerald, S. *Short Story Criticism* [M]. Vol. 1. Detroit: Gale Research Company, 1988.

Hasan, R. The Conception of Context in Text [M] //Fries, P. H. & Gregory, M. *Discourse in Society: Systemic Functional Perspectives*. New Jersey: Ablex, 1995.

Hjelmslev, L. *Prolegomena to Theory of Language* [M]. translated by F. J. Whitefield. Madison: The University of Wisconsin Press, 1961.

Hoey, M. P. *On the Surface of Discourse* [M]. London: George Allen & Unwin (Publisher) Ltd, 1983: 31 –66.

Huddleston, R. D., Hudson, R. A., Winter, E. O. et al. *Sentence and Clause in Scientific English* [M]. London: Communication Research Centre, Department of General Linguistics, University College London, 1968.

Hunston, S. & Thompson, G. *Evaluation in Text: Authorial Stance and the Construction of Discourse* [M]. Oxford: Oxford University Press, 2000.

Kerr, E. *Yoknapatupha: Faulkner's Little Postage Stamp of Native Soil* [D]. Fordam University, 1976.

Labov, W. *Language in the Inner City: Studies in the Black English Vernacular* [M]. Philadelphia: University of Pennsylvania Press, 1972.

Leech, G. N. *A Linguistics Guide to English Poetry* [M]. London & New York: Longman Group Ltd., 1969.

Leech, G. N. & Short, M. *Style in Fiction* [M]. London & New York: Longman, 1981.

Lemke, J. L. *Semiotic and Education, Toronto (Toronto Semiotic Circle Monographs)* [D]. Toronto: University of Toronto, Victoria College, 1984.

Longracre, R. E. An Anatomy of Speech Notions [M]. Berlin & Boston: De Gruyter, 1976.

Martin, J. R. Appraisal: An Overview. http://www.grammatics.com/appraisal/Appraisal Guide/Frame/ Appraisal – Overview. htm. 2002.

Martin, J. R. Beyond Exchange: Appraisal System in English [M] //Hunston, S. & Thompson, G. *Evaluation in Text: Authorial Stance and the Construction of Discourse*. Oxford: Oxford University Press, 2000.

Martin, J. R. *English Text: System and Structure* [M]. Amsterdam & Philadelphia: John Benjamins, 1992.

Martin, J. R. Modelling Context: A Crooked Path of Progress in Contextual Linguistics [M] //Ghadessey, M. *Text and Context in Functional Linguistics*. Amsterdam & Philadelphia: John Benjamins, 1999.

Martin, J. R. & Rose, D. *Working with Discourse: Meaning Beyond the Clause* [M]. London: Continuum, 2003.

Martin, J. R. & Rothery, J. What a Functional Approach to the Writing Task can Show Teachers about Good Writing [M] //Couture, B. *Functional Approaches to Writing: Research Perspectives*. Norwood, NJ: Ablex, 1986.

Martin, J. R., Rothery, J. & University of Sydney Department of Linguistics. Working Papers in Linguistics: No. 1, Writing Project Report 1980. Sydney: Linguistics Department, University of Sydney, 1980.

Martin, J. R & White, P. R. R. *The Language of Evaluation*: *Appraisal in English* [M]. Beijing: Foreign Language Teaching and Research Press, 2008.

Roberts, D. *Faulkner and Southern Womanhood* [M]. Athens and London: the University of Georgia Press, 1994.

Saussure, F. de. *Course in General Linguistics* [M]. Edited by Charles Bally and Albert Sechehaye in Collaboration with Albert Reidlinger; Translated, With an Introduction. and Notes by Wade Baskin. New York: McGraw-Hill, 1966.

Schorer, M. Technique as Discovery [J]. *Hudson Review*, 1948 (1): 68.

Selden, R., Widdowson, P. & Brooker, P. *A Reader's Guide to Contemporary Literary Theory* [M]. Beijing: Foreign Language Teaching and Research Press, 2004.

Thompson, G. *Introducing Functional Grammar* [M]. London: Arnold, 1996.

Thorndyke, P. W. Cognitive Structures in Comprehension and Memory of Narrative Discourse [J]. *Cognitive Psychology*, 1977: 77–110.

Van Dijk, T. A. *Text and Context*: *Exploration in the Semantics and Pragmatics of Discourse* [M]. London: Longman, 1977.

Voloshinov, V. N. *Marxism and the Philosophy of Language* [M]. Cambridge, MA: Harvard University Press, 1973.

Wellek, R. & Warren, A. *Theory of Literature* [M]. New York: Harcourt & Brace, 1948.

White, P. R. R. An Introductory Tour Through Appraisal Theory [J/OL]. http://www.grammatics.com/appraisal/Appraisal Outline/Framed/Appraisal outline.htm. 1999: 24–25, 26, 31, 32, 39–49; 44–45; 52–53.

White, P. R. R. Appraisal: An Overview [J/OL]. http://www.grammatics.com/appraisal/Appraisal Guide/Frame/Appraisal–Overview.htm. 2002: 42, 99–122.

White, P. R. R. Telling Media Tales: the News Story as Rhetoric [D]. Sydney: University of Sydney, 1998.

埃亨巴乌姆. 论悲剧和悲剧性 [M] //朱立元, 李钧. 二十世纪西方文论选: 上卷. 北京: 高等教育出版社, 2002.

巴赫金. 长篇小说的话语 [M] //巴赫金全集: 第3卷. 石家庄: 河北教育出版社, 1998.

巴赫金. 言语体裁问题 [A] //巴赫金全集: 第4卷. 石家庄: 河北教育出版社, 1998.

布占廷, 孙雪凡. 基于 CiteSpace 的国内评价理论研究现状分析 (2001—2020) [J]. 天津外国语大学学报, 2021 (2): 154.

陈嘉映. 语言哲学 [M]. 北京: 北京大学出版社, 2003.

陈中竺. 批评语言学述评 [J]. 外语教学与研究, 1995 (1): 22 - 23.

程锡麟. 献给爱米莉的玫瑰在哪里?:《献给爱米莉的玫瑰》叙事策略分析 [J]. 当代外国文学, 2005 (3): 67 - 70.

戴凡. 格律论和评价系统在语篇中的文体意义 [J]. 中山大学学报, 2002 (5): 41 - 48.

丁三. 威廉·福克纳几部小说简介 [J]. 当代外国文学, 1982 (2): 14.

方钦. 多元批评视野下的"玫瑰":《献给艾米莉的玫瑰》在当代中国研究综述 [J]. 安徽文学, 2008 (8): 167 - 168.

弗洛伊德. 精神分析引论 [M]. 北京: 商务印书馆, 1984.

付晓丽, 付天军. 英语文学语篇的级差系统分析: 以《呼啸山庄》为例 [J]. 河北师范大学学报, 2009 (3): 115 - 119.

高等学校外语专业教学指导委员会英语组. 高等学校英语专业教学大纲 [M]. 北京: 外语教学与研究出版社, 2000.

高奋, 崔新燕. 二十年来我国福克纳研究综述 [J]. 浙江大学学报, 2004 (4): 144 - 150.

高万云. 一部成功的修辞哲学著作: 读曹德和的《内容与形式关系的修辞学思考》[J]. 修辞学习, 2002: 44.

黑格尔, 小逻辑 [M]. 贺麟译, 北京: 商务印书馆, 1980.

黑格尔. 小逻辑 [A] //外国文学研究集刊: 第 5 辑 [C]. 北京: 中国社会科学出版社, 1982: 890.

胡沥丹. 献给爱米丽玫瑰的人是谁?: 再探《献给爱米丽的玫瑰》中的叙述者 [J]. 青年文学家, 2010 (14): 48 - 89.

胡壮麟. 功能主义纵横谈 [M]. 北京: 外语教学与研究出版社, 2000.

胡壮麟. 语篇的衔接与连贯 [M]. 上海: 上海外语教育出版社, 1994.

胡壮麟, 朱永生, 张德禄, 等. 系统功能语言学概论 [M]. 北京: 北京大学出版社, 2005.

胡壮麟, 朱永生, 张德禄, 等. 系统功能语言学概论 (第 2 版) [M]. 北京: 北京大学出版社, 2008.

胡壮麟, 朱永生, 张德禄. 系统功能语法概论 [M]. 长沙: 湖南教育出版社, 1989.

黄国文. 翻译研究的语言学探索: 古诗词英译本的语言学分析 [M]. 上海: 上海外语教育出版社, 2006.

黄国文. 功能语篇分析纵横谈 [J]. 外语与外语教学, 2001 b (1): 1 - 5.

黄国文. 韩礼德系统功能语言学四十年回顾 [J]. 外语教学与研究, 2000 (1): 15 - 21.

黄国文. 美容广告中的"问题—解决办法"语篇模式 [J]. 解放军外语学院学报, 1997 (4): 1-6.

黄国文. 英语语言问题研究 [M]. 广州: 中山大学出版社, 1999.

黄国文. 语篇分析的理论与实践: 广告语篇研究 [M]. 上海: 上海外语教育出版社, 2001a.

黄雪娥. 爱米丽的"人际关系"及其悲剧命运: 从人际功能的角度探讨《献给爱米丽的玫瑰》[J]. 外语教学, 2003 (5): 88-92.

黄雪娥. 爱米丽的"问题"及其"解决办法": 从功能语言学的角度看《献给爱米丽的玫瑰》的叙事结构 [J]. 外语教学, 2002 (6): 39-44.

黄雪娥. 爱米丽和苔丝的悲剧命运探析 [J]. 大连教育学院学报, 2005 (2): 48-49.

黄雪娥. 评福克纳: "A Rose for Emily"的叙事艺术 [J]. 惠州大学学报, 1997 (1): 97-100.

黄雪娥. 评价研究介入系统中"借言"之嬗变 [J]. 语文学刊, 2012 (5): 3-7.

黄衍. 试论英语主位和述位 [J]. 外国语, 1985 (5): 32-36.

纪琳. 中国福克纳研究回顾与展望 [J]. 山东外语教学, 2006 (2): 104-107.

赖骞宇, 刘济红. 叙述者问题及其功能研究: 以《纪念爱米丽的一朵玫瑰花》为例 [J]. 江西社会科学, 2007 (8): 35-43.

兰色姆. 纯属思考推理的文学批评 [M] // 赵毅衡. "新批评"文集. 北京: 中国社会科学出版社, 1988.

兰瑟. 虚构的权威: 女性作家与叙述声音 [M]. 黄必康译, 北京: 北京大学出版社, 2002.

雷华. 讽刺中的同情: 从《献给爱米丽的玫瑰》看福克纳的南方情结 [J]. 科技信息, 2009 (2): 453.

李基安. 情态与介入 [J]. 外国语, 2008 (4): 60-64.

李杰. 情态的表达与意识形态的体现 [J]. 外语学刊, 2005 (4): 53.

李维屏. 英美现代主义文学概观 [M]. 上海: 上海外语教育出版社, 1997: 237.

李文俊. 福克纳评论集 [C]. 北京: 中国社会科学出版社, 1980: 46.

李艳梅, 张艳秋. 极差系统视角下的《傲慢与偏见》[J]. 时代文学 (上), 2011 (12): 103-104.

李战子. 评价理论: 在话语分析中的应用和问题 [J]. 外语研究, 2004 (5): 1-6.

廖白玲. 国内福克纳研究综述 [J]. 零陵学院学报, 2005 (1): 89-91.

刘爱英. 从淑女到魔鬼：试从社会学批评角度看《纪念爱米丽的一朵玫瑰花》的悲剧意义 [J]. 四川外语学院学报, 1998 (2): 33-36.

刘辰诞. 教学篇章语言学 [M]. 上海：上海外语教育出版社, 1999.

刘晨锋. 《喧哗与骚动》中变异时空的美学价值 [J]. 外国文学评论, 1991 (1): 47-51.

刘荐波. 南方失落的世界：福克纳小说研究 [M]. 成都：西南师范大学出版社, 1999.

刘世生, 刘立华. 评价研究视角下的话语分析 [J]. 清华大学学报, 2012 (2): 139.

刘世生, 刘立华. 评价研究与话语分析 [M] // 黄国文, 常晨光. 功能语言学年度评论：第1卷. 北京：高等教育出版社, 2010.

刘世铸. 评价研究在中国的发展 [J]. 外语与外语教学, 2010 (5): 33-35.

罗钢. 叙事学导论 [M]. 昆明：云南人民出版社, 1994: 216-232.

罗建生. 文学研究的语言学研究方法探究 [J]. 中南民族大学学报, 2007 (3): 164.

潘文国. 语言转向对文学研究的启示 [J]. 中国外语, 2008 (2): 68-73.

潘瑶婷. 威廉·福克纳的叙事风格 [J]. 武汉科技大学学报, 2005 (1): 96.

潘志新. 内容与形式关系考辨 [J]. 前沿, 2011: 61-62.

彭利元. 情景语境与文化语境异同考辨 [J]. 四川外语学院学报, 2008 (1): 109.

钱浩. 从极差角度看语篇态度意义：态度价值的参数分析 [J]. 考试周刊, 2008 (53): 135-137.

秦秀白. "体裁分析"概说 [J]. 外国语, 1997 (6): 12.

裘小龙. 从《献给爱米丽的玫瑰》中的绿头巾想到的 [J]. 读书, 1980: 49-52.

裘燕萍. 部分投射及其在新闻语类中的评价功能 [J]. 外国语, 2007 (3): 33.

日尔蒙斯基. 诗学的任务 [M] // 俄国形式主义文论选. 方珊, 译. 北京：生活·读书·新知三联书店, 1989.

萨特. 福克纳小说中的时间：《喧哗与骚动》[M] // 外国文学评论选：下册. 长沙：湖南人民出版社, 1984.

桑克蒂斯. 论但丁 [M] // 孟庆枢, 杨宗森. 西方文论选：下. 钱钟书, 译. 北京：高等教育出版社, 2007.

尚媛媛. 语境层次理论与翻译研究 [J]. 外语与外语教学, 2002 (7):

28-30.

邵锦娣. 没有玫瑰的故事：评述福克纳《献给爱米丽的玫瑰》的叙事艺术[J]. 外语学刊, 1995（4）：55-57.

申丹. 功能文体学再思考[J]. 外语教学与研究, 2002（3）：189-190.

申丹. 叙述学与小说文体学研究[M]. 北京：北京大学出版社, 1998.

申丹. 有关功能文体学的几点思考[J]. 外国语, 1997（5）：5.

什克洛夫斯基, 罗扎洛夫[M]//方珊. 形式主义文论. 济南：山东教育出版社, 1994.

史志康. 美国文学背景概观[M]. 上海：上海外语教育出版社, 1998：16.

孙广平. 高校英语专业教学中的人文素质教育[J]. 黑龙江高教研究, 2007（3）：150-151.

唐丽萍. 学术书评语类结构的评价分析[J]. 外国语, 2004（3）：35-43.

唐伟清. 叙述声音的"介入"[J]. 电影译介, 2008（8）：103.

陶洁. 对我国福克纳研究的回顾与思考[J]. 四川外语学院学报, 2005（3）：1-3.

陶洁. 新中国六十年福克纳研究之考察与分析[J]. 浙江人民大学学报, 2012（1）：148-150.

退特. 论诗的张力[M]//赵毅衡. "新批评"文集. 姚奔, 译. 北京：中国社会科学出版社, 1988：109, 117.

汪筱玲. 从《献给爱米丽的玫瑰》看福克纳的南方情结[J]. 江西教育学院学报, 2007：87.

王宾. 后现代在当代中国的命运[M]. 广州：广东人民出版社, 1998.

王敏琴. 《献给爱米丽的玫瑰》的叙事特征[J]. 外国语, 2002（2）：66-70.

王小凤. 从《夕阳》的叙事策略论其对主题的表现[J]. 四川外语学院学报, 2004（5）：34.

王振华. 介入：言语互动中的一种评价视角[D]. 郑州：河南大学, 2003.

王振华, 路洋. "介入系统"嬗变[J]. 外语学刊, 2010（3）：51-54.

王振华, 马玉蕾. 评价研究：魅力与困惑[J]. 外语教学, 2007（6）：19-23.

王振华. 评价系统及其运作：系统功能语言学的新发展[J]. 外国语, 2001（6）：13-20.

王振华. "物质过程"的评价价值[J]. 外国语, 2004b（5）：41-47.

王振华. "硬新闻"的态度研究[J]. 外语教学, 2004a（5）：31-36.

韦勒克, 沃伦. 文学理论[M]. 南京：江苏教育出版社, 2005.

沃洛希诺夫. 马克思主义与语言哲学[M]//巴赫金全集：第2卷[C]. 石家

庄：河北教育出版社，1998：447，413.

肖莱尔. 作为发现的技巧［M］//张隆溪. 二十世纪西方文论述评. 北京：生活·读书·新知三联书店，1986.

肖明翰. 大家族的没落：福克纳和巴金家庭小说比较研究［M］. 广西师范大学出版社，1994.

肖明翰. 论福克纳笔下的妇女形象［J］. 四川师范大学学报，1993（4）：97－102.

肖明翰. 威廉·福克纳研究［M］. 北京：外语教学与研究出版社，1997.

肖明翰. 为什么向爱米丽献上一朵玫瑰花［J］. 名作欣赏，1996（6）：111.

谢秀娟. 80年代以来国内福克纳研究综述［J］. 内江科技，2007（5）：72－73.

徐珺. 功能语法用于《儒林外史》汉英语篇的研究：情景语境［J］. 现代外语，2003（2）：129－134.

徐珺. 上下文语境研究：《儒林外史》汉英语篇对比分析［J］. 外语学刊，2004（1）：60－66.

徐盛桓. 主位和述位［J］. 外语教学与研究，1982（1）：1－9.

杨信彰. 语篇中的评价性手段［J］. 外语与外语教学，2003（1）：11，11－14.

杨周翰. 新批评派的启示［M］//张隆溪. 二十世纪西方文论述评. 北京：生活·读书·新知三联书店，1986：48.

姚乃强. 福克纳研究的新趋势［J］. 外国文学评论，1993（1）：108－113.

姚乃强. 兼容有序 聚焦文化：谈90年代福克纳研究的态势［J］. 四川外语学院学报，2004（5）：3－7.

张德禄. 韩礼德功能文体学理论述评［J］. 外语教学与研究，1999（1）：43－48.

张德禄. 理论基础和重要概念［M］//黄国文，辛志英. 系统功能语言学研究现状和发展趋势. 北京：外语教学与研究出版社，2012.

张德禄，刘世铸. 形式与意义的范畴化：兼评《评价语言——英语的评价系统》［M］//刘立华. 评价理论研究. 北京：外语教学与研究出版社，2010：180.

张德禄，语言的功能与文体［M］. 北京：高等教育出版社，2005.

张跃伟. 从评价研究的介入观点看学术语篇中的互动特征［J］. 辽宁工程技术大学学报，2005（5）：536－539.

章斌. 威廉·福克纳与哥特式小说［D］. 天津：天津师范大学，2009.

赵宏宇，胡全生. 索绪尔语言学对20世纪西方文学批评理论影响原因探微

［J］．外语与外语教学，2008（6）：45-48．

赵小艳．《纪念爱米丽的一朵玫瑰花》叙事视角分析［J］．太原城市职业技术学院学报，2010（12）：205．

赵毅衡．苦恼的叙述者［M］．北京：北京十月文艺出版社，1994．

赵毅衡．新批评：一种独特的形式主义文论［M］．北京：中国社会科学出版社，1986．

朱叶．道德与美的探索——《献给艾米莉的玫瑰》的主题与风格初探［J］．外国语，1986（4）：70-74．

朱永生．系统功能语法中的"功能"辨析［J］．外国语，1992（1）：8-12．

朱永生．语境动态研究［M］．北京：北京大学出版社，2005．

朱永生．主位推进模式与语篇分析［J］．外语教学与研究，1995（3）：10-11．

朱振武．夏娃的毁灭：福克纳小说创作的女性范式［J］．外国文学研究，2003（4）：34．

朱振武，杨瑞红．福克纳短篇小说在中国［J］．上海大学学报，2010（5）：109-122．

后　　记

　　1987—1988年我在华中师范大学助教班学习硕士研究生课程时，美国来的James W. Navient教授负责讲授文学批评（Literary Criticism）课程。他以威廉·福克纳的短篇小说《献给爱米丽的玫瑰》作为文本，分析、讲解俄国形式主义、新批评、马克思主义、结构主义、后结构主义、读者导向、女性主义等文学批评理论，使我第一次了解到《献给爱米丽的玫瑰》的文学魅力。

　　1999—2001年我在中山大学外国语学院访学期间，黄国文教授开设的"功能语言学"（Introducing Functional Grammar）课程（黄老师应该是当年国内最早开设功能语言学课程的教授之一），使我第一次接触了晦涩难懂而又充满神奇魅力的功能语言学。

　　2005年我考入中山大学外国语学院硕士研究生，其间再次修读了黄国文教授开设的功能语言学课程，并第一次接触"英语评价系统"。本书就是在我硕士论文的基础之上经过深化而成。毕业后，结合硕士论文的前期成果，2008年我成功申请到了广东省哲学社会科学规划项目，在《中山大学学报》《外语教学》《中国外语》等发表了多篇阶段性成果论文。本书实际上在2014年4月已经完成，但天有不测风云，2015年我突然病倒（做了全胃切除手术），为此书稿搁置了很长的时间。时至今日，本书从无到有终于要出版了。年复一年、四季更迭，光阴荏苒、物是人非，但是深藏心中的功能语言学的种子始终未曾丢失。

　　首先，感谢我的硕士导师黄国文教授！是他引领我走进功能语言学和英语评价体系。黄老师在百忙中审阅了本书原稿，指出了书中的错漏和不足，提出了许多修改意见和建议，并拨冗为拙著撰写序言。在中山大学进修读书期间，尚有幸聆听黄老师讲授的其他课程，包括研究方法与学术论文写作（Research Methods and Dissertation Writing）。黄老师用简单易懂的英语语言讲述最抽象难懂的概念和思想的情景，我在学习、写作过程中遇到难题、想破脑瓜都解决不了而黄老师瞬间帮助化解的情景，仍然历历在目。黄老师渊博的学识、严谨的治学态度、深刻的思想方法、广阔的视野、忘我的科研精神以及淡泊宁静的生活境界，让我在做人和做学问两方面都受益匪浅，终生难忘。

　　感谢中山大学外国语学院的林裕音教授，她的教学风格既严谨又风趣生动；亦师亦友，她在学习、工作、生活上都给了我很多的鼓励和支持；林老师身上体现的那种敬业精神深深地影响了我。同时还要对中山大学外国语学院所有教过我的老师表示深深感谢。

感谢惠州学院副校长刘国栋教授对本书写作所给予的关心。感谢王海青博士，她以数学学者的视角，对书中相关图形的修改提出了建设性建议，并不惜牺牲其宝贵时间，为本书后期编排给予了无私协助。感谢陈益智教授、马越博士给予的无私支持。感谢何宇靖老师、李巧丽老师的帮助。感谢中山大学出版社的熊锡源博士，是他高效、专业、无条件的支持，使此书得以出版。

本人大学毕业留校以来一直在惠州学院外国语学院、教务处工作，得到各位领导的指导和充分肯定，也得到了师长、同事、朋友、学生的信任。特别是在我的人生低谷时期，是他们的鼓励和帮助让我重拾信心，在此，对大家的支持和帮助致以诚挚的谢意！

最后，感谢我的家人给予我的支持和包容。多年来，我的丈夫，他默默承担了家里的一切事务和精神压力；我的儿子，一直在外求学，他独自坚强地面对和承受来自各方面的挑战；我的兄弟和姐姐，他们尽其所能地给予我帮助和温暖。家人们的默默支持是我最坚强的后盾。

囿于本人的学识、能力，本书必定存在许多遗憾，敬请读者谅解，书中的错漏由我个人负责。

黄雪娥
2023 年 4 月 24 日